THE LOVE AND TRAVEL DIARY

ANNIE STONE

Coverfoto: shutterstock.com / 1163192014, 793316419, 1391278532

Lektorat: Martina König

ISBN: 9798654425096

V.i.S.d.P.
Autorencentrum.de
Ein Projekt der BlueCat Publishing GbR
Peter Maassen
Gneisenaustr. 64
10961 Berlin
E-Mail: bluecatmedia@web.de
Tel.: 030/61671496

Kontakt: annie@annie-stone.de

Für Berenike, meine liebste Reisefreundin

1

ICH HOLE meine T-Shirts aus dem Schrank, lege sie in meinen Koffer. Wahrscheinlich bin ich der einzige Mensch auf diesem Planeten, der nicht begeistert ist, weil er in den Urlaub fährt. Aber ich muss.

Okay, das ist vielleicht ein wenig verwirrend. Ich erkläre es. Am besten reisen wir dafür zwei Wochen in die Vergangenheit.

»QUINN, von dir haben wir schon lange nichts mehr gehört. Du versteckst dich hinter Listen und Collagen, aber so ein richtig toller Artikel wie früher war schon lange nicht mehr dabei. Also, einfach mal spontan: Was sind deine Ideen für einen grandiosen Text?«

Wie ein Reh im Scheinwerferlicht starrte ich meine Chefin an, deren Blick erwartungsvoll war. Nicht nur ihr Gesicht war mir zugewandt, auch alle anderen Teilnehmer dieser Redaktionskonferenz guckten zu mir. Einige mitleidig. Einige spöttisch. Einige froh, dass es nicht sie getroffen hatte.

Eine Idee. Eine Idee! Wo sollte ich jetzt eine Idee herzaubern?

Ich hatte tatsächlich schon lange nichts mehr beigesteuert, aber mein Herz war gebrochen. Wie sollte man über Liebe, Sex und Leidenschaft schreiben, wenn man all das gerade gar nicht spürte?

Und wenn man keine Lust auf Sex hatte, lag echt was im Argen.

Sex, Liebhaber.

»Ähm ... vielleicht etwas über: In welchem Land gibt es die besten Liebhaber?« Wieso hatte ich das gesagt? »Ach nein, sorry. Ich bin momentan nicht ganz bei mir.«

Sie legte den Zeigefinger an die Lippen, dachte nach. Oh Mist. »Nein, nein, keine schlechte Idee. Im Gegenteil, eine sehr gute Idee. Arbeite sie aus und leg sie mir heute Nachmittag auf den Tisch. Gut gemacht.«

Tja, also so ist es passiert. Deswegen packe ich meinen Koffer, habe jede Menge Flüge gebucht und werde die nächsten zwei Monate um die halbe Welt reisen, um Männer zu daten – und potenziell mit ihnen Sex zu haben. Dazu kommt noch eine Dating-App, damit ich auch welche kennenlerne.

Meine Chefin erwartet nicht wirklich, dass ich mit tausend Kerlen schlafe, obwohl es eine besondere Würze wäre, wie sie es ausdrückte. Rechtlich gesehen kann sie ihre Mitarbeiter allerdings nicht in die Prostitution zwingen.

Wir haben uns darauf geeinigt, dass ich sieben Länder teste. Klar, das umfasst nicht die ganze Welt, aber es ist ja auch keine wissenschaftliche Studie, sondern ein lustiger Text für eine Frauenzeitschrift. Da darf man Abstriche machen. Als erstes Land gilt dieses hier, die USA, damit es für die Leserinnen vergleichbar und näher wird. Wenn ich von meiner Reise zurückkomme, soll ich mich mit einem Mann hier treffen und im Grunde einen Vergleich zu allen anderen ziehen.

Die anderen Länder sind Südafrika, Australien, Singapur, Italien, Kolumbien und Sri Lanka. Manche Länder machen Sinn. Wer hat nicht schon mal gehört, dass italienische Männer tolle Liebhaber sein sollen? Andere sind vielleicht überraschend, wie Sri Lanka.

Aber das ist auch der Grund für meinen Missmut. Eine Freundin von mir wollte für ein paar Wochen in ein Yoga-Retreat nach Sri Lanka fahren. Also dachte ich, gute Idee. Ich komme mit. Nicht in das Center, aber mit in das Land. Zuvor bin ich noch nie alleine gereist, geschweige denn in fremde Länder. Ich war mal in Kanada, bin mir aber nicht sicher, ob das zählt.

Ich dachte, als kleine Hilfe zu Beginn wäre es doch toll, wenn ich nicht ganz alleine wäre. Also buchte ich den Flug nach Sri Lanka und war schon ganz aufgeregt. Bis mir meine Freundin vor drei Tagen – vor drei Tagen! – mitteilte, dass es einen beruflichen Notfall gäbe und sie daher nicht fahren könne. Na toll. Ohne sie hätte ich Sri Lanka nie ausgewählt.

Verdammt.

Wieso ist mir denn kein anderes Thema eingefallen? Ich hätte über die besten neuen Frühlingstrends schreiben können. Über Vibratoren oder andere Formen der Selbstbefriedigung. Alles andere im Grunde. Wieso bin ich nur bei dieser Idee gelandet? Mein Kopf macht aber auch wirklich, was er will, seit ich mich vor ein paar Monaten von meinem Ex getrennt habe.

Etwas, was ich gar nicht wollte. Allerdings konnte ich auch nicht mit ihm zusammenbleiben, nachdem ich erfahren hatte, dass er mich mit halb New York betrogen hatte. Das war ein Dilemma.

Aber reden wir jetzt nicht über ihn, sondern über diese missliche Lage, in die ich mich mit meiner großen Klappe gebracht habe.

Ich lasse mich neben meinen Koffer auf die Matratze sinken. Mist. Wirklich.

Vielleicht hätte ich mit Europa anfangen sollen. Das ist zumindest kulturell wie Amerika. Ähnlich wenigstens. Ich erinnere mich, dass amerikanische Austauschschüler früher gedacht haben, sie würden in ein Entwicklungsland reisen, wenn sie nach Deutschland oder Frankreich fuhren. Aber das glaube ich natürlich nicht.

Wieso also Sri Lanka, das am wenigsten ähnliche Land auf meiner Liste?

Irgendjemand muss mir dringend meine Erwachsenenkarte wegnehmen, ich kann offensichtlich keine vernünftigen Entscheidungen treffen.

Klar, ich könnte meiner Chefin erzählen, dass ich das nicht kann, aber die Blöße will ich mir nicht geben. Vor allem will ich nicht, dass Liza dann den Job bekommt, die in den letzten Wochen nämlich nichts anderes gemacht hat, als unsere Chefin zu bezirzen, ihr doch diesen Auftrag zu geben. Und sicher, auf dem Papier hört er sich sensationell an. Zwei Monate durch die Welt reisen, heiße Männer daten und darüber schreiben. Hallo? Wer sagt denn dazu Nein?

Nur ich bin offensichtlich so ein beschissener Feigling, dass ich Nein sagen würde. Aber Reisen ist eben nichts, was ich gewohnt bin. Und alleine reisen? Kommt schon, das machen doch nur total Verrückte, die keine Freunde haben. Ganz ehrlich, irgendwas stimmt doch mit Leuten nicht, die wochen- oder monatelang alleine unterwegs sind. Und dann auch noch mit dem Rucksack. Und in Schlafsälen in abgeranzten Hostels schlafen statt in einem eigenen Zimmer in einem Drei-Sterne-Hotel. Oder mehr Sterne. Gerne mehr Sterne.

Wie gut, dass ich zumindest Letzteres nicht muss. Mein Budget für die zwei Monate ist großzügig bemessen. Gut, ein Bungalow im Meer auf den Malediven ist nicht drin, aber ich muss mein Zimmer auch nicht teilen.

Ich greife nach meinem Handy und schreibe meiner Freundin Katrina eine Nachricht, wie ich sie ihr in den letzten drei Tagen ständig geschickt habe.

Ich hasse dich mit der Glut von tausend Sonnen, du Verräterin!

Von ihr kommt nur ein Lach-Smiley zurück. Sie nimmt mich offensichtlich nicht so ganz ernst.

Weil ich das Handy schon mal in der Hand habe, öffne ich die Dating-App, die ich mir runtergeladen habe. Ich habe extra in die Reisepass-Funktion investiert, damit ich jetzt schon mit Männern in Sri Lanka schreiben kann, um mir ein Date klarzumachen.

Anfangs habe ich mich gefragt, ob überhaupt irgendwelche Männer antworten würden, schließlich bin ich nicht unbedingt das, was das Schönheitsideal ist. Oder zumindest nicht das, was mein eigener Arbeitgeber als Ideal vorgibt. Ich habe keine Beine, die bis in den Himmel reichen. Stattdessen bin ich eher klein. In Socken einen Meter zweiundsechzig. Ich habe keine Brüste, die aussehen, als würden sie aus dem Oberteil springen. Sie sind ebenfalls eher klein, wobei ich das als Vorteil ansehe, schließlich weiß ich, dass Katrina unter ihren großen Brüsten mehr leidet als ich unter meinen kleineren.

Ich habe auch keinen runden Hintern, sondern eher weniger und flacher. Und dann habe ich auch noch Sommersprossen! Sommersprossen, die momentan jeder unter einem Kilo Foundation verbirgt, weil sie noch nie dem Schönheitsideal entsprochen haben.

Das soll sich nicht so anhören, als würde ich mich schlecht machen, denn ich mag mich, wie ich bin. Ich mag meine großen blauen Augen mit den dichten Wimpern. Ich mag mein herzförmiges Gesicht, meine Lippen. Ich mag auch meine braunen Haare, die mich manchmal zur Verzweiflung bringen, weil sie nicht glatt sind, sondern sich immer wieder locken müssen, nachdem ich ihnen mit dem Glätteisen auf den Leib gerückt bin.

Ich mag meine Statur, mag meine kleinen Brüste, mag, wie ich nackt aussehe. Aber rein objektiv ist das nicht das Ideal.

Daher habe ich mich gefragt, ob ich damit überhaupt auf einer Dating-App punkten kann. Bisher habe ich auch da noch keinerlei Erfahrungen gesammelt. Aber ich hätte mir keine Sorgen machen müssen. Seit ich die App vor drei Tagen installiert und Sri Lanka als Standort eingegeben habe, werde ich von Matches überschwemmt. Dreitausend sind es schon, was ich sehen kann, weil ich für diese Extra-Funktion bezahlt habe.

Das ist viel zu überwältigend, weswegen ich nicht mehr nachschaue, sondern nur wische. Meistens nach links, aber mit einem schreibe ich. Roshan heißt er. Er wohnt in Hikkaduwa und ist Tauchlehrer, ein bisschen jünger als ich und sehr gut aussehend. Sein Lächeln ist sexy. Und scheinbar findet er mich auch attraktiv, weil er schon vorgeschlagen hat, dass wir uns in Unawatuna, wo mein Hotel ist, treffen könnten. Oder er will einfach mal mit einer Touristin vögeln. Wobei ... er ist Tauchlehrer. Wahrscheinlich hat er jede Nacht eine andere.

Kann ich mir zumindest vorstellen.

Nicht, dass es unbedingt ums Vögeln geht, nicht falsch verstehen. Ich habe nicht vor, mit allen Männern zu schlafen, mit denen ich mich treffe. Das kommt auf die Sympathie an. Hier steige ich auch nicht wahllos mit Männern ins Bett, daher werde ich das auch nicht machen. Aber ich schließe es nicht aus, sonst müsste ich gar nicht fahren.

Oh Gott, ich hoffe, meine Mutter liest niemals diesen

Beitrag! Sie macht sich schon Sorgen, was die Nachbarn sagen, wenn ich eine zerrissene Jeans trage. Was werden sie erst sagen, wenn sie wissen, dass ich um die Welt reise, um Sex zu haben?

Oje, bin ich dann eine Sextouristin? Bin ich wie die alten Männer, die nach Thailand fahren?

Nicht drüber nachdenken. Es ist ein Job.

Aber eigentlich hatte ich mir Prostitution nicht ausgesucht.

Roshan hat mir eine Nachricht geschrieben, dass er sich sehr freut, wenn wir uns bald sehen.

Ich lächele bei den Worten, finde sie charmant.

Ich: *Ich fliege morgen Abend los, komme dann übermorgen nachts an. Dann brauche ich bestimmt zwei Tage, um mich zu akklimatisieren. Vielleicht am Montag?*

Die Zeitverschiebung nach Sri Lanka beträgt neuneinhalb Stunden. Da es hier jetzt sechs Uhr abends ist, ist es dort halb vier morgens, also wird er nicht sofort antworten. Daher bin ich total überrascht, als die kleine Sprechblase auftaucht, dass er tippt.

Roshan: *Hey, Montag passt mir super. Ich suche eine Bar in Unawatuna raus und schick dir die Adresse, okay?*
Ich: *Ja, super, danke dir. Wieso bist du schon auf?*
Roshan: *Noch, Baby, noch.*
Ich: *Okay, wieso bist du noch auf?*
Roshan: *Wir hatten eine kleine Party am Strand. Bin auf dem Weg nach Hause.*
Ich: *Ahhh, du Partylöwe. ;-)*
Roshan: *Ab und zu nur. Tauchen und zu viel Feiern verträgt sich nicht gut, aber morgen hab ich frei.*
Ich: *Hast du Pläne gemacht?*

Roshan: *Einfach nur schlafen.*
Ich: *Das muss auch mal sein.*
Roshan: *Ich muss ja fit sein, wenn du kommst. ;-)*
Ich: *Erzähl doch keinen Unsinn. Du hast doch an jedem Finger eine andere. :D*
Roshan: *Ein Gentleman genießt und schweigt. ;-)*
Ich: *Also ja.*
Roshan: *Nein, tatsächlich nicht. Im Grunde wünsche ich mir was Festes, wobei ich natürlich gegen Spaß auch nichts einzuwenden hab. ;-)*
Ich: *Aber du weißt, ich mache nur eine Woche Urlaub.*
Roshan: *Für dich mache ich eine Ausnahme, weil du so heiß bist.*
Ich: *Danke für das Kompliment.*
Roshan: *Nur die Wahrheit. Ich würd mich freuen, wenn wir einander auch live sympathisch finden. Und wenn nicht, dann ist das eben so. Aber ich hab ein gutes Gefühl.*
Ich: *Das ist eine gute Einstellung. Ich hab auch ein gutes Gefühl.*
Roshan: *Schreib mir, wenn du angekommen bist. Ich muss jetzt ins Bett.*
Ich: *Dann gute Nacht, schlaf schön. Ich melde mich, wenn ich in meinem Hotel bin.*
Roshan: *Danke, und ich freu mich.*

Ich habe tatsächlich ein gutes Gefühl. Er scheint nett zu sein. Klar, Papier – oder das Display – ist geduldig und ich weiß nicht viel über ihn, aber die Art, wie er schreibt, ist angenehm. Vielleicht rede ich mir das nur ein, aber auch die Tatsache, dass er im Tourismus arbeitet, beruhigt mich. Als wäre das so eine Art Gütesiegel. Aber ich stelle mir vor, dass er dadurch weiß, wie Touristinnen ticken. Oder es ist nur ein frommer Wunsch. Ich werde es erleben.

Katrina hat mir eingeschärft, ihr von allen Dates die Kontaktdaten zu schicken, wo und wann ich mich treffe, damit wenigstens jemand auf der anderen Seite der Welt weiß, wo ich bin und wer mich potenziell umbringt. Ich muss also Roshan auch noch nach seiner Telefonnummer fragen, damit ich sie ihr schicken kann.

Im Zweifelsfall nützt das auch nichts, aber es gibt zumindest ein kleines bisschen Sicherheit. Und ich treffe mich nur an öffentlichen Orten. Das musste ich auch versprechen.

Wenn ich so drüber nachdenke, komme ich nicht umhin, mir über die Sicherheitsaspekte Gedanken zu machen. Das ist schon alles ein wenig verrückt, oder? Man weiß doch, wie viel schiefgehen kann. Wobei das hier beim Dating auch passieren kann. Es kann einfach gefährlich sein, sich mit fremden Männern zu treffen. Aber die Alternative, für immer alleine zu sein, ist auch nicht so erbaulich.

Ich mache das jetzt. Ich ziehe es durch.

Also packe ich weiterhin meinen Koffer, denn auf keinen Fall reise ich mit dem Rucksack. Auf gar keinen Fall. Ich bin nicht verrückt.

Zumindest nicht komplett. Schließlich muss man einen Rucksack tragen und einen Koffer kann man ziehen.

Als ich diesen gerade probehalber schließen will, klingelt mein Handy. Ich sehe den Namen auf dem Display. Heath. Weil ich offensichtlich masochistisch veranlagt bin, nehme ich ab.

»Hallo?«

»Quinn, Baby, wie geht's dir?«

»Ganz gut. Warum rufst du an?« Dabei weiß ich es doch. Denn seit ich vor ein paar Monaten mit ihm Schluss gemacht habe, versucht er alles, um mich davon zu überzeugen, dass ich ihn zurücknehme. Anscheinend ist man für Männer nur dann interessant, wenn man sie nicht will.

»Lass uns ausgehen. So wie früher. Du, ich, ein paar Cocktails, ein leckeres Essen. Hm? Hast du Lust?«

Die Sache ist die: Ich dachte, Heath wäre *es*. In meinem

Kopf habe ich schon unsere Hochzeit geplant, bis zum letzten i-Tüpfelchen. Ich habe wirklich geglaubt, dass wir bis an unser Lebensende zusammen sein würden. Als ich von seinem Betrug erfahren habe, hat es mich erschüttert. Bis ins Mark. Wir waren seit dem ersten College-Jahr zusammen und es hat sich herausgestellt, dass er mich fast seit dem Beginn betrogen hat.

Aber Liebe ist merkwürdig. Sie verschwendet sich auch an Menschen, die es nicht verdienen, weswegen es auch jetzt noch verlockend ist, einfach zu sagen: Ja, lass es uns wieder versuchen. Schließlich sollte doch jeder eine zweite Chance bekommen.

Es wäre so einfach.

Wenn ich es könnte.

Ich halte mich nicht für besonders stur. Auch nicht für besonders stolz. Außerdem vergebe ich wirklich leicht, eher zu leicht. Aber ich kann es nicht.

An einem solchen Punkt muss man sich entscheiden. Wählt man den anderen oder sich selbst. Wenn ich Heath vergebe, wäre das ein Freibrief für zukünftiges Verhalten. Wenn ich Heath vergebe, würde ich sagen, dass ich solches Verhalten akzeptabel finde. Wenn ich Heath vergebe, würde ich mir einen geringeren Wert beimessen als ihm.

Und das kann ich nicht.

Das habe ich getan, auch wenn ich es nicht zugeben mag, aber das ist vorbei. Als ich von all seinen Affären erfahren habe, legte sich ein Schalter um. Beinahe schlagartig wurde mir bewusst, dass ich mehr wert bin. Und seit ich das erfahren habe, kann ich nicht mehr zurück. Es geht einfach nicht.

»Heath, es ist vorbei.«

»Ich will aber nicht, dass es vorbei ist. Wir waren so gut zusammen. Wir haben funktioniert. Ich wollte dir einen Antrag machen.« Ich schließe die Augen, weil er genau weiß, welche Punkte er drücken muss. »Ich hab sogar schon einen Ring.«

»Dann hoffe ich, dass du ihn zurückgeben kannst.«

»Komm schon, Quinn. Ich weiß, dass du mich liebst. Es tut mir wahnsinnig leid, wie ich dich behandelt hab. Wirklich. Ich verspreche, dass ich mich bessern werde.«

Bessern. Was bedeuten könnte, er vögelt nicht mehr jede Frau, der er begegnet, sondern nur noch jede zweite. Mittlerweile weiß ich, welche Fallstricke in seiner Sprache lauern, und ich werde den Teufel tun, wieder darauf reinzufallen.

»Du willst andere Frauen vögeln, dann sollte doch jetzt für dich das Paradies auf Erden beginnen.«

»Du weißt doch, wie das ist. Erst wenn man etwas verliert, weiß man, was man daran hatte. Du bist das Beste, das mir je passiert ist.«

Diese Worte habe ich so lange ersehnt, aber jetzt fühlen sie sich schal an. »Das hättest du dir früher überlegen sollen.«

»Ach komm schon, Baby. Ich weiß, dass du mich liebst.«

»Das war einmal.«

Auch wenn man Gefühle nicht einfach abschalten kann, wenn man das möchte, ist es doch so, dass sie abschwächen. Mit jedem Tag werden sie weniger, auch wenn sie heute noch nicht weg sind.

»Ich weiß, ich hab dich verletzt. Aber ich bitte dich um eine zweite Chance.«

»Ich kann nicht.«

»Du könntest, wenn du wolltest.«

»Gut, dann will ich eben nicht.«

»Komm schon, Baby. Wir waren gut zusammen.«

»Das waren wir eigentlich gar nicht.«

Schärfer sagt er: »Ich werde dich nicht ewig bitten.«

»Ich weiß nicht, wie ich es dir begreiflich machen soll, dass ich wirklich nicht mehr möchte.«

»Wieso bist du so zickig?«

Ich atme tief durch, bevor ich bestimmt sage: »Ich beende das Gespräch jetzt und ich möchte auch keine weiteren Anrufe von dir bekommen.«

»Was ist nur mit dir geschehen? Ich erkenn dich ja gar nicht wieder.«

Bevor er, wie die letzten Male, anfangen kann, mich zu beschimpfen, verabschiede ich mich kurz, bevor ich auflege. Und dann mache ich, was ich schon die ganze Zeit hätte machen sollen: Ich blockiere seine Nummer.

Vielleicht ist das Verreisen doch keine schlechte Idee. Neue Erfahrungen sorgen dafür, dass man gedanklich beschäftigt und damit abgelenkt ist.

Ich bin mir allerdings nicht so sicher, ob andere Männer die perfekte Lösung sind. Klar, man sagt, die beste Methode, über einen Mann hinwegzukommen, ist, unter den nächsten zu kommen, aber ich frage mich, wie der Wahrheitsgehalt an dieser Stelle ist.

Ich werde es testen. Und an meiner Sommerbräune arbeiten. Im Januar. Wenn ich damit nicht alle meine Kolleginnen und Freundinnen neidisch mache, weiß ich es auch nicht.

2

Ich stehe am Gate, warte darauf, dass das Boarding beginnt. Katrina hat mich zum Flughafen gebracht. Es war schwer, mir nicht anmerken zu lassen, wie nervös ich bin, wie sehr mir die Situation Angst macht. Sie hätte es nicht verstanden. Katrina ist eine von denen, die Abenteuer im Blut haben. Alleine hat sie die halbe Welt bereist und kann nicht einmal verstehen, wenn man sagt, dass das aber echt mutig ist. Sie antwortet dann, dass es kein Mut ist, weil sie keine Angst überwinden muss, um zu reisen.

Na ja, ich wollte nicht, dass sie mich für ein Weichei hält, also habe ich so getan, als wäre ich aufgeregt, weil ich die Welt sehen darf. Innerlich bin ich vor Angst beinahe gestorben. Und tue es immer noch.

Bisher habe ich zwar alles gut hinter mich gebracht – Check-in, Sicherheitskontrolle, Gate finden –, aber meine Aufregung hat sich nicht gelegt, schließlich muss ich noch in den Flieger steigen und losfliegen. Also, nicht ich muss fliegen, dafür würde ich auch schwarzsehen.

Ich klammere mich an meinem Handgepäck fest, spüre, wie meine Hände schwitzig werden. Will ich jetzt die nächsten zwanzig Stunden Angst haben? Vor jedem kleinen Schritt? Vor jedem kleinen Kiesel, der mir vielleicht im Weg liegt?

Und wann soll die Angst aufhören? Wenn ich angekommen bin? Wenn ich das erste Date hatte? Wenn ich das fünfte hatte? Wenn ich wieder zu Hause bin? Es kann doch nicht die Lösung sein, die nächsten zwei Monate ständig nervös zu sein. Das kann einfach nicht gut fürs Herz sein.

»Hey, fliegst du auch nach Doha?«

Ich sehe in die Richtung, aus der die dunkle Stimme gekommen ist. Ein junger Mann lächelt mich an. »Ähm, nein, da ist nur mein Zwischenstopp.«

»Wo geht es für dich hin?«

»Nach Sri Lanka.«

»Ich liebe Sri Lanka! Du musst auf jeden Fall schnorcheln gehen. Und mit Schildkröten schwimmen. Und das Hinterland lohnt sich auch total.«

»Du warst schon mal da?«

»Ja, dreimal sogar schon. Es ist mein Lieblingsreiseziel.«

»Cool. Für mich ist es das erste Mal.«

»Es wird dir gefallen. Reist du alleine?«

»Ja, mein erstes Mal.«

Er grinst. »Auch das wird dir gefallen. Keine Kompromisse. Nur tun, was du willst. Dinge über dich selbst erfahren, die du nicht wusstest. Einfach auch mal ein bisschen Zeit mit dir selbst verbringen, was viele sonst eher vermeiden. Das wird großartig. Wirst schon sehen.«

»Danke.«

»Wie lange bleibst du?«

»Eine Woche nur.«

»Und dann geht es wieder nach Hause?«

»Nein, dann geht es noch nach Singapur und Australien.«

»Wow. Da hast du ja direkt eine große Reise geplant. Wie lange hast du Zeit?«

»Zwei Monate.«

»Sehr cool. Das ist eine gute Zeit. Ich beneide dich schon ein bisschen.«

»Was machst du in Doha?«

»Nur geschäftlich. Hin, zwei Tage Aufenthalt und wieder zurück. Nichts Aufregendes.«

Ich zucke lächelnd mit den Schultern. »Ich war noch nirgendwo, daher finde ich das schon spannend.«

»Es wird alles Routine, wenn man es öfter macht.«

Bevor ich antworten kann, wird unser Flug zum Boarding aufgerufen. Ich springe auf, hole mein Ticket und meine Bordkarte heraus, bevor ich ihn ansehe. Er grinst, bleibt aber sitzen.

»Sorry«, sage ich, »aber ich brauch das Gefühl, dass es jetzt endlich losgeht.«

»Kein Thema. Stell dich ruhig schon an, auch wenn es noch ein Weilchen dauert. Guten Flug.«

»Danke.«

Ich stelle mich hinter den drei anderen Menschen an, die ebenfalls bei der Durchsage aufgesprungen sind. Es ist mir egal, ob ich mich dadurch als Reise-Neuling oute, denn es geht mir besser, wenn ich etwas tun kann. Auch wenn das nur rumstehen ist. Denn mein Gesprächspartner hat recht. Erst mal geht es nicht weiter. Schließlich dürfen Menschen mit Handicap und Familien mit Kindern einsteigen und die, die Business Class gebucht haben. Dann wird nach Zonen aufgerufen. Ich checke meine Bordkarte, um meine Zone zu finden, und bin plötzlich ganz nervös, als ich einsteigen darf. Ich gehe nach vorne, zeige meinen Pass und die Karte, die eingescannt wird, und dann darf ich an Bord gehen. Am Eingang des Flugzeugs zeige ich noch einmal meine Karte vor und eine freundliche Flugbegleiterin zeigt mir, welchen Gang ich nehmen muss.

Diesen laufe ich entlang, bis ich schließlich meine Reihe gefunden habe. Ich habe in einem Reiseblog gelesen, dass es besser ist, sich erst hinzusetzen, damit man niemanden aufhält, also mache ich das und nehme meine Tasche zunächst auf den Schoß. Schnell suche ich die Dinge raus, die ich unbedingt brauche. Mein Handy, Kopfhörer, meinen E-Book-Reader, die Flasche Wasser, die ich am Flughafen gekauft habe, Kaugummis. Alles andere ist nicht so wichtig. Ich stopfe alles in die Tasche vor mir.

Als es scheint, als wäre unsere Zone vollständig, stehe ich von meinem Gangplatz auf, packe meine Tasche in das Fach über mir und setze mich wieder.

Neugierig schaue ich durch die Papiere, die vor mir in der Tasche sind.

»Entschuldigung, darf ich bitte durch?«

Ich sehe auf. Ein älterer Herr steht neben mir im Gang.

»Ja, natürlich.« Ich stehe auf, sehe zu, wie er ein paar Sachen aus seinem Trolley nimmt, den er über uns platziert, wobei er meine Tasche ganz schön grob zur Seite schiebt. Dann setzt er sich ans Fenster.

»Vielleicht bleibt die Mitte ja frei«, sagt er.

Ich nicke nur. Katrina hat mir diesen Platz strategisch ausgesucht. Wenn sie alleine reist, nimmt sie immer einen Gangplatz (weil man hier mehr Platz hat und die Beine zwischendurch mal in den Gang ausstrecken kann) in einer Dreierreihe, in der nur der Fensterplatz schon besetzt ist. Niemand wird sich freiwillig in die Mitte setzen, also bleibt der Platz mit ein bisschen Glück frei. Wenn der Flieger ausgebucht ist, ist das natürlich hinfällig.

Ich untersuche den Gurt, lasse ihn dann einrasten und ziehe ihn fest. Das habe ich schon mal gemeistert. Dann widme ich mich wieder den Papieren. Eines ist eine Sicherheitskarte, auf der steht, wie man sich im Notfall verhalten soll. Aufmerksam lese ich sie, auch wenn ich hoffe, diese Infos niemals zu brauchen.

Dann ist da noch ein Menü. Oh, das ist ja interessant. Man kann zwischen drei Gerichten auswählen. Hühnchen, geschmortes Rind oder Käsetortellini. Ich glaube, die sicherste Wahl ist das Huhn. Die Tortellini sind wahrscheinlich matschig und Rind ist schnell zäh, wenn man es nicht richtig macht. Aber wer soll schon bei Hühnchen was falsch machen können?

Dann ist da noch ein Magazin, in dem ich schmökere, bis eine Ansage des Kapitäns kommt, der mitteilt, dass wir jetzt zum Abflug bereit sind. Die Flugbegleiterin weist darauf hin, dass wir uns hinsetzen und anschnallen sollen, und dann erscheint auf dem Bildschirm vor mir ein Film mit all den Infos, die auch schon auf der Sicherheitskarte standen.

Als die Maschine losfährt, kralle ich meine Finger in die Armlehnen. Oje. Ich hatte total vergessen, wie wenig ich den Flug nach Kanada leiden konnte, und der war bei Weitem nicht so lang wie dieser hier. Wie soll ich das aushalten?

»Erstes Mal?«, fragt der Mann am Fenster.

»Das zweite.«

»Wissen Sie, meine Frau fliegt auch nicht gerne. Ich will sie die ganze Zeit überreden, mal mit mir in die Karibik zu fliegen. Ich habe gehört, dass die Bahamas wunderschön sein sollen. Aber die Fahrt nach Florida ist ziemlich weit, wobei es nur ein kurzer Flug wäre. Ihr reicht aber auch Upstate. Upstate! Als wäre das mit der Karibik vergleichbar. Auch Yucatan stelle ich mir reizvoll vor. Können Sie sich vorstellen, all diese alten Azteken-Bauwerke – oder sind es die Mayas? – zu sehen? Das muss einfach wunderschön sein. Und dazu diese ... na, wie heißen die noch mal? Diese Wasserlöcher im Dschungel?«

»Cenoten?«, werfe ich hilfreich ein, wobei mir sein Geplapper echt auf den Geist geht. Wieso redet der denn wie ein Wasserfall? Das ist meganervig.

»Ja, genau. Die meine ich. Cenoten. Können Sie sich das vorstellen? Das türkise Wasser, das Grün des Dschungels. Und dazu kommt dann auch noch der weiße Strand. Natürlich nicht an derselben Stelle, sondern eben am Meer. Aber meine Frau will nicht. Sie ist einmal geflogen. Und das war auch ein bisschen ein Abenteuer, das kann ich Ihnen sagen. Wir sind zu meiner Familie nach Indiana geflogen und hatten so viele Turbulenzen auf dem Hinflug, dass sie darauf bestand, den Rückweg mit dem Mietwagen anzutreten. Wissen Sie, wie lange man da fährt?« Er wartet gar nicht, dass ich eine Antwort gebe. »Zwölf Stunden. Wenn man Glück hat. Wir hatten keins, sondern standen mehrmals im Stau. Aber wie auch immer. Schauen Sie mal. Wir sind in der Luft.«

Überrascht schaue ich aus dem Fenster. Und tatsächlich. Wir fliegen. Er lächelt mich an, bevor er mir zuzwinkert. »Ablenkung ist das beste Mittel gegen Flugangst.«

Sein Geplapper ging mir schon auf den Geist, aber jetzt erkenne ich, was er gemacht hat. Ich hatte gar keine Zeit, Angst zu haben. Und jetzt hier oben ist alles absolut easy. Das Flugzeug bewegt sich kaum. Ich entspanne mich.

»Vielen Dank.«

»Kein Problem. Vielleicht nerve ich Sie dann nicht so sehr, wenn ich Sie immer bitten muss, für mich aufzustehen.«

»Ganz bestimmt nicht.«

Ich stöpsele die Kopfhörer ein, bevor ich mich mit dem Bildschirm vor mir beschäftige. Die Auswahl an Filmen und Serien überrascht mich, weil ich nicht gedacht hätte, dass es so viele sind. Aber da kann einem ja fast gar nicht langweilig werden.

Nachdem ich mir einen Film ausgesucht habe, bemerke ich, dass Fliegen überhaupt nicht aufregend ist, sondern eher langweilig, weil man stundenlang in seinem Sitz verbringt, nur unterbrochen von den Momenten, in denen die Flugbegleiterinnen Essen und Getränke vorbeibringen.

Wie langweilig kann einem denn werden? Das ist doch nicht zu fassen.

Irgendwann beschließe ich, die Schlafmaske aufzusetzen und die Augen zuzumachen. Und zu beten, dass der Spuk bald vorüber ist.

~

NACH GEFÜHLT DREIUNDZWANZIG Jahren lande ich am Bandaranaike-Flughafen von Colombo. Kaum steige ich aus, umhüllt mich die Wärme wie ein Kokon, dabei ist es mitten in der Nacht. Tagsüber herrscht hier feucht-warmes Klima, aber momentan ist es einfach nur angenehm. Trotzdem ist meine erste Amtshandlung, meine Jacke auszuziehen und die Hosenbeine meiner Jeans hochzukrempeln. Ich weiß, in dem Reiseblog stand, man solle mit einer bequemen Hose reisen, aber ich trage eigentlich nur Jeans, wenn ich Hosen anhabe. Ich fand es daher unsinnig, noch eine Extra-Hose mitzunehmen, die ich dann nur auf den Flügen trage. Schließlich hat man nicht unendlich viel Gepäck zur Verfügung.

Ich bin vollkommen erledigt, verfluche meine Jeans, die sich anfühlt, als könnte sie von alleine stehen, und schwöre mir, mir eine andere Hose zu kaufen, sobald es geht. Denn Jeans und Subtropen vertragen sich nicht. Ich werde sie niemals anziehen können, wird mir klar. Es ist nicht so, dass ich schwitze, aber trotzdem fühlt sie sich klamm an. Nein, der Reiseblog hatte recht. Keine Jeans.

Und dann habe ich mein Gepäck. Katrina meinte, dass es besser ist, direkt am Flughafen Geld abzuheben, statt welches vorab umzutauschen, deswegen mache ich das. Als ich die Rupien verstaut habe, suche ich nach dem Fahrer, der auf mich warten soll, um mich nach Unawatuna zu bringen.

Miss Holland.

Da, das ist mein Name. Lächelnd gehe ich auf den kleinen Mann zu.

»Hi, ich bin Quinn Holland.«

»Willkommen in Sri Lanka. Waren Sie schon mal hier?«

»Nein, das ist mein erstes Mal.«

Er lächelt. »Dann wird es Ihnen bestimmt gefallen.«

Er greift nach meinem Koffer und geleitet mich dann nach draußen, wo er den Koffer in ein Auto hievt. Er tut mir ein bisschen leid, weil der echt schwer ist, aber dann steige ich ein. Mein Fahrer begrüßt mich, bevor er die Klimaanlage andreht. Er ist offiziell mein neuer bester Freund!

Am Anfang der Fahrt macht er ein bisschen Small Talk, aber dann fährt er still über den neuen Highway, der die Hauptstadt mit dem Süden verbindet und menschenleer ist. Hier muss Maut gezahlt werden, hat Katrina mir erklärt, weswegen die Einheimischen ihn nicht nutzen. Er ist also eine Touristenstraße.

Ich würde mir gerne die Landschaft anschauen, aber es ist dunkel, weswegen ich irgendwann einschlafe. Erst als der Fahrer mich wieder anspricht, merke ich, dass wir schon am Zielort sind.

Gerade mal zwei Stunden sind vergangen, bis wir an meinem Hotel ankommen. Ich bedanke mich, gebe Trinkgeld, bevor ich meinen Koffer ins Hotel bringe und einchecke. Nachdem ich den Schlüssel bekommen habe, fahre ich mit dem Aufzug nach oben. In meinem Zimmer angekommen, gehe ich als Erstes auf den Balkon. Ich hatte nämlich Zimmer mit Meerblick gebucht. Im Dunkeln kann man natürlich nicht viel sehen, aber es dämmert schon ganz leicht.

Ich weiß, diese Gegend hier ist sehr touristisch, gerade auch dieses Städtchen, aber für meinen Job brauche ich Menschen um mich, ganz besonders natürlich Männer.

Das erinnert mich an Roshan, weswegen ich mein Handy ins WLAN einlogge und dann die Dating-App öffne. Ich schreibe ihm eine kurze Nachricht, dass ich angekommen bin. Dann checke ich, ob mich weitere interessante Männer gelikt haben, aber obwohl die Auswahl groß ist, ist keiner dabei, der mir wirklich gefällt. Oder sie sind ebenfalls Touristen, was mir nicht weiterhilft, schließlich teste ich einheimische Männer.

Wie sich das anhört.

Ich überlege, ob ich noch den Koffer auspacken soll, aber dann öffne ich ihn nur, um mein Nachthemd rauszuholen. Aber duschen muss ich noch.

Als ich endlich in dem äußerst bequemen Bett liege, schickt sich die Sonne schon fast an, aufzugehen.

~

GEWECKT WERDE ich durch ein Klopfen an der Tür.

»Housekeeping.«

»Äh, nein, danke!«

»Handtücher?«

»Nein danke. Ich hab alles.«

»Schönen Tag auch.«

Wieso kommt denn das Reinigungspersonal so früh am Morgen? Ich greife nach meinem Handy und bin überrascht, dass es schon ein Uhr ist. Länger sollte ich auf keinen Fall schlafen, sonst werde ich ewig unter Jetlag leiden.

Als mir einfällt, dass es hell ist und ich somit das Meer sehen kann, springe ich aus dem Bett und gehe auf den Balkon.

Wärme mit einer leichten Brise vom Wasser her umfängt mich, bringt mich zum Lächeln. Das Meer glitzert im Sonnenlicht. Der Sand ist weiß, überall sind Menschen, aber es wirkt trotzdem nicht voll, was mir gefällt.

Nach einer kurzen Katzenwäsche ziehe ich mir einen Bikini und ein Strandkleidchen an und mache mich auf den Weg zum Strand. Direkt hinter dem Hotel werden Liegen und Schirme angeboten, weswegen ich eine nehme. Man muss sie nicht bezahlen, dafür wird aber erwartet, dass man in dieser Bar mindestens was zu trinken bestellt. Da ich aber auch unglaublichen Hunger habe – wobei mir einfällt, dass man Hühnchen doch falsch zubereiten kann! Flugzeugessen ist wirklich nicht das allerbeste –, lasse ich mir die Karte geben und bestelle schließlich ein Club-Sandwich, einen großen Kaffee und eine Flasche Wasser.

Dann ziehe ich das Kleid aus, creme mich ein und laufe zum Wasser. Als die Wellen meine Zehen umspielen, kann ich nicht anders, als zu lächeln. Es ist so toll!

Und ich darf hier sein! Ich bin ein echtes Glückskind. Klar, immer noch mache ich mir Sorgen, wie das alles hier abläuft, wie ich alles schaffe, aber das hier ist einfach das Paradies. Ganz ehrlich.

Zurück an meiner Liege, ist mein Sandwich da und ich stürze mich darauf, als wäre ich halb verhungert.

»Kokosnuss?«, fragt ein älterer Mann.

»Nein danke«, sage ich lächelnd.

»Vielleicht später?«

»Vielleicht später.«

Ich lege mich auf die Liege, packe meinen Reader aus

und beginne mein erstes Buch. Zu Hause komme ich nicht immer zum Lesen, daher habe ich mir vorgenommen, unglaublich viele Bücher zu verschlingen. Schließlich habe ich sonst nicht viel zu tun.

Als ich gerade so richtig in die Geschichte eingetaucht bin, höre ich: »Hey.« Aber da ich niemanden kenne, kann das nicht mir gelten.

Beim zweiten Mal schaue ich doch auf und sehe ein Paar gebräunte Beine. Als mein Blick nach oben schweift, gleitet er über schwarze Schwimmshorts, über ein Sixpack und eine ausgeprägte Brust, bis er schließlich an einem gut aussehenden Gesicht hängen bleibt. Er lächelt mich amüsiert an, zumindest soweit ich das beurteilen kann, denn er trägt eine Sonnenbrille, die seine Augen unkenntlich macht.

»Darf ich mich setzen?« Er zeigt auf die leere Liege neben mir.

»Äh, klar. Sorry. Ich hatte gar nicht mitbekommen, dass du mich meintest.«

»Das hab ich gemerkt.« Er zieht die Sonnenbrille ab. »So spannend?«

»Ja, schon.«

»Tut mir leid, dass ich dich störe. Ich bin Jason.« Er hält mir seine Hand hin. Da mir nichts anderes übrig bleibt, schüttele ich sie. »Und du bist?«

»Quinn.«

»Bist du schon länger hier?«

»Letzte Nacht angekommen.«

Er lächelt wieder.

Also, ich muss etwas gestehen. Normalerweise bin ich nicht gut darin, die Signale von Männern zu erkennen. Meist verstehe ich nicht einmal, dass sie mit mir flirten. Wenn mir jemand zuzwinkert, denke ich, dass er was im Auge hat.

Aber bei ihm hier? Bei Jason? Das verstehe sogar ich. Er flirtet.

»Bist du alleine hier?«

»Ja, und du?«

»Mit ein paar Kumpels.« Er zeigt hinter sich auf drei Typen, die neugierig zu uns rübersehen. Anscheinend wollen sie sehen, wie ihr Freund sich schlägt. »Wenn du Lust hast, komm doch zu uns rüber.«

Mist. Er scheint nett zu sein, aber es gibt viele Gründe, warum ich nicht Ja sagen kann. Erstens: Ich bin kaputt und daher keine gute Gesellschaft. Zweitens: Ich bin hier, um singhalesische Männer zu treffen. Drittens: Das Buch ist echt spannend. Aber ich bin auch echt schlecht darin, Nein zu sagen.

»Können wir das vielleicht verschieben? Ich bin echt erledigt und bleib bestimmt nicht mehr lange.«

»Klar, was hältst du von Abendessen?«

Na ja. Essen muss ich.

»Okay, das können wir machen.«

»Ehrlich? Cool! Soll ich dich so um sieben abholen? Wo ist dein Hotel?«

Ich zeige hinter mich. »Um sieben am Eingang?«

»Perfekt. Freut mich sehr, Quinn.«

»Mich auch.«

Er grinst, bevor er zu seinen Freunden zurückgeht. Offensichtlich erzählt er, dass er ein Date klargemacht hat, denn sie johlen und klopfen ihm auf den Rücken.

Männer.

Endlich kann ich mich wieder meinem Buch widmen. Zwischendurch mache ich ein Nickerchen, bevor ich um fünf meine Sachen zusammenpacke und zurück ins Hotel gehe. Ich gehe duschen, bevor ich meinen Koffer auspacke und mir überlege, was ich anziehen will. Frauen haben doch überall dieses Problem. Zu Hause, im Urlaub.

Aber das hier ist Urlaub. Ich werde ihn wahrscheinlich nie wiedersehen. Daher kann ich sein, wer ich sein will. Vielleicht ist diese ganze Reise auch eine Chance, herauszufinden, wer Quinn eigentlich ist. Das wäre doch ein echter Bonus.

3

Als ich pünktlich um sieben aus dem Aufzug trete, sehe ich Jason schon am Eingang warten. Er sieht ein wenig nervös aus, was ich irgendwie süß finde. Klar, seinem Akzent nach zu urteilen, kommt er aus England, und das steht nicht auf meiner Liste, aber es schadet auch nicht, einen netten Abend zu haben.

»Hey«, sage ich, als ich bei ihm ankomme.

Er dreht sich um und lächelt dann strahlend und irgendwie erleichtert. »Hi, schön, dass du wirklich gekommen bist.«

Ich grinse. »Hatte ich doch gesagt.«

»Leider tun Frauen nicht immer das, was sie gesagt haben.«

»Ich glaube, das gilt für Menschen im Allgemeinen.«

Er macht eine entschuldigende Geste mit der Hand. »Natürlich, so sollte das auch nicht klingen. Ich kann es nur aus meinem Blickwinkel beim Dating sagen.«

»Alles gut. Ja, ich glaube, Dating ist eine ganz besondere Art von Spiel, weil verschiedene Bedürfnisse aufeinander treffen.«

»Ganz genau. Ich dachte, wir gehen in dieses kleine Restaurant am Strand, wenn du magst?«

»Ich folge dir.«

Grinsend sagt er: »Alles klar. Dann hier lang.« Er geht die Straße runter. »Ich glaube, das mit den verschiedenen Bedürfnissen ist genau das Problem. Manche wollen Spaß, andere mehr, und kaum einer spielt mit offenen Karten, weil er sich seine Chancen nicht vermasseln will.«

»Das ist wirklich schade. Es wäre toll, wenn einfach alle ehrlich wären.«

»Aber wenn man einer hübschen Frau sagt, man will nur Spaß, hat sie vielleicht kein Interesse.«

»Das kann passieren, aber ist es nicht fairer, wenn sie selbst entscheiden kann, ob sie sich auf jemanden einlassen will, statt dass man ihr falsche Versprechungen macht?«

Er grinst. »Aber wenn sie wirklich heiß ist …«

»Nehmen wir mal mich. Was erhoffst du dir von mir?«

Keine Ahnung, ob das eine gute Konversation für ein erstes Date ist, aber da kommt offensichtlich die Journalistin in mir durch. Ein Einblick in männliches Denken ist vielleicht auch ganz gut für meinen Artikel.

Jason sieht mich ein wenig unsicher an. »Na ja, wir sind im Urlaub, kommen wahrscheinlich aus verschiedenen Ecken der Welt …«

»Also ein Urlaubsflirt?«

»So in der Art.«

»Was, wenn ich auf der Suche nach was Festem wäre?«

»Bist du es?«

»Nein.«

Grinsend meint er: »Dann hab ich mir also meine Chancen bei dir nicht versaut.«

Ich stupse ihn mit dem Ellenbogen an. »Aber mal angenommen, ich wäre es. Würdest du mir Versprechungen von einer gemeinsamen Zukunft machen, um eine Chance bei mir zu haben?«

»In diesem Fall nicht.«

»Wieso nicht?«

Er macht erneut eine entschuldigende Geste, bei der er die Schulter hochzieht. »Du bist heiß und alles, aber wenn man im Urlaub was anfängt, ist es doch eigentlich immer nur was Lockeres.«

»Ist das so?«

»Ja, oder? Ich mein, alles andere ist doch unpraktikabel. Absichtlich eine Fernbeziehung einzugehen, ist doch keine gute Idee. Wenn man mit jemandem zusammen ist, will man sich doch auch sehen, denkst du nicht?«

»Doch, denke ich auch. Tut mir leid, dass ich dich so ausfrage. Berufskrankheit.«

»Was machst du denn?«

»Ich bin Redakteurin bei einem Magazin.«

»Wow, cool. Wieso bist du eigentlich alleine hier? Macht Urlaub mit Freunden nicht mehr Spaß?«

»Meine Freundin hat mich sitzen lassen, daher ... Ich brauchte aber wirklich mal Urlaub.« Keine richtige Lüge, schließlich kann man Urlaub immer gebrauchen.

»Das tut mir leid. Also, dass deine Freundin dich hängen lassen hat. Wenn du magst, kannst du dich uns anschließen.«

Ich lache auf. »Ja, es ist mein absoluter Traum, mit vier Jungs Zeit zu verbringen.«

Er grinst. »Hey, wir sind nicht so übel.«

»Das glaub ich auch gar nicht. Lass uns erst mal schauen, wie der Abend läuft. Und ich muss mich dringend noch vom Jetlag erholen. Bin ja letzte Nacht erst angekommen.«

»Klar, ist auch nur ein Angebot.«

»Danke dir. Ich weiß ja, wo ich euch finde, wenn mir langweilig ist.«

»Ganz genau.« Er deutet auf einen unscheinbaren Eingang. »Hier ist es.«

Ich trete ein, folge dem grauen, nicht besonders einladenden Flur, bis ich schließlich am Strand aus dem Gebäude trete. Überall hängen Lichterketten, lodernde Fackeln stecken im Sand, die Stühle sehen loungig aus und im Hintergrund kann man die Wellen hören. Es ist einfach wunderschön.

»Wow. Damit hab ich nicht gerechnet.«

»Oder? Wir haben das auch nur durch Zufall gefunden.«

»Krass. Danke, dass du mich hergebracht hast.«

»Sehr gerne.«

Ein Kellner kommt auf uns zu, lächelt mich an. »Für zwei?«, fragt er dann Jason, der nickt. Der Kellner weist in eine Richtung und Jason legt mir ein bisschen besitzergreifend die Hand auf den Rücken, als wir auf den freien Tisch zugehen, als wollte er zeigen, dass ich vergeben bin.

Ich muss schmunzeln, weil er doch gerade noch gesagt hat, dass Urlaubsflirts per se locker sind, sich jetzt aber vor der Konkurrenz aufspielt. Männer. Wissen auch nicht, was sie wollen.

Der Kellner reicht uns die Karten und ich vertiefe mich in meine, als mein Handy klingelt. Ich ziehe es aus meiner Tasche. Unbekannte Nummer. Ich weiß natürlich nicht, ob es stimmt, aber ich habe das Gefühl, dass es Heath ist, der versucht, mich mit einer anderen Nummer zu kontaktieren, weil ich ihn blockiert habe. Schnell stelle ich es auf lautlos, bevor ich es wegstecke.

»Ein Verehrer?«

»Nicht ganz. Mein Ex-Freund, der nicht versteht, dass es schon seit Monaten vorbei ist.«

Ob das stimmt? Wenn nicht, ist es auch egal.

»Oh, komplizierte Geschichte?«

»Eigentlich ganz einfach.«

»Spricht dich was an?«, wechselt er das Thema.

»Ehrlich gesagt … alles.«

»Wir könnten beide was Unterschiedliches bestellen und dann teilen?«, schlägt er vor.

»Ähm, also …«

Er sieht mich abwartend an.

»Ich mag mein Essen nicht teilen«, sage ich dann ganz schnell, weil es irgendwie schon ein bisschen peinlich ist, so was zu sagen.

»Ach so, kein Thema. Dann hast du die Qual der Wahl.«

Ich bin erleichtert, dass er es locker aufnimmt. Keine Ahnung, wieso es so ist. Aber ich mag es einfach nicht, wenn eine fremde Gabel oder fremde Finger sich von meinem Teller bedienen. Heath hat das nie verstanden, sich drüber lustig gemacht und es trotzdem getan.

Als der Kellner zurückkommt, bestelle ich den Cheeseburger mit Pommes und Jason nimmt Nudeln mit Lachs und Scampi. Okay, da würde ich schon gerne naschen … Aber wenn man es selbst nicht mag, darf man es auch bei anderen nicht machen.

»Was machst du eigentlich?«, frage ich ihn, während wir auf unsere Getränke warten.

»Ich studiere noch.«

»Wie alt bist du?«, frage ich überrascht.

»Einundzwanzig.«

»Oh.«

»Und du?«

»Ein kleines bisschen älter?«

»Dreiundzwanzig?«

»Du bist echt ein Schatz.«

Sein Grinsen ist manchmal ganz schön frech, was ich sehr mag.

»Ist doch eigentlich auch egal. Ich schätze, dass du über fünfundzwanzig bist, weil du schon arbeitest, aber im Grunde ist es nur eine Zahl.«

»Das stimmt. Ich bin übrigens neunundzwanzig.«

»Du siehst echt jünger aus.«

»Danke.« Ich lächele ihn an, hebe dann mein Glas. »Auf einen schönen Abend.«

»Und hoffentlich eine schöne Woche mit dir.«

Obwohl ich weiß, dass das nicht möglich ist, stoße ich an. Er ist wirklich süß.

Als unser Essen kommt – das fabelhaft aussieht! –, bietet er mir an, zu probieren.

»Auch wenn ich dir keine Pommes klauen darf.« Er lacht.

»Sorry!« Ich verberge mein Gesicht in den Händen.

»Ach was! Alles gut.«

»Wirklich? Du hast nichts dagegen, wenn ich probiere, auch wenn ich nicht teilen will?«

»Nein, probier.« Er schiebt mir seinen Teller rüber.

Es ist so verführerisch, dass ich es einfach tun muss. »Oh Gott«, murmele ich mit vollem Mund. »Das ist so gut!«

»Mir schmeckt's auch. Wie ist der Burger?«

»Nur halb so gut wie deine Nudeln.«

Neidisch schaue ich auf seinen Teller. Deswegen soll man nicht probieren. Weil man traurig wird, wenn das andere Essen besser schmeckt als das eigene.

»Wollen wir tauschen? Ich mein, ich hab jetzt schon was gegessen ...«

»Nein, alles gut, aber danke.« Ich lächele ihn an. Das ist wirklich die perfekte Reaktion. So sollte der Mann in meinem Leben reagieren. Irgendwann mal. Also der Richtige. »Wie lange bleibst du denn noch?«

»Bis Donnerstag. Wir sind schon über eine Woche hier. Hatten zwei Wochen.«

»Keine Mädels?«

Er schluckt seine Nudeln runter, bevor er grinst. »Natürlich nicht, die wären nur im Weg.«

»Wieso? Hast du eine feste Freundin?«

Er sagt nichts. Eine ganze Weile.

»Also ja?«

»Ist doch egal. Wir wollen doch Spaß haben«, sagt er dann.

Ich bin ein bisschen vor den Kopf gestoßen. »Ehrlich? Du bist hier, um deine Freundin zu betrügen?«

»Wenn es sich ergibt.«

»Wow.« Ich nehme die Serviette von meinem Schoß, die ich da platziert hatte, stehe auf. »Tut mir leid. Aber das ist ein absolutes No-Go für mich.«

»Ach komm. Stell dich nicht so an. Ich mach auch kein Theater wegen des Typen, der gerade angerufen hat.«

Ich nehme Geld aus meiner Tasche, keine Ahnung, wie viel das ist, lege es auf den Tisch. »Noch einen schönen Urlaub.«

»Quinn! Komm schon!«

Aber das kann ich nicht. Wenn ich es nicht gewusst hätte, vielleicht, aber so auf gar keinen Fall. Ich kann anderen Frauen nicht antun, was Heath mir angetan hat. Das geht einfach nicht. Weibliche Solidarität und all das, aber vor allem mein eigenes Gewissen. Es hat mich so zerstört, dass er das getan hat. Dass er mit mir Schluss gemacht hat, hätte ich verkraftet, aber dass er mich die ganze Zeit nur verarscht hat, ist das, was so schwer wiegt. Niemals werde ich das einer anderen Frau antun.

Ich bin mir nicht sicher, welchen Weg wir genommen haben, weswegen ich ein Tuk Tuk anhalte und mich zum Hotel bringen lasse. Für wahrscheinlich ein Vermögen, denn ich weiß immer noch nicht, wie viel was ist.

In meinem Zimmer angekommen, schminke ich mich

ab, bevor ich auf die Uhr sehe. Erst halb neun. Jetzt kann ich noch nicht schlafen gehen. Ich öffne die Dating-App, schaue, ob Roshan geantwortet hat.

Roshan: *Willkommen in Sri Lanka! Ich hoffe, dein Flug war okay und du hast den heutigen Tag schon genießen können. Was hast du als Erstes gemacht?*
Ich: *Ich hab geschlafen, dann war ich am Strand und hab gelesen. Das Wetter ist traumhaft.*

Es dauert nicht lange, bis er antwortet.

Roshan: *Wie ist das Wetter in New York? Winter?*
Ich: *Ja, genau. Es ist Winter. Als ich geflogen bin, hat es geschneit.*
Roshan: *Ich hab noch nie Schnee gesehen.*
Ich: *Hast nichts verpasst.*
Roshan: *Ich weiß nicht. Stelle ich mir wie eine schöne Erfahrung vor.*
Ich: *Ich hasse den Winter. Am liebsten würde ich irgendwo am Meer wohnen, wo immer gutes Wetter ist.*
Roshan: *Dann bleib bei mir. :D*
Ich: *Streng dich an. ;-)*
Roshan: *Hahaha. Okay, du wirst nie wieder gehen wollen.*
Ich: *Es ist hier so wunderschön, ich will schon gar nicht mehr gehen.*
Roshan: *Kann ich gut verstehen. Deswegen bin ich auch zurückgekommen.*
Ich: *Ach, du hast woanders gelebt?*
Roshan: *In England, für zwei Jahre. Mein Onkel lebt da. Meine Eltern wollten, dass ich in einer Bank arbeite. Aber das war nichts für mich. Ich brauche das Meer.*
Ich: *Aber hättest du in England nicht mehr Chancen gehabt?*
Roshan: *Was für Chancen denn? Die Chance, einen Job zu haben, der mich unglücklich macht? Die Chance, in einem Land*

zu leben, in dem ich ständig schräg angeguckt werde, weil ich nicht reinpasse? Die Chance, immer nur Nebel und Regen zu erleben?

Ich: *Sorry, ich wollte dir nicht zu nahe treten.*

Roshan: *Bist du nicht. :-) Keine Sorge. Es ist nur so, dass ich vielleicht einfach andere Vorstellungen vom Leben habe als andere. Ich weiß, du meintest, dass ich vielleicht mehr Sicherheit hätte als hier, also finanziell, aber das kann doch nicht alles im Leben sein, oder?*

Ich muss bei seinen Worten lächeln, weil er so recht hat. Es sollte sich nicht immer nur ums Geld drehen, aber bei so vielen ist es so. Ich schließe mich da nicht aus. Finanzielle Sicherheit ist auch mir wichtig.

Ich: *Du hast total recht. Also in der Theorie. In der Praxis kann sich nicht jeder leisten, so idealistisch zu sein.*

Roshan: *Das ist echt schade. Ich mag nicht viel haben, aber ich mache, was ich liebe, und ich bin glücklich.*

Ich: *Vielleicht erzählst du mir am Montag noch mehr davon?*

Roshan: *Klar, gerne. Hatte ich dir schon die Adresse von der Bar geschickt?*

Ich: *Nein.*

Roshan: *Dann mach ich das eben. Ich freu mich schon.*

Ich: *Ich mich auch. Aber jetzt muss ich schlafen gehen.*

Roshan: *Jetlag?*

Ich: *Ich befürchte, ja.*

Roshan: *Dann schlaf schön und ruh dich die nächsten beiden Tage noch aus. Ich freu mich, wenn du mir wieder schreibst.*

Ich: *Gute Nacht! Ich freu mich, wenn wir uns sehen.*

Und das ist tatsächlich so. Ich freue mich darauf, weil er so ein cooler Mensch zu sein scheint. Vielleicht ist dieser Auftrag doch kein absolutes Desaster.

Am nächsten Tag liege ich erneut mit meinem Buch am Strand, als Jason zu mir kommt.

»Hey.«

Ich sehe auf, lege meinen Reader zur Seite. »Hey.«

»Das ist gestern nicht so cool gelaufen.«

»Weil es einfach nicht cool ist.«

»Aber ist doch meine Entscheidung.«

»Klar ist es das. Aber es ist meine Entscheidung, dass ich da nicht mitmachen will.«

»Siehst du? Ehrlichkeit zahlt sich nicht aus.«

»Doch, natürlich. Nachdem ich alle Infos habe, kann ich für mich die richtigen Entscheidungen treffen.«

»Aber ich geh leer aus.«

Ich zucke mit den Schultern. »Egoismus ist halt auch nicht immer gut.«

»War das deine letzte Antwort?«

»Ja. Ich kann das nicht.«

»Okay, kann ich wohl nichts dran ändern.«

»Nein. Mach's gut.«

Er nickt, steht auf, sieht so aus, als wolle er noch was sagen, dreht sich dann aber um und geht mit hochgezogenen Schultern weg.

Den restlichen Tag lese ich, schwimme und esse Club-Sandwiches. Wirklich, die sind richtig gut. An dem Abend esse ich in dem kleinen Café gegenüber vom Hotel, bevor ich schlafen gehe und mich darüber freue, dass ich so mutig war, hierherzufahren.

Der Montag beginnt nicht anders als die beiden anderen Tage. Ich liege am Strand und lese, aber als ich um vier Uhr zurück ins Hotel gehe, stellt sich die ultimative Frage ›Was ziehe ich an?‹ von Neuem.

Ich will nicht zu offenherzig sein, weil ich Roshan keine falschen Hoffnungen machen will, wenn ich mich dafür entscheide, es bei einem Date zu belassen. Auf der anderen Seite will ich aber auch Interesse signalisieren, weil ich finde, dass unsere Gespräche bisher echt nett waren. Das gute nett, meine ich. Er sieht gut aus, ist offensichtlich intelligent und tiefsinnig. Also alles Pluspunkte.

Schließlich entscheide ich mich für ein Sommerkleid, das nicht allzu kurz ist, nicht allzu tief ausgeschnitten, aber aus einem dünnen, luftigen Stoff ist, der im Wind weht. Ich schminke mich ein bisschen, wobei ich keine Foundation auftrage, da meine Haut sonnengeküsst ist, obwohl ich die meiste Zeit im Schatten gelegen habe.

Ich betrachte mich im Spiegel. Nice. Das muss ich schon sagen. Meine braunen Haare sind noch nicht ganz trocken, aber ich mag, dass sie in sanften Wellen mein Gesicht umrahmen.

Zufrieden gehe ich nach unten und halte dann ein Tuk Tuk an. Der Hotelier hat gesagt, dass ich am Tag zuvor viel zu viel bezahlt habe. Die Hälfte hätte es auch getan. Daher habe ich mir vorgenommen, zu handeln.

Als das Tuk Tuk neben mir hält, bin ich absolut perplex, weil da ein weißer Mann sitzt.

Er sieht mich auffordernd an. »Wohin?«

»Ähm …«

»Das kenn ich nicht.«

Ich verdrehe die Augen, nenne ihm dann die Adresse.

»Alles klar. Das macht dreihundert.«

»Hundertfünfzig.«

Er grinst. »Das sind fünf Kilometer.«

»Google Maps sagt einer.«

»Du kannst nicht glauben, was im Internet steht.«

»Dann fünfzig.«

»Wow, du willst mich abzocken.«

»Funktioniert es?«

»Nein, keine Chance. Zweihundertfünfzig ist mein letztes Angebot.«

»Dann nicht, danke.«

Ich drehe mich um, gehe ein Stück die Straße entlang. Er fährt mir hinterher.

»Zweihundertfünfzig ist ein gutes Angebot.«

»Das kannst du jemand anderem erzählen.«

»Ach, du kennst dich aus? Du bist so weiß, du kannst gerade erst angekommen sein.«

»Aber ich habe mich erkundigt. Dreihundert ist Wucher.«

»Deswegen ja zweihundertfünfzig. Soll keiner sagen, dass ich unfair bin.«

»Nein danke. Zu dem Preis nicht.«

»Du wirst niemanden finden, der es dir für den Preis macht.« Er grinst mich anzüglich an.

»Sehr witzig. Fahr weiter.«

»Stört es dich, wenn ich hier neben dir fahre?«

»Ja. Ich will nämlich ein anderes Tuk Tuk anhalten.«

»Wieso denn das? Du hast doch hier schon eins.«

»Aber das will ich nicht.«

Dieser Kerl ist total nervig. Hatte ich gerade noch gedacht, dass er bestimmt eine interessante Geschichte hat, denke ich jetzt nur noch, dass er mir auf den Geist geht. Aber mächtig.

»Das musst du auch noch lernen. Der Spatz in der Hand ist besser als die Taube auf dem Dach.«

»Ich will beides nicht. Kannst du jetzt verschwinden? Ich komm sonst zu spät.«

»Wohin geht es? Zu einem heißen Date?«

»Das geht dich nichts an.«

»Zweihundertdreißig, weil du es bist.«

Ich drehe mich um und gehe in die andere Richtung. Ich hoffe, dass er nicht ebenfalls umdreht, denn dann gehe ich auch noch vollkommen in die falsche Richtung.

»Hey, das ist unhöflich«, taucht er plötzlich wieder neben mir auf.

»Du fährst auf der falschen Spur.«

»Das nehmen wir hier nicht so genau.«

Weil es albern ist, von meinem Ziel wegzulaufen, drehe ich mich wieder um, hebe die Hand und winke einem vorbeifahrenden Tuk Tuk. Der Fahrer setzt dazu an, anzuhalten, aber dann ist da dieser nervige Kerl, der sich dazwischendrängelt.

»Willst du mich verarschen? Echt jetzt?«, rufe ich aus, als der andere Fahrer achselzuckend verschwindet.

Grinsend verschränkt er die Arme vor der Brust. »Wird Zeit, dass du einsiehst, dass ich deine einzige Chance bin. Dreihundertfünfzig.«

Kopfschüttelnd gehe ich weg. Dann laufe ich eben. Es ist ja nur ein Kilometer. Roshan wird sich wundern, wo ich bleibe, aber dann ist das eben so.

Mit festen Schritten laufe ich los, kralle die Finger um meine Handtasche, weil das schon echt frustrierend ist. So ein Arschloch, wirklich.

»Willst du jetzt die ganzen fünf Kilometer laufen? Dann kommst du eindeutig zu spät zu deinem Date.«

Ich starre stur geradeaus, lasse mich nicht mehr darauf ein. Er kann mich mal. Sein Verhalten ist so unfair, aber was soll ich machen? Mein Handy funktioniert nur im WLAN, ich könnte also nicht mal Hilfe rufen, wenn ich die Telefonnummer der Polizei wüsste. Und ich bezweifle, dass die das hier so wichtig nehmen würden, schließlich macht er eigentlich nichts. Er nervt nur ziemlich hart.

»Bist du jetzt beleidigt? Komm, ich fahr dich. Ich kann das gar nicht mit ansehen.«

Aber ich reagiere nicht.

»Hey, ich sag doch, ich fahre dich.«

»Für wie viel?«

»Fünfhundert.«

Wieso habe ich gedacht, dass er mir ein gutes Angebot machen würde? Wieso habe ich wieder mit ihm geredet? Das ist so albern.

»Verschwinde einfach!«

»Ich kann doch eine junge Frau im Dunkeln nicht alleine lassen«, spottet er.

»Das Einzige, was mir hier gefährlich werden könnte, bist du!«

»Wieso das denn? Weil du mir nicht widerstehen kannst, da ich so sexy bin?«

Ich schnaube nur und laufe weiter. Das ist doch zu blöd. Wenn ich schon nichts anderes machen kann, werde ich ihn ignorieren. Ganz einfach. So.

»Fein. Ich fahr dich. Komm, steig ein.«

Stur laufe ich weiter.

»Du kommst zu spät.«

Das weiß ich selbst, aber dann ist das jetzt eben so. Ich hoffe, Roshan wartet ein paar Minuten auf mich. Aber wahrscheinlich kommt er auch zu spät. Schließlich nimmt man es in tropischen Ländern mit der Zeit nicht so genau. Zumindest ist es das, was man sich erzählt.

»Wäre doch schade, wenn du nicht zu deinem Date kommen würdest, wo du so viel Zeit und Mühe in dein Outfit gesteckt hast.«

Als ich wieder nicht reagiere, hupt er. Aber die Hupe gibt ein jämmerliches Geräusch von sich. So wie Simba, der erst noch sein Gebrüll lernen muss. Ich schmunzele und hoffe einfach, dass er das nicht gesehen hat. Dann hupt er wieder. Arsch.

»Komm, jetzt wirklich. Ich fahr dich.«

»Wie viel?« Wieso antworte ich?

»Hundert.«

Ich bleibe stehen. »Wirklich?«

»Wirklich.«

»Na gut.«

Ich steige ein, suche hundert heraus. Er fährt los und hält dann nach gerade mal hundert Metern an.

»Wieso hältst du?«

»Wir sind da.« Er zeigt auf die Bar.

Ungläubig schaue ich hin und tatsächlich steht der Name dran. »Du bist ein richtiges Arschloch, weißt du das?« Ich werfe den Schein nach vorne, egal, wo er landet. »Werd glücklich mit deinem ergaunerten Geld.«

Wütend steige ich aus. Sein Lachen folgt mir zum Eingang. »Komm schon, Sheila. Sei nicht sauer.«

Ich will ihm sagen, dass das nicht mein Name ist, aber ich werde nie wieder ein Wort mit ihm reden. Nie wieder. So ein Arsch. Wirklich.

4

Als ich in die Bar trete, suche ich nach Roshan, aber ich sehe ihn nicht, weswegen ich mich schon mal hinsetze. Entweder ist er schon weg – wobei mein Handy sagt, dass ich nur zehn Minuten zu spät bin – oder er verspätet sich auch. Ich tippe auf Letzteres.

Ich frage den Kellner nach dem WLAN-Passwort, logge mich in die Dating-App ein und sehe seine Nachricht, dass er auf dem Weg ist, sich aber verspätet.

Gut, dann ist er noch nicht weg.

»Möchtest du was trinken?«, fragt ein Kellner freundlich.

»Ich warte noch auf jemanden, aber ich nehme ein Wasser.«

»Alles klar.«

Eins muss man dem Fahrer lassen. Weil er so genervt hat, war ich zu abgelenkt, um nervös zu sein, mir Sorgen zu machen. Das hole ich jetzt nach. Schließlich ist das hier mein allererstes Online-Date. Und dann auch noch in einem fremden Land. Ich habe seine Fotos gesehen, habe mit ihm geschrieben, aber was sagt das wirklich über einen Menschen aus? Er kann falsche Fotos verwendet haben. Wer sagt mir, dass es nicht so ist? Vielleicht kommt anstatt des gut aussehenden jungen Mannes ein alter Greis, der sich kaum noch auf den Beinen halten kann. Oder ein Mann mit Schmerbauch und Glatze.

Ich weiß, das hört sich oberflächlich an, aber es ist doch so, dass jeder eben mag, was er mag. Und ich finde, wenn es nur um Spaß geht, legt man andere Maßstäbe an. Jemanden für eine potenzielle Beziehung kennenzulernen, ist da noch mal was anderes. Klar wünscht man sich auch da, dass er attraktiv ist, aber man sagt doch ›Gefallen macht schön‹. Je mehr man jemanden mag, desto schöner wird er doch in den eigenen Augen. Es sind andere Dinge, die dann wichtig sind. Humor, Intelligenz, Warmherzigkeit ... Alles Sachen, die mit dem Aussehen nichts zu tun haben, obwohl ich der Meinung bin, dass man all das schon im Gesicht ablesen kann. Humor durch Lachfalten, Intelligenz in den Augen und Warmherzigkeit am Lächeln.

Aber hier geht es nicht darum, die große Liebe zu finden. Sondern um Spaß. Beziehungsweise um meinen Job.

»Quinn?«

Ich sehe auf, als ich meinen Namen höre. Da steht er. Langsam stehe ich auf, lächele.

»Hi!«

»Sorry, dass ich zu spät bin.«

Er sieht genauso aus wie auf seinen Bildern, obwohl er jetzt ein Shirt trägt. Die meisten seiner Fotos zeigen ihn mit nacktem Oberkörper. Nicht, dass das in irgendeiner Weise ausschlaggebend war. Gar nicht. Das ist meine Geschichte und dabei bleibe ich.

»Alles gut. Ich war auch ein bisschen zu spät.« Ich weiß nicht, wie ich ihn begrüßen soll, aber er nimmt es mir ab, indem er mich umarmt.

»Hast du gut hierher gefunden?«, fragt er, als er sich setzt.

»Ach, es war ja eigentlich nur geradeaus von meinem Hotel aus.«

»Cool. Hast du dich eingelebt?«

Der Kellner kommt, nimmt unsere Bestellung auf. Ich schaue Roshan fragend an. »Was kann man denn empfehlen?«

Bevor dieser antworten kann, mischt sich der Kellner, der gerade noch so freundlich war, ein wenig rüde ein. »Bei uns kann man alles empfehlen, hübsche Lady.«

Roshan grinst. »Fangen wir mit einem Bier an?«

Ich nicke und er bestellt zwei Flaschen. Als der Kellner weg ist, beuge ich mich zu Roshan. »Wow, der war vorher so nett.«

Grinsend antwortet er: »Na ja, wahrscheinlich hat er sich Chancen ausgerechnet, als du so alleine dasaßt, die ich jetzt kaputt gemacht habe. Zumindest in seinen Augen.«

»Und in deinen?«

»Ich weiß, dass das alles alleine deine Entscheidung ist und nichts mit mir zu tun hat.«

»Gute Antwort.«

Der Kellner kommt mit dem Bier zurück, knallt es vor Roshan auf den Tisch, während er mich anlächelt, als er mir meines sogar einschenkt.

Wir prosten uns zu. »Okay, das war schon ziemlich eindeutig«, gebe ich zu.

»Es ist wahrscheinlich doppelt schlimm, dass ich auch ein Einheimischer bin. Aber egal. Hast du dich schon eingelebt?«

»Es ist wunderschön hier. Das Meer. Der Strand. Einfach alles.«

»Ich weiß. Planst du, nach Hikkaduwa zu kommen? Du könntest mit Schildkröten schwimmen. Ich zeig dir, wo.«

»Ehrlich? Oh, ich bin noch nie mit Schildkröten geschwommen. Ist das nicht gefährlich?«

»Nein, gar nicht. Normalerweise sind sie ziemlich scheu und hauen schnell ab, wenn ein Taucher oder Schnorchler kommt, aber diese hier sind Menschen zu einem gewissen Grad gewohnt, weswegen man sie von nah sehen kann.«

»Aber es sind schon wilde Tiere oder sind sie zahm?«

»Nein, sie sind wild, aber da sie so nah am Strand leben, haben sie keine Angst mehr, was natürlich nicht gut für sie ist. Denn das gefährlichste Raubtier im Meer ist immer noch der Mensch.«

»Wie bist du dazu gekommen, Tauchlehrer zu werden?«

Er lehnt sich in seinem Stuhl zurück. »Ich bin am Meer aufgewachsen, in einem kleinen Fischerdorf. Daher war ich ständig im Wasser. Weil ich mich dafür interessiert hab, wie es unter der Oberfläche aussieht, hab ich angefangen, zu schnorcheln, bis mir das nicht genug war. Da war tauchen lernen der nächste logische Schritt.«

»Ich bin noch nie getaucht.«

»Möchtest du denn mal?«

Ich zucke mit den Schultern. »Keine Ahnung, eher nicht. Ich glaub, ich hab da einen Heidenrespekt vor.«

»Das ist auch nicht verkehrt, aber wenn man es richtig macht, kann da eigentlich nichts schiefgehen. Ich kann es dir zeigen, wenn du möchtest. Oder wir bleiben erst mal beim Schnorcheln.«

»Ja, ich glaub, das ist mir lieber.«

»Vielleicht hast du Lust, morgen zu kommen? Meine Tour für morgen wurde gecancelt, weil die beiden erkältet sind.«

»Also hast du den ganzen Tag frei?«

Lächelnd sagt er: »Sozusagen. Ich muss vormittags ins Büro und Schreibkram erledigen, aber ab eins oder so hab ich Zeit. Wenn du Lust hast, komm doch zur Tauchschule, wir nehmen Schnorchel und Masken mit und dann geht es ins Wasser.«

»Oh, cool, danke!«

»Gerne. Ich freu mich immer, wenn ich jemandem die Unterwasserwelt nahebringen kann.« Er nickt zu meinem Bier. »Möchtest du noch eins?«

»Gerne.«

Roshan bestellt noch zwei. »Hast du Hunger?«

»Ja, schon.«

»Willst du hier was essen?«

»Was gibt es noch für Möglichkeiten?«

»Ein paar Schritte weiter ist ein Roti-Shop.«

»Was ist Roti?«

»Eine Art Pfannkuchen. Eigentlich war es mal herzhaft, aber es gibt inzwischen auch süße Varianten.«

»Oh, für Pfannkuchen bin ich immer zu haben. Lass uns das machen.«

»Okay. Was hast du denn noch so geplant für deinen Aufenthalt hier?«

»Ich lass es eigentlich auf mich zukommen. Richtige Pläne gibt es nicht, weil ich ja auch nur eine Woche hier bin.«

»Wann fliegst du?«

»Samstag.«

»Geht es dann wieder nach Hause?«

»Nein, erst mal nach Singapur für ein paar Tage und dann noch nach Sydney.«

»Cool. Das hört sich gut an. Wieso ausgerechnet diese Länder?«

Die Wahrheit kann ich ihm natürlich nicht sagen. Obwohl, Männer sind manchmal komisch, vielleicht würde er das gar nicht schlimm finden.

»Ähm, hatte ich dir gesagt, dass ich eigentlich mit einer Freundin herkommen wollte?«

»Ich glaub nicht.«

Also erzähle ich ihm, wie Katrina mich hängen gelassen

hat, dass ich eigentlich gar nicht geplant hatte, hierherzukommen.

»Ich bin froh, dass du es getan hast«, antwortet er leise.

Er wäre ganz eindeutig der Typ Mann, in den ich mich verlieben könnte. Wenn ich schon wieder bereit wäre. Wenn ich ihn in New York kennengelernt hätte. Aber auch wenn wir darüber gescherzt haben, dass ich bei ihm bleiben könnte, kann ich es natürlich nicht. Ich habe ein Leben, eines, das mir Spaß macht, das ich gerne mag. Was sollte ich hier machen? Als Kellnerin arbeiten?

Ich trinke den letzten Rest meines Bieres aus. »Sollen wir?«

»Klar.«

Ich ziehe Geld aus der Tasche.

»Quatsch, ich bezahl«, sagt er entschieden, weswegen ich das Geld wieder einstecke.

»Danke.«

Er grinst. »Gerne.«

Als er bezahlt hat, gehen wir die *paar Schritte* – eher ein paar mehr – zu diesem Roti-Shop.

»Also, du kannst ihn auch mit Schokolade oder Früchten haben, aber klassisch wird er mit Curry gegessen. Was magst du?«

»Lieber herzhaft.«

»Okay, soll ich dir was bestellen oder hast du schon eine Vorliebe?«

»Bestell du, aber nicht so scharf.«

»Alles klar.«

Er spricht mit der kleinen Frau hinter dem Tresen in Singhalesisch. Sie fragt ihn ganz offensichtlich was über mich, weil sie mich ständig aus den Augenwinkeln ansieht. Roshan lacht und antwortet, was ihr aber offensichtlich nicht reicht. Mehr verstohlene Blicke in meine Richtung.

Aber dann zeigt Roshan auf einen kleinen freien Tisch und sie nickt.

»Setzen wir uns.«

Ich sinke auf den kleinen Plastikhocker. »Was hat sie über mich gesagt?«, frage ich neugierig.

»Dass Touristinnen gefährlich sind und ich mich lieber an ein gutes singhalesisches Mädchen halten soll.«

»Wieso sind wir gefährlich?«

»Na ja, weil man sein Herz an jemanden verlieren könnte, der dann Tausende Kilometer weit weg ist.«

»Auf der anderen Seite ist es ja vielleicht auch ganz gut, wenn es so ist. Keine Kletten.«

»So hat alles seine Vor- und Nachteile. Es schützt vor klettigen Mädchen, aber wenn die tollen wieder gehen, ist es schade.« Er lächelt mich an.

»Hast du dich schon mal in eine Touristin verliebt?«

Er kratzt sich am Nacken. »Um ehrlich zu sein, nein. Bisher hatte ich eher die klettige Bekanntschaft.«

»Ach ja? Wollten sie dich als Souvenir mit nach Hause nehmen?«, scherze ich, bevor mir auffällt, wie übergriffig so ein Spruch ist. »Tut mir leid, das war blöd.«

Er grinst, legt seine Hand kurz auf meine. »Keine Sorge, aber ja, so war es.«

Die kleine Frau serviert unser Essen, das himmlisch duftet.

»Wie macht man das jetzt?«

»Man reißt Stücke vom Roti, die man dann in das Curry taucht. Um die Fleischstückchen zu erwischen, nutzt man das Brot wie eine kleine Zange. So.«

Er zeigt es mir.

Sieht eigentlich ganz einfach aus, was es aber nicht ist. Weswegen ich die meiste Zeit nur Soße am Brot habe, aber kein Fleisch. Roshan guckt sich das eine Weile an, bevor er an den Tresen geht und mir eine Gabel mitbringt.

»Danke«, sage ich erleichtert, weil ich mir schon bescheuert vorgekommen bin.

»Es ist wie mit allem. Übung macht den Meister.«

»Das sieht leichter aus, als es ist.«

Auch dieses Mal bezahlt er und dann stehen wir ein wenig unschlüssig auf der Straße.

»Also, sehen wir uns morgen?«, fragt er dann.

»Sehr gerne. Schreibst du mir die Adresse, wo ich hinmuss?«

»Mach ich.« Er sieht mich an. »Irgendwie will ich nicht, dass der Abend schon vorbei ist.«

»Was schlägst du vor?«

»Ich bring dich zu deinem Hotel?«

»Aha«, sage ich scherzhaft.

Er grinst. »So meinte ich das nicht, aber abgeneigt wäre ich auch nicht.«

»Das freut mich natürlich, aber wäre es okay, wenn wir das nicht beim ersten Date machen?«

»Es ist alles deine Entscheidung.«

»Danke.«

»Also, in welche Richtung müssen wir?«

Ich zeige sie ihm und wir laufen los. Nach ein paar Metern spüre ich seine Hand gegen meine flattern, bevor er sie umfasst, seine Finger zwischen meine schiebt. Es ist angenehm, warm und stark, und ich habe absolut nichts dagegen.

Es ist leicht, mit ihm zu reden, weil er interessant ist, witzig, aber gleichzeitig merke ich auch, wie ich mich unbewusst zurückhalte. Das sind nämlich genau die Dinge, die ich an einem Mann mag. Aber gleichzeitig weiß ich natürlich, dass das hier keine Zukunft hat. Selbst wenn wir nicht durch die halbe Welt getrennt wären, gäbe es keine Zukunft, weil er ein Junge vom Meer ist und ich ein Mädchen aus der Großstadt.

Auch wenn ich scherze, dass ich gerne am Strand leben würde, ist es doch so, dass ich New York liebe. Es hat einen Grund, wieso ich mir diese Stadt ausgesucht habe. Ich liebe alles, was eine Stadt zu bieten hat. Kultur, Restaurants, Bars, Cafés. All das hat man nicht, wenn man in einem Fischerdorf am Meer lebt.

Daher halte ich mich zurück, damit ich nicht anfange, Gefühle für diesen wirklich interessanten Mann zu entwickeln. Er ist so anders als der Mann, den ich erwartet hatte. Ich hatte geglaubt, dass er ein Casanova sein würde, weil er jeden Tag mit Touristinnen zu tun hat, ein Urlaubsflirt nach dem anderen. Jede Nacht eine andere, der Spaß seines Lebens. Aber so ist er nicht. Ganz und gar nicht. Vielleicht schauspielert er, aber ich glaube es nicht.

Die Frau, die ihn mal bekommt, kann auf jeden Fall von Glück reden.

»Was denkst du?«

»Ganz ehrlich?«

»Natürlich.«

»Auch wenn es mich nichts angeht?«

Er grinst. »Es geht dich dann wahrscheinlich wirklich nichts an, aber ich hab nichts zu verbergen.«

»Vögelst du jede Nacht eine andere Touristin?«

»Was?«, fragt er überrascht.

»Du siehst gut aus, arbeitest als Tauchlehrer. Dir werden doch wahrscheinlich täglich Höschen hinterhergeworfen.«

Er lacht auf. »Du hältst mich für einen Weiberhelden?«

»Hm, du machst nicht den Eindruck.«

»Welchen Eindruck mache ich denn?«

»Es ist vielleicht nicht besonders smart, das bei einem ersten Treffen zu sagen, aber du bist intelligent, witzig, tiefsinnig, eloquent. Du machst den Eindruck, ein guter Mensch zu sein.«

»Danke. Dass du das über mich denkst, freut mich sehr.

Und nein, ich hab nicht jede Nacht eine andere. Klar, es ist nicht so, dass ich keine Chancen hab, und es ist nicht so, als würde ich die Angebote nie annehmen«, er reibt sich den Nacken, »aber eigentlich bin ich echt zahm, verglichen mit manchen Kollegen, die deinem Bild auf jeden Fall entsprechen.«

»Also suchst du eigentlich nach der großen Liebe?«, frage ich mit einem Hauch Humor in der Stimme, weil ich das Thema nicht zu ernst werden lassen will.

»Soweit man danach suchen kann.«

»Tut mir leid, aber ich muss dich das einfach fragen. Aber was willst du dann mit mir?«

Er sieht mich an, lächelt dann. »Du bist einfach zu süß, um nicht nach rechts zu wischen. Ich hatte nicht damit gerechnet, dass wir matchen würden, aber ich bin froh darüber. Auch wenn nichts weiter draus wird, auch wenn du wieder gehen wirst.«

Eine Weile laufen wir weiter, bis ich mich plötzlich umsehe. »Oh, ich glaub, wir haben uns verlaufen.«

Roshan schaut sich um. »Hattest du nicht gesagt, es war nur geradeaus?«

»Ja, aber …« Ich drehe mich um. »Ich befürchte, wir sind zu weit gegangen.«

Er lacht, bevor wir uns umdrehen. »Ich versteh das als Kompliment.«

Es dauert nicht lange, bis wir bei meinem Hotel angekommen sind. Unschlüssig bleiben wir vor dem Eingang stehen.

»Also, dann morgen so um eins?«

Roshan lächelt mich an. »Würde mich sehr freuen.«

»Dann sehen wir uns morgen. Brauch ich was, außer einem Badeanzug?«

»Nein, ich bring Masken und alles mit.«

»Oh, und wie teuer ist ein Tuk Tuk bis dahin?«

Er grinst. »Ah, du hast schon Erfahrung mit den Preisen gemacht. Also, mehr als tausend sollte es nicht sein.«

»Okay. Danke.«

Kurz beißt er sich auf die Lippe, bevor er sich zu mir beugt, sanft seine Lippen auf meine drückt. Sie sind warm und weich, aber gleichzeitig auch fest, was die perfekte Mischung ist. Er versucht nicht mehr als das.

Schließlich löst er sich. »Ich freu mich wirklich auf morgen.«

»Ich mich auch«, gebe ich zu und es ist die Wahrheit.

»Gute Nacht.«

Ich nicke, gehe zur Tür, drehe mich dann noch mal um, winke ihm zu. Er steht lächelnd im Licht einer Straßenlaterne, schaut mir nach.

Oh ja, er wäre auf jeden Fall ein Mann, in den ich mich verlieben könnte.

~

Den nächsten Vormittag verbringe ich im Hotel, frühstücke ausgiebig, bevor ich mich auf meinen Balkon setze, lese und darauf warte, dass es Zeit ist, ins Tuk Tuk zu springen und die fünfundzwanzig Kilometer nach Hikkaduwa zu fahren. Ich werde an der Rezeption bitten, dass sie mir eins zu einem guten Preis besorgen.

Da wir ins Wasser gehen, beschließe ich, mich nicht zu schminken. Es verläuft sowieso nur alles und natürlich habe ich nicht daran gedacht, wasserfeste Mascara einzupacken. Daran sieht man mal, dass ich weder Reisen noch Dating besonders gut beherrsche.

Ich ziehe meinen Bikini an, mein pinkes Strandkleid drüber, packe eine Tasche mit Wasser, Handtüchern und Sonnencreme. Einen Augenblick debattiere ich mit mir selbst, ob ich meinen E-Reader mitnehmen soll, aber dann entscheide ich mich dafür, immerhin ist die Fahrt wahrscheinlich langweilig. Mein Handy schließe ich mit meinem Pass im Safe ein. Geld stecke ich so in die Tasche.

Schließlich gehe ich hinunter und lasse mir ein Tuk Tuk rufen.

»Da ist der Fahrer schon«, sagt die freundliche Mitarbeiterin am Empfang und zeigt zum Eingang.

»Vielen Dank«, sage ich und drehe mich um.

Dann bleibe ich wie angewurzelt stehen. Was ist denn mit dem Schicksal kaputt? Es kann doch nicht sein, dass der unverschämte Kerl von gestern da steht!

5

Ich will mich gerade umdrehen und nach einem anderen Fahrer verlangen, als er mich freundlich anlächelt.

»Wo soll es hingehen?«

Da ich nicht antworte, sondern nur die Arme vor der Brust verschränke, sagt die Mitarbeiterin: »Sie möchte nach Hikkaduwa.«

»Alles klar. Sollen wir?« Er zeigt auf die Tür.

»Wie viel?«, frage ich.

»Neunhundert.«

»Hm.« Gegen den Preis kann ich nichts sagen. Roshan sagte, der wäre okay, also zucke ich mit den Schultern und folge ihm nach draußen.

»Wie war dein Date?«, fragt er auf dem Weg zu seinem Gefährt.

»Geht dich nichts an.«

»Ach komm, du wirst doch nicht nachtragend sein.« Er grinst mich an.

»Doch, bin ich.«

»Du bist ganz schön leicht zu ärgern, Sheila.«

»Ich heiße nicht Sheila!«

»Wie heißt du dann?«

»Quinn.« Wieso zum Teufel antworte ich ihm eigentlich?

Sein Grinsen ist ganz schön frech und ich will es ihm aus dem Gesicht schlagen, aber ich bin nicht gewalttätig, weswegen ich beschließe, ihn einfach zu ignorieren.

»Also, Quinn, wie war dein Date?«

»Ich sagte doch, dass es dich nichts angeht.«

»Autsch. Wir sind doch jetzt Freunde.«

»Ich weiß nicht mal, wie du heißt.«

»Jackson.«

»Wollte ich gar nicht wissen.«

Grinsend verbeugt er sich, als wir an seinem Tuk Tuk ankommen. »Madame, steigen Sie in meine Knutschkugel.«

»Ja, klar. Ganz sicher nicht.«

»Das bedeutet nicht, dass ich dich küssen will.«

»Wirst du auch nicht.«

»Das werden wir sehen.«

»Wenn du nicht mit dem Scheiß aufhörst, suche ich mir einen anderen Fahrer.«

Er beugt sich zu mir. »Ich werde dich nicht küssen, bis du mich drum bittest.«

»Da kannst du ewig drauf warten.«

»Dann ist doch alles geklärt. Steig ein.«

Aber irgendwie habe ich nicht das Gefühl, als wäre irgendwas geklärt. Trotzdem steige ich ein. Weil ich offensichtlich verrückt bin.

Wir tuckern los und ich genieße den Ausblick auf die lebendige kleine Stadt. Okay, der Verkehr ist vielleicht ein wenig gewöhnungsbedürftig, aber es ist eben auch ein Abenteuer.

»Was machst du in Hikkaduwa?«

Eigentlich will ich ihn ignorieren, aber irgendwie kann ich das auch nicht. Bin wahrscheinlich einfach zu höflich. »Mit Schildkröten schwimmen.«

»Am Turtle Point?«

»Keine Ahnung.«

»Ich hoffe nicht.«

»Wieso nicht?«

»Das ist irgendwie traurig.«

»Wieso?«

»Weil da diese großen Schildkröten im seichten Wasser sind und von Touristen angegafft werden. Man darf sie nicht anfassen, aber viele halten sich nicht daran. Kein bisschen.«

»Das hört sich nicht schön an.«

»Ist es auch nicht.«

»Dann hoffe ich einfach, dass wir da nicht hinfahren.«

»Wir?«

»Ich bin verabredet.«

»Mit deinem Date von gestern?«

»Wenn du es unbedingt wissen willst, ja.«

»Wollte ich doch nicht wissen.«

Ich schmunzele. »Zu spät.«

»Also ist es gut gelaufen.«

»Ja.«

»Wirst du dann jetzt nach Sri Lanka ziehen und tausend Kinder mit ihm bekommen?«

»Was? Nein. Natürlich nicht.«

»Ach, so eine bist du.«

»Wie, so eine?«

»Eine Touristin, die nur auf der Suche nach Sex ist.«

»Dazu fällt mir doch echt nichts ein.«

»Also stimmt es.«

»Nein, es stimmt nicht.« Obwohl es natürlich irgendwie doch stimmt. Aber wenn ich ihm sage, dass es eben mein Job ist, denkt er, dass ich eine Nutte bin.

»Man denkt immer, nur Männer sind Sextouristen, aber Frauen tun es auch. Ich bin seit zwei Jahren hier und habe unzählige Frauen kommen und gehen gesehen, die nur das Eine im Sinn hatten.«

Ich kann schlecht etwas dagegen sagen. Wenn man es genau nimmt, bin ich tatsächlich so eine. In diesem Moment kommen mir Zweifel an der Fairness des ganzen Experiments. Ja, es ist wie ganz normales Online-Dating, aber vielleicht gebe ich Männern Hoffnung, wenn gar keine da ist.

Vielleicht sollte ich zumindest in mein Profil schreiben, dass ich nur nach Spaß suche. Oder stimmt, was dieser Jason gesagt hatte? Dass klar ist, dass ein Urlaubsflirt unverbindlich ist, und man diesen Bedingungen zustimmt, wenn man sich darauf einlässt?

Aber fühlt es sich für die Männer wie ein Urlaubsflirt an, wenn sie gar nicht im Urlaub sind?

»Da fällt dir nichts mehr zu ein? Also stimmt es. Ich hätte ja nicht gedacht, dass du es so nötig hast«, reißt mich seine Stimme aus meinen Überlegungen.

»Soll das heißen, nur Frauen haben Sex mit Männern von hier, die es nötig haben?«

»Du willst mich in eine Falle locken.«

»Ich locke dich nirgendwo hin. Du hast von selbst rassistische Gedanken.«

Das bringt ihn erst mal zum Stocken, während ich den Verkehr beobachte, der um uns herumjagt.

Jackson räuspert sich. »Das war nicht okay. Aber es ist auch nicht richtig von euch Sextouristen, es zu tun.«

»Was ist denn der Unterschied zu normalem Online-Dating?« Ich beuge mich nach vorne, um ihn beim Fahrtwind besser hören zu können. »Da ist es doch auch so, dass man sich zum Sex verabredet. Ist das anders, wenn man sich in einem fremden Land aufhält?«

»Es ist anders, weil sich die Jungs hier ja vielleicht was anderes erhoffen.«

»Was erhoffen sie sich denn?«

»Na ja, vielleicht hoffen sie auf Liebe und damit auf eine Chance auf ein besseres Leben.«

»Hm. Also das ist in diesem Fall nicht so.«

»Wieso nicht?«

»Er könnte als Banker in London arbeiten, hat sich aber hierfür entschieden.«

Er lacht spöttisch. »Das könnte aber auch nur eine Finte sein, um dich dazu zu bringen, unvorsichtig zu sein und deine inneren Barrieren zu lockern, die du mit Sicherheit hast, weil du dich wahrscheinlich nicht verlieben willst.«

Das ist ein Gedanke, der mir noch nicht gekommen ist. Spielt Roshan mir was vor, damit ich mich in ihn verliebe? Hat er seine Vergangenheit nur erfunden?

Ich schüttele den Kopf. Nein. Ich mag vielleicht nicht die beste Menschenkenntnis besitzen (Beweisstück Nummer eins ist Heath), aber ich habe das Gefühl, dass er ehrlich ist. Sicher, man kann den Menschen nur vor den Kopf gucken, aber er macht einen ehrlichen Eindruck.

»Kann natürlich sein, aber wo wäre dann mein Fehler? Ich verspreche ihm ja nicht, ihn zu heiraten, um ihn ins Bett zu bekommen.«

»Du willst ihn also ins Bett bekommen.«

Ich verdrehe die Augen. »Keine Ahnung, vielleicht.«

»Dann, liebste Quinn, bist du auch nur eine Sextouristin.«

»Und du? Erzähl du mir doch nicht, dass du in den zwei Jahren, die du hier warst, ein Mönch warst.«

»War ich auch nicht. Ich hatte Sex mit Touristinnen.«

»Ach. Das ist okay?«

»Natürlich. Schließlich beschütze ich die Jungs von hier vor nymphomanischen Weißen.«

»Oh, ein Held bist du auch noch.«

Lachend meint er: »Captain Jackson. Oder nein: Iron Jackson.«

»Also Tony Stark ist auf jeden Fall lustiger als du.«

»Du hast mich noch gar nicht richtig erlebt.«

»Das, was ich erlebt habe, reicht auch für ein ganzes Leben.«

»Du hast gar keine Ahnung.«

»Will ich auch nicht.«

Er hält am Straßenrand an, dreht sich zu mir um, sieht mich einen Moment forschend an, bevor er sagt: »Geh nicht zu deinem Date.«

»Wieso nicht?«

»Weil es falsch ist, und du weißt es.«

Jackson hält meinen Blick fest und ich schaffe es nicht, wegzusehen. Ich schlucke. »Ich soll nicht zu diesem Date gehen, um mit ihm zu schlafen, sondern soll mit dir schlafen?«

Ein Grinsen spielt um seinen Mund. »Ganz genau.«

»Das ändert doch nichts. Wenn das eine falsch ist, wäre es das hier ja auch.«

»Mit dem Unterschied, dass ich weiß, worauf ich mich einlasse.«

»Ach so, du nutzt mich dann also aus.«

»So ungefähr.«

Aber er scherzt. Sein Blick erzählt ganz andere Dinge als sein Mund. Und er verspricht mir was. Er verspricht mir den besten Sex meines Lebens. Mir wird ganz warm.

Abgesehen von der Tatsache, dass er ein unverschämter Arsch ist und ich deswegen sowieso nicht mit ihm ausgehen würde, ist er auch gefährlicher für mich als Roshan. Ich spüre es ganz genau.

»Ich kann ihn nicht versetzen.«

»Dann fahren wir hin und du sagst ihm, dass du es dir anders überlegt hast.«

Ich verstehe nicht, warum ich tatsächlich darüber nachdenke. Jackson war bisher nicht besonders nett zu mir.

Gestern hat er mich sogar abgezockt, hat sich mit mir einen Spaß erlaubt. Heute beschuldigt er mich, die lokale Bevölkerung zu Sexsklaven zu machen. Und wieso denke ich dann darüber nach, dieses Angebot anzunehmen? Weil ich bescheuert bin, das ist ganz klar.

»Ich kann nicht.«

Er nickt langsam. »Wirst du mit ihm schlafen?«

Ich zucke mit den Schultern. »Das lasse ich mir offen.«

»Tu es nicht.«

»Wieso nicht?«

Er schaut weg, es arbeitet in seinem Kiefer, als er die Zähne aufeinanderpresst. »Tu es einfach nicht«, wiederholt er dann, dreht sich um und fährt los.

Für den Rest der Fahrt schweigen wir. Als wir ankommen, gebe ich ihm das Geld, aber er schüttelt den Kopf und fährt ohne ein weiteres Wort weg. Nachdenklich starre ich ihm hinterher. Man wird nicht wirklich schlau aus ihm.

Weil ich nicht weiß, was ich machen soll, folge ich einfach meinem Plan. Und der besagt, dass ich in die Tauchschule gehe und mich mit Roshan treffe.

Ich öffne die Tür.

»Hey, Quinn!«, sagt er lächelnd und steht von seinem Schreibtisch auf. Er kommt auf mich zu, umarmt mich. »Hast du gut hergefunden?«

»Ich musste nichts weiter machen«, erwidere ich lächelnd.

»Das stimmt. Hey, ich muss das noch eben zu Ende machen. Möchtest du was trinken?«

Ich schüttele den Kopf.

»Dauert auch nur fünf Minuten. Setz dich doch kurz da hin.« Er nickt auf eine kleine Sitzecke.

»Alles klar. Kein Stress. Sechs Minuten sind auch okay.«

Grinsend setzt er sich wieder vor seinen Computer, während ich mich auf den Sessel setze und nach einer Zeitschrift greife, die auf dem Tischchen liegt. Ich blättere sie durch, bis ich auf einen Artikel stoße, der mich interessiert. *Die zehn spektakulärsten Tauchspots der Welt.*

Ich tauche nicht, bin auch noch nie geschnorchelt, und doch fasziniert es mich, diese Bilder zu sehen. Die Wahrscheinlichkeit ist nicht groß, dass ich jemals in Indonesien, in der Karibik oder so tauchen werde, aber die Fotos sind ein Traum, eröffnen eine ganz eigene Welt, von der ich bisher keine Ahnung hatte. Besonders fasziniert mich Tonga im Südpazifik. Hier kann man mit Buckelwalen schwimmen. Nicht tauchen, aber schnorcheln. Und zur richtigen Jahreszeit kann man sogar mit Baby-Buckelwalen schwimmen!

Ich würde es nicht machen, die Viecher sind schließlich riesig, aber die Vorstellung ist atemberaubend. Diese sanften Riesen einmal live zu sehen, muss ein Traum sein.

»Bereit?«, fragt Roshan plötzlich.

Ich sehe auf. »Ja, bereit.«

»Was ist deine Schuhgröße?«

»Achtunddreißig.«

»Okay, dann hole ich dir ein Paar Flossen.« Er hält mir eine Maske hin. »Probier die mal.«

Ich greife nach ihr, sehe ihn dann fragend an.

Grinsend sagt er: »Ah, vergessen, dass du ein Newbie bist. Also setz sie vors Gesicht, ohne den Riemen zu befestigen, und dann atme tief ein und lass los. Wenn sie runterfällt, passt sie nicht.«

Ich tue, was er sagt.

»Moment«, wirft er ein, bevor ich einatme, und streicht mir ein paar Haarsträhnen aus dem Gesicht. »Jetzt.«

Die Maske passt wie angegossen.

»Sehr gut.« Er verschwindet, bevor er mit Flossen wiederkommt, die er mir reicht.

Kennt ihr Shapewear? In richtig gute muss man sich

auch hineinpressen. Genauso ist es mit Flossen, oder meine Füße haben einfach eine Form, die mit Flossen nicht kompatibel ist. Es ist beinahe unmöglich, in sie hineinzukommen!

Roshan grinst über meine Anstrengungen. »Warte, ich hol dir größere.«

Schnaubend setze ich mich auf. Also wenn Schnorcheln mit so viel Aufwand verbunden ist, ist es das vielleicht nicht wert.

Er reicht mir andere. »Probier die. Gleiche Größe, aber weiterer Schnitt.«

Und siehe da, auch für meine Füße gibt es geeignete Flossen.

»Perfekt«, sagt er. »Zieh sie wieder aus.«

»Nein.«

Er lacht. »Du kannst nicht mit Flossen bis zum Meer laufen.«

»Kann ich schon.«

Grinsend sagt er: »Na los, dann mach ein paar Schritte.«

Ich stehe auf, versuche, mit den überdimensionierten Flossen zu laufen, versage kläglich, was ihn erneut zum Lachen bringt.

»Ich hab es dir gesagt.«

»Jaja.« Ich ziehe sie schmollend aus.

»Okay, dann los. Willst du deine Sachen hier in meinem Spind lassen, nur ein Handtuch mitnehmen und den Rest holen wir dann wieder ab?«

»Super.« Ich ziehe mein Kleid aus, hole das Handtuch aus meiner Tasche, wickele mich ein, bevor ich ihm selbige reiche. Sein aufgeheizter Blick ist mir nicht entgangen. Dass ich nicht die schlankste Person auf dieser Welt bin, ist mir klar, aber bisher schienen die Männer nicht enttäuscht zu sein.

Als er wiederkommt, trägt er auch nur noch Shorts und

Flip-Flops. Er ist eher auf der schlanken Seite, aber athletisch, mit definierten Muskeln. Ich persönlich stehe eher darauf, wenn Männer breiter gebaut sind, wahrscheinlich weil ich mir dann zarter vorkommen kann, aber er sieht auch oben ohne sehr gut aus.

»Sollen wir?«

»Auf ins Abenteuer!«

Lachend reicht er mir die Hand. Ich lege meine in seine und habe wieder dieses warme, angenehme Gefühl, das ich auch schon gestern hatte.

Er bringt mich an eine Stelle im Wasser, wir lassen unsere Handtücher und Flip-Flops da. Ich will meine Flossen anziehen.

»Mach das erst im Wasser, dann musst du nicht so weit laufen.«

Er watet ein Stück in die Wellen und ich folge ihm. Roshan, der Angeber, zieht sie sich im Stehen an, aber ich setze mich in die Brandung. Als ich sie trage, zieht er mich hoch, was zu viel Gelächter führt, denn die Balance auf diesen Dingern ist nicht besonders einfach. Ich habe das Gefühl, dass mich jede Welle umreißt.

»Geh rückwärts, so ist es leichter.«

Als wir bis zur Hüfte im Wasser stehen, setze ich meine Maske auf. Roshan justiert alles, bevor er sagt: »Bleib stehen und steck das Gesicht unter Wasser. Wenn du dich sicher fühlst, heb die Beine an.«

Ich folge seinen Anweisungen und kreische fast auf, als ich sehe, dass um uns herum viele kleine Fischchen schwimmen. Begeistert grinsend hebe ich den Kopf.

»Gut?«, fragt er.

Ich nicke, stecke den Kopf wieder unter Wasser, hebe die Beine und schnorchele. Keine Ahnung, wie der Experte es beurteilt, aber meiner Meinung nach schnorchele ich wie ein Weltmeister. Ein echtes Naturtalent.

Er legt eine Hand auf meinen Rücken, was sich nett anfühlt, aber besser ist der Blick in eine Welt, die ich so nicht kannte.

Ich bin schon mal im Meer geschwommen, aber ich hatte keine Ahnung, was da unter mir alles rumgeschwommen ist. Selbst hier, ein paar Meter vom Strand entfernt, sehe ich Fische, die gar nicht mal so klein sind.

Roshans Gesicht taucht neben meinem auf. Er hält seinen Daumen fragend nach oben. Ich grinse, wobei mir Wasser in den Mund läuft und ich prustend auftauche und huste, weil die Tropfen in meine Lunge gelaufen sind. Großartig.

»Alles okay?«, fragt er mich, als er seinen Schnorchel aus dem Mund genommen hat.

Ich winke ab. »Jaja, aber ich weiß jetzt, dass man den Mund nicht verziehen darf, sonst läuft Wasser rein.«

»Wenn Wasser drin ist, puste kräftig in den Schnorchel, dann wird es mit der Luft ausgeströmt und alles ist wieder frei.«

»Guter Tipp. Mal schauen, ob ich den beherzigen kann.«

»Noch mal runter?«

Ich nicke.

»Okay, traust du dich schon, loszuschwimmen?«

»Wohin müssen wir denn?«

Er zeigt auf die Stelle, an der sich die Wellen brechen. »Da ist das kleine Riff.«

»Ach, okay, das schaff ich bestimmt.«

Er grinst, bevor wir beide unser Equipment richten und zurück unter Wasser gehen. Roshan hält noch einmal fragend seinen Daumen hoch. Ich nicke dieses Mal nur. Er beginnt, langsam zu schwimmen, und ich folge ihm. Irgendwann kommen wir an ein Tau, das er für mich runterdrückt, sodass ich drüber schwimmen kann.

Und dann ... dann taucht plötzlich eine Schildkröte

neben mir auf. Im ersten Moment bin ich wie erstarrt, aber dann möchte ich juchzen, weil ich niemals gedacht hätte, dass ich so etwas Wunderbares jemals sehen würde. Es ist einfach absolut unglaublich. Sie schwimmt vollkommen relaxt durch das Wasser, guckt hierhin und dahin und lässt sich nicht stören. Kein Wunder, dass die Schildkröten in *Findet Nemo* als absolut entspannte Tiere dargestellt werden.

Roshan tippt mich an, zeigt dann in eine Richtung. Da schwimmen noch zwei weitere. Ich könnte heulen vor Rührung, weil das einfach das unglaublichste Erlebnis ist. Wir beide sind ganz alleine im Wasser mit diesen drei wunderschönen Tieren. Manchmal weiß ich gar nicht, wohin ich als Erstes schauen soll, weil sie um uns herumschwimmen. Und dann taucht eine auf und atmet!

Ich strecke ebenfalls den Kopf aus dem Wasser und tauche dann gemeinsam mit ihr wieder unter. Das ist atemberaubend. Ganz ehrlich. Atemberaubend.

Die Natur ist absolut grandios. Wirklich. Ich bin ein Stadtmädchen, war es schon immer und werde es immer sein, aber in diesem Moment erkenne ich, dass dieser Planet so viel Unglaubliches zu bieten hat, mit dem der Mensch rein gar nichts zu tun hat. Die Natur ist der fantastischste Künstler, Ingenieur, Wissenschaftler, und alle anderen können einpacken.

Eine tiefe Zufriedenheit erfüllt mich, weil in diesem Moment so viele Puzzleteile für mich einrasten. Es geht gar nicht um höher, besser, schneller. Das ist im großen Schema des Universums vollkommen irrelevant. Wichtig ist Zufriedenheit. Roshan hat das erkannt. Als Banker in London hätte er viel Geld machen können. Aber er hat das hier gewählt.

Wir Leute aus dem Westen tendieren oftmals dazu, uns für so viel besser als der Rest der Welt zu halten, und ich kann mich da nicht ausnehmen, aber eigentlich streben wir doch alle nach Glück, und manche lassen sich eben nicht von all dem Glitzer ablenken, den wir für lebensnotwendig halten, und kommen daher schneller ans Ziel.

Roshan tippt mich erneut an, hält fragend den Daumen nach oben. Ich zeige beide als Antwort, versuche, mit den Augen zu lächeln, ohne dabei erneut den halben Ozean zu schlucken. Ich weiß nicht, ob ich es geschafft habe, aber er nickt.

Ich war noch nicht auf vielen Dates. Vor Heath hatte ich einen Freund in der Highschool, der mich zu einem Eis bei einem Fast-Food-Restaurant eingeladen hat. Dann hatte ich in dem Sommer vor dem College noch jemanden, der mit mir auf den Jahrmarkt gegangen ist. Dann kam schon Heath. Er hat mich zu einem Footballspiel mitgenommen, und ich mag gar kein Football.

Man könnte also sagen, dass ich bisher keine großen Ansprüche ans Dating hatte, weil alles nicht so grandios war. Deswegen ist es natürlich nur rein objektiv, was ich jetzt sage. Aber es wird so schwer für all die Männer, die vielleicht noch folgen, mich nach diesem verdammt perfekten Date noch zu beeindrucken. Dieses Erlebnis, schwimmen mit Schildkröten, wird nicht zu toppen sein.

Und für einen Moment bin ich traurig. Wäre es nicht großartig, wenn dieses Date mit einem Mann wäre, mit dem eine Zukunft bestünde?

6

»Wie hat dir das Schnorcheln gefallen?«

»Oh Gott, es war so wunderbar!«, antworte ich mit einem fetten Grinsen im Gesicht, sobald wir aus dem Wasser waten. Ich hätte noch ewig bleiben können, aber schließlich kamen ein paar andere Menschen und dann wurde es zu voll.

»Es freut mich sehr, dass es dir Spaß gemacht hat.«

Wir breiten unsere Handtücher aus, legen uns in den Sand und lassen uns von der Sonne trocknen. Nach ein paar Minuten creme ich mich ein, denn sonst bin ich in dreißig Sekunden ein Krebs. Wahrscheinlich ist es schon zu spät.

»Soll ich dir den Rücken eincremen?«

»Ja, danke.«

Seine Finger sind stark und vorsichtig zugleich und ich habe den Verdacht, dass er absichtlich länger cremt, als nötig wäre.

Als er fertig ist, drehe ich mich auf die Seite, schaue ihn an. »Was machst du so in deiner Freizeit, wenn das dein Job ist?«

»Ganz normale Sachen, denke ich. Treffe mich mit Freunden, gucke Serien und Filme, lese oft, verbringe Zeit mit meiner Familie. Aber ich verbringe auch meine Freizeit im, am oder auf dem Wasser. Ein Kumpel hat ein Boot, mit dem wir oft rausfahren. Solche Sachen eben. Was machst du, wenn du nicht um die halbe Welt reist?«

»Ich arbeite ziemlich viel, gehe zum Sport. Könnte öfter gehen, muss ich allerdings zugeben. Kino, Theater, Restaurants, Bars mit Freunden. Manchmal aber auch alleine, weil meine Freundinnen nicht gerne Musicals ansehen, ich aber schon. Na ja, auch alles eher wenig ungewöhnlich.«

Wobei ich sagen muss, dass mein sozialer Kreis in der letzten Zeit mächtig geschrumpft ist, aber darüber will ich nicht weiter nachdenken, weswegen ich den Gedanken zur Seite schiebe.

»Und du lebst in New York?«

»Genau. Ich bin eine Stadtpflanze.«

Er zuckt mit den Schultern. »So verschieden sind die Menschen eben. Ich hab London gehasst. Aber hier«, er greift in den Sand, lässt ihn herunterrieseln, »hier bin ich glücklich. Ich brauche nicht viel. Den Wind im Haar, die Füße im Meer und Salz auf den Lippen.«

»Ich kann das bis zu einem gewissen Grad nachvollziehen. Das Meer macht glücklich, aber ... mir würde die ... Keine Ahnung, wie ich es nennen soll. Die Zivilisation vielleicht. Die würde mir fehlen. Ich gehe gerne ins Theater und ins Museum. Eine Großstadt am Meer wäre wahrscheinlich der beste Ort für mich, wobei dann natürlich auch ein Teil des Charmes verloren geht, den dieser Ort hier hat.«

»Die eierlegende Wollmilchsau gibt es eben nicht. Man muss wissen, an welcher Stelle man bereit ist, Abstriche zu machen, welche Dinge einem wichtiger sind. Und dann wird man eine Entscheidung treffen können.«

Sein Blick streift meine Lippen. Unwillkürlich lecke ich

sie, was ihn schlucken lässt. Er hebt die Hand, streicht meine wirren Haare zur Seite, berührt meine Wange.

»Du bist so hübsch.«

Ein Lächeln stiehlt sich auf mein Gesicht, aber bevor ich antworten kann, rückt er näher an mich. Sein Atem berührt meine Wange und die Worte sterben auf meinen Lippen.

Er wird mich küssen!

Als dann sein Mund sanft über meinen gleitet, entfährt mir ein leiser Seufzer, weil so sanfte Küsse die perfekte Mischung aus Necken und Intimität sind. Seine Nase streicht sanft gegen meine, seine Mundwinkel kräuseln sich, bevor seine Lippen sich fordernder gegen meine drücken, seine Zungenspitze sanft anklopft und um Einlass bittet.

Meine Hand fährt durch seine kurzen Haare, streichelt seinen Nacken, während ich meinen Mund öffne. Sanft berührt seine Zunge meine und meine Augen fallen zu, während meine freie Hand nach seiner tastet. Als ich sie anfasse, greift er nach meinen Fingern, als wären ihm eine Hand und der Mund auch nicht genug Berührungspunkte.

Es ist ein toller Kuss. Wirklich.

Aber irgendwie muss ich in diesem Moment an Jackson denken. Und ich weiß nicht, wieso. Vielleicht, weil er mich darum gebeten hat, nicht mit Roshan zu schlafen?

Ich versuche, den Gedanken zu verscheuchen, mich auf das Hier und Jetzt zu konzentrieren, aber ich schaffe es nicht.

»Alles okay?«, fragt er, als er sich gelöst hat. Sein Blick sucht meinen.

Ich nicke zögernd. »Du bist perfekt.«

»Quatsch.«

»Doch. Alles an dir gefällt mir. Die Tatsache, dass du gefunden hast, was dich glücklich macht. Dein Aussehen. Die Art, wie du mit mir geschrieben hast, wie du mit mir sprichst. Dieses Date ... Das wird ab sofort mein Standard, an der ich alle anderen Dates messen werde. Es war perfekt.«

»Aber?«

Ich zucke mit den Schultern. »Aber es gibt keine Zukunft und ich bin mir nicht sicher, ob ich mit dir weitergehen möchte. Das hört sich total schizophren an, ich weiß. Gerade weil ich dich toll finde, weil du der Typ Mann bist, in den ich mich verlieben könnte, kann ich nicht weitergehen.«

Ganz langsam nickt er. »Versteh ich. Es wird mir jetzt schon schwerfallen, dich gehen zu lassen, weil du eine tolle Frau bist. Aber noch schlimmer würde es, wenn ich wüsste, dass Sex mit dir perfekt ist.«

»Vielleicht wäre er ganz schrecklich.«

Er grinst. »Ich bezweifle es, aber wir sollten uns beide an der Vorstellung festklammern.«

»Dann bist du mir nicht böse, dass ich deine Zeit verschwendet hab?«

Er streichelt meine Wange. »Du könntest meine Zeit niemals verschwenden. Ich hab jede Sekunde mit dir genossen. Noch nie zuvor hab ich mir gewünscht, dass die Dinge anders sind, aber jetzt gerade tu ich es. Du bist wirklich eine tolle Frau.«

»Du auch. Also, ein toller Mann, mein ich natürlich.«

Er drückt mir einen sanften Kuss auf die Lippen. »Eins musst du mir versprechen.«

»Was?«

»Wenn du jemals tauchen lernen willst, kommst du zu mir.«

Ich lächele. »Versprochen.«

Er dreht sich auf den Rücken, schließt die Augen. »Bleiben wir noch ein bisschen in der Sonne liegen?«

Ich rolle mich auch auf den Rücken. »Gerne.«

Mir fällt gar nicht auf, dass wir immer noch Händchen

halten, bis wir einige Zeit später aufstehen, unsere Habseligkeiten mitnehmen und zurück zu seiner Tauchschule gehen. Ich ziehe mich an, bevor wir unschlüssig vor der Tür stehen.

»Ich hab die Zeit mit dir ehrlich genossen«, sage ich.

»Ich auch.«

Einem Impuls folgend umfasst er mein Gesicht mit beiden Händen, schaut mir lächelnd in die Augen, bevor er mir noch einen sanften Kuss gibt. Nie zuvor hat ein Kuss so sehr nach Lebewohl geschmeckt wie dieser. Und es macht mich tatsächlich ein bisschen traurig. Gleichzeitig füllt es mich aber auch mit Hoffnung. Wenn ein so toller Mann existiert, muss es auch noch andere geben.

Roshan lässt mich los, hält ein Tuk Tuk für mich an. Ich steige ein und er lehnt sich noch einmal zu mir. »Pass auf dich auf.«

»Du auch.«

»Ich mag dich nicht gehen lassen.«

Ich lächele ihn an. »Danke für dieses schöne Erlebnis.«

Er richtet sich auf, bedeutet dem Fahrer, loszufahren. Ich drehe mich um, sehe ihn durch das Fenster immer kleiner werden.

Der erste Teil meines Artikels steht schon mal fest: Männer aus Sri Lanka sind gute Küsser, planen wunderbare Dates und punkten mit der perfekten Mischung aus gutem Aussehen und Warmherzigkeit.

Vielleicht vergeht der Stich, wenn ich mich darauf konzentriere, dass das hier nur ein Job ist. Aber es hat sich nicht wie Arbeit angefühlt. Ganz und gar nicht.

~

An diesem Abend sitze ich alleine in dem kleinen Restaurant gegenüber vom Hotel, stochere in meinen Nudeln, die ich mir dämlicherweise bestellt habe. Es macht doch keinen Sinn, die Dinge zu essen, die man immer essen kann. Vielmehr sollte man doch die lokale Küche ausprobieren. Wann werde ich jemals noch mal die Gelegenheit haben?

»Hey, Mann«, höre ich da plötzlich eine Stimme, dir mir vertraut vorkommt.

Ich sehe auf. Jackson reicht dem Mann hinter der Bar die Hand. Wenn er den Mund aufmacht, kommt nur Blödsinn raus, aber ich kann nicht abstreiten, dass er sehr gut aussieht. Er hat verwuschelte dunkle Haare, einen Viele-Tage-Bart, dunkle, ausdrucksstarke Augen. Er ist groß und breitschultrig, was ich sehr gerne mag. Wahrscheinlich sieht er nackt fabelhaft aus.

Okay, jetzt mal langsam mit den jungen Pferden.

Wieso stelle ich mir Jackson nackt vor?

»Ein Bier?«, fragt der Kellner ihn.

Jackson lässt sich auf einem Barhocker nieder. »Ja, bitte.« Er reibt sich den Nacken. »War ein Scheißtag.«

Das Zischen beim Öffnen des Kronkorkens ertönt, dann das Absetzen der Flasche auf dem Holz, das Schieben über den Tresen. »Danke, Mann.«

»Jederzeit gerne.«

Während Jackson einen Schluck nimmt, wandern seine Augen durch den Raum. Bis sie schließlich an mir hängen bleiben. Schnell schaue ich weg, tue so, als wäre mein Essen höchstinteressant. Vielleicht hat er mich nicht gesehen … Oder zumindest nicht erkannt.

Aber als ich Schritte höre, weiß ich, dass es nicht so ist.

Er zieht den freien Stuhl zurück, bevor er sich setzt. »Hey.«

Ich sehe auf. »Hi.«

Eine Weile beobachtet er, wie ich in meinem Essen rumstochere. »Was ist damit?«

»Wie bitte?«

»Schmeckt es dir nicht?«

»Doch, es ist lecker. Ich hab keinen Appetit. Oder vielleicht nur nicht auf Nudeln.«

»Amal, kann ich einmal Parippu haben?«, ruft er dem jungen Mann zu.

»Klar, kommt sofort.«

»Entschuldige mich kurz.«

Ich sehe ihm hinterher, bin ein wenig geplättet, was genau hier gerade passiert.

Es dauert nicht lange, bis er wieder da ist und sich erneut zu mir setzt. Dann greift er nach meinem Teller, zieht ihn zu sich. »Kann ich deine Gabel haben?«

»Was machst du?«, frage ich irritiert.

»Ich esse dein Essen.« Er grinst mich frech an. »Wäre doch eine Schande, wenn es weggeworfen werden müsste.«

»Aber du hast doch selbst was bestellt.«

Er streicht sich über den Bauch. »Ich bin noch im Wachstum. Aber eigentlich hab ich das für dich bestellt. Du solltest die lokale Küche probieren.«

Ich nicke langsam, bin mir nicht sicher, ob er Gedanken lesen kann oder was auch immer gerade passiert ist.

»Also? Kann ich deine Gabel haben?«

Ich reiche sie ihm. Unsere Finger berühren sich und elektrische Funken sprühen.

»Autsch. Du hast mir eine gewischt«, beschuldige ich ihn.

»Ich? Du bist hier diejenige, die unter Strom steht. Ich hab damit nichts zu tun.«

Und dann fängt er an, die Nudeln in seinen Mund zu schaufeln. Zwischendurch trinkt er aus seiner Flasche. Als er sieht, dass mein Glas leer ist, fragt er mich, was ich trinke. Dann steht er auf und holt uns zwei Bier.

»Das hab ich nicht getrunken.«

»Cola gilt nicht.«

»Wieso nicht?«

»Ist doch ekelig. Du brauchst ein Bier.«

Er grinst.

Als Amal das Curry bringt, sind die Nudeln vernichtet. Aber es ist nicht nur ein Schälchen, dazu bringt er Chutney, Naan-Brot und Reis. Mein Magen grummelt.

Jackson lächelt. »Ich wusste, dass mit dem richtigen Essen dein Appetit zurückkommt.«

Er häuft Reis und Linsencurry in eine Schale, die Amal auch gebracht hat, reicht sie mir.

»Und du?«

»Ich esse die Reste.«

»Das ist doch albern. Wir teilen.«

Lächelnd nickt er, bevor er sich ebenfalls nimmt. »Guten Appetit.«

»Dir auch.«

Ich probiere das Essen und muss mich zurückhalten, dass ich nicht aufstöhne, aber wie ich ihn kenne, würde er das wahrscheinlich auf sich beziehen. Und er hat damit nun rein gar nichts zu tun.

Ich greife nach dem Brot, reiße mir ein Stückchen ab, tunke es ins Chutney, was nicht wirklich funktioniert, weil dieses nicht gut haftet, aber egal. Es schmeckt so unglaublich gut, dass ich nie wieder aufhören will, zu essen.

»Wie war dein Date? Da du alleine hier bist, schätze ich, es ist nicht so gut gelaufen.« Er schaut mich fragend an.

Ich zucke mit den Schultern. »Es war das perfekte Date.«

»Wieso?«

»Ich bin mit Schildkröten geschwommen.«

»Also hattest du ein perfektes Date mit Schildkröten, aber nicht unbedingt mit ihm.«

»So stimmt das nicht ganz.«

»Sondern?«

Ich lehne mich in meinem Stuhl zurück, trinke einen

Schluck. »Wenn die Situation anders wäre, wäre er ein Typ, in den ich mich verlieben könnte. Er sieht gut aus, ist intelligent, witzig, einfühlsam, warmherzig. Na ja, alles das, was ich mag.«

»Aber?«

»Aber er ist nun mal hier und ich lebe in New York.«

Er sieht mich überlegend an. »Das ist alles Code für ›du stehst nicht wirklich auf ihn‹. Wenn du es tun würdest, wäre es egal. Dann würdet ihr eine Lösung finden.«

»Ach ja? Was ist denn die Lösung zwischen Sri Lanka und New York?«

Er zuckt mit den Schultern. »Ein gemeinsamer anderer Ort, der weder das eine noch das andere ist?«

»So, dass keiner mehr hat, was er will?«

»Nein, so, dass beide sich ein neues gemeinsames Leben aufbauen können.«

»Was ist mit dir?«

»Mit mir?«

»Du hast gesagt, du bist seit zwei Jahren hier. Du hast dir also diesen Ort ausgesucht, obwohl du jeden hättest nehmen können. Willst du mir erzählen, dass du ihn für eine Frau aufgeben würdest?«

Er zeigt auf den Rest des Currys. »Willst du noch was?«

Ich schüttele den Kopf, bevor ich aber noch nach einem Stück Brot greife. Er grinst, bevor er sich die Reste von Reis und Curry nimmt.

»Ja, ich hab mir diesen Ort ausgesucht, weil er mir gefällt, weil ich gerne hier bin. Aber ich bin mir ziemlich sicher, dass es auch noch andere tolle Orte auf dieser Welt gibt, die ich nicht kenne, die ich genauso mögen könnte wie diesen hier. Das alles zählt doch aber nicht, wenn man die Frau trifft, die man wirklich liebt, mit der man sich eine Zukunft vorstellen kann.«

»Glaubst du, das gibt es?«

Jackson zuckt mit den Schultern. »Ich weiß, dass es das gibt. Die wichtige Frage ist eher, ob es das auch für mich gibt.«

»Das heißt, du bist auf der Suche nach ihr?«

Mit einem Stück Brot wischt er die Curryschale aus, während er grinst. »Ich denke nicht, dass man nach Liebe suchen kann. Sie kommt, wenn sie kommt.« Er steckt sich das Brot in den Mund, kaut ein wenig, bevor er sagt: »Aber meinetwegen muss sie sich nicht mehr so viel Zeit lassen.«

»Bis dahin hast du deinen Spaß.«

»Bis dahin hab ich meinen Spaß.« Er schaut mich undurchdringlich an. »Hast du mit ihm geschlafen?«

Ich verschränke die Arme vor der Brust. »Geht dich nichts an.«

»Also ja.«

Soll ich es ihm sagen oder nicht? Keine Ahnung. Um Zeit zu gewinnen, trinke ich einen Schluck. Es geht ihn nichts an, aber irgendwas an seiner Stimme, an seiner Art, als er mich heute Mittag darum gebeten hat, nicht mit Roshan zu schlafen, war so … keine Ahnung, so ehrlich, so hoffnungsvoll.

»Ich hab nicht mit ihm geschlafen. Wir haben beide realisiert, dass es für uns nicht passt.«

Er antwortet nicht, schaut mich nicht an, aber er kann das kleine Lächeln nicht verbergen, das sich auf seine Lippen stiehlt. Als er schließlich aufsieht, fragt er, ob ich noch ein Bier haben möchte. Ich nicke.

Jackson steht auf, geht zur Bar, kommt mit zwei weiteren Flaschen und einem Stück Schokoladenkuchen zurück. Er stellt es in die Mitte, legt zwei Gabeln dazu.

Ich teile mein Essen nicht.

Das gerade war an der Grenze, weil er im Grunde nur die Dinge gegessen hat, die ich sowieso nicht mehr wollte. Aber das hier … Ich glaube nicht, dass ich das kann.

Er deutet drauf. »Der beste Kuchen, den es hier gibt.«

»Sorry, ich kann nicht.«

»So viel hast du bisher nicht gegessen. Und meine Mutter hat immer gesagt, Dessert passt immer.«

Ich grinse. »Sehr guter Leitsatz, aber ich meinte, ich kann den nicht teilen. Ich … na ja, ich weiß, wie bescheuert sich das anhört, okay? Aber ich hasse es, mein Essen zu teilen.«

»Aber du hast es gerade doch auch getan.«

»Das war was anderes, weil du nicht von meinem Teller gegessen hast, also zumindest nicht das, was ich noch essen wollte.«

Er blickt mich einen Augenblick an, bevor er nickt und erneut aufsteht. Mit einem zweiten Teller und einem Messer kommt er zurück, schneidet das Stück auseinander und legt ein Teil auf den anderen Teller.

Während er mir in die Augen schaut, schiebt er mir meine Hälfte zu. »So?«

»Danke«, sage ich gerührt. Es ist immer unterschiedlich, wie Männer darauf reagieren. Manche sind unverständig, andere akzeptieren es, aber bisher hat noch keiner eine so pragmatische Lösung gefunden, wie wir in der Lage sind, etwas zu teilen, aber ich trotzdem nicht wirklich teile.

Dabei war die Lösung doch so einfach.

Selbst bin ich auch nicht draufgekommen, wenn ich ehrlich bin. Stattdessen habe ich auf so viele Desserts verzichtet, wenn ich nicht mehr genug Platz für ein eigenes hatte.

Jackson zuckt mit den Schultern. »Wir haben doch alle unsere kleinen Eigenarten.«

»Du meinst Macken«, scherze ich.

»Nein, das wäre abwertend.«

Und auch das mag ich. Wobei … »Du kannst jetzt aber nicht behaupten, dass du kein urteilender Typ bist.«

Er zieht die Augenbrauen hoch, während er schneller kaut, um den Mund leer zu bekommen. »Ich verurteile niemanden.«

»Entschuldige mal, du hast mich fast eine Stunde lang als Sextouristin bezeichnet.«

Lachend nickt er. »Das war doch Fakt. Außerdem macht es Spaß, dich zu ärgern.«

»Ach ja?«

»Ziemlich sogar.«

»Hm.«

Er fährt mit dem Finger über ein paar Krümel, bevor er ihn in den Mund steckt, sich zurücklehnt. »Hast du noch weitere Dates geplant oder bist du jetzt durch mit deinem Sextouristinnen-Dasein?«

»Du bist unmöglich.«

»Das macht meinen Charme aus.«

»Welcher Charme denn?«

»Autsch.« Grinsend trinkt er den letzten Rest von seinem Bier. »Wenn du durch bist, verbring morgen mit mir.«

»Mit dir?«

»Also so abwertend musst du das auch nicht sagen.«

Lachend antworte ich: »Sorry. Musst du nicht arbeiten?«

Er zuckt mit den Schultern. »Ich bin mein eigener Boss.«

»Und was wollen wir machen?«

»Wir können nach Mirissa zum Frühstück fahren.«

»Kann man hier nicht frühstücken?«

»Doch, klar, aber da gibt es dieses kleine Café ein wenig abseits von den anderen, das einem Kumpel von mir gehört.«

»Er hier scheint auch dein Kumpel zu sein. Kennst du jeden?«

»Na ja, man kommt halt rum als Tuk-Tuk-Fahrer.« Er grinst. »Hast du Lust?«

»Und danach?«

»Danach zeige ich dir einen echt schönen Strand, einen Secret Beach, aber nicht so einen, der schon bei Google Maps verzeichnet ist.«

»Okay, lass uns das machen.«

»Dann bin ich so um neun am Hotel. Passt dir das?«

»Perfekt.«

Wir stehen auf, gehen zum Tresen. Er zieht Geld aus der Tasche.

»Ich bezahle«, sage ich.

Er sieht mich erst überrascht an, aber dann nickt er grinsend und steckt die Scheine zurück in seine Hosentasche.

Amal nennt mir die Summe, die ich mühsam zusammensuche, weil ich mich mit den Rupien immer noch nicht so auskenne. Jackson beobachtet mich grinsend, hilft mir aber nicht.

Und ich? Ich liebe es. Heath hätte jetzt schon ungeduldig nach den Scheinen gegriffen, hätte es selbst gemacht, aber Jackson scheint alle Zeit der Welt zu haben.

»Es war sehr lecker«, sage ich lächelnd zu Amal, als ich ihm schließlich das Geld reiche.

»Das freut mich. Komm gerne wieder.«

Jackson reicht ihm die Hand, bevor er mir folgt. Langsam gehen wir über die Straße bis zum Eingang des Hotels.

Er beugt sich zu mir, drückt mir einen zarten Kuss auf die Wange. »Bis morgen um neun. Bring Badesachen mit.«

»Bis morgen.«

Ich trete ins Hotel, will mich eigentlich nicht mehr umdrehen, tue es dann aber doch. Er hat die Hände in den Hosentaschen vergraben, die Schultern hochgezogen und läuft die Straße entlang. Und ich könnte schwören, dass er zufrieden vor sich hin pfeift.

7

Es fühlt sich sehr merkwürdig an, die Reisepassfunktion der Dating-App für meinen nächsten Stopp zu aktivieren. Aber das ist nun mal der Grund, wieso ich hier bin. Trotzdem fällt es mir schwer, Singapur einzugeben. Dabei fällt mir auf, dass Roshan unser Match gelöscht hat. Klar, wieso es behalten, wenn doch nichts weiter draus wird. Aber es sticht trotzdem. Es fühlt sich so endgültig an. Was es natürlich auch ist.

Wenigstens war es kein Ghosting, schließlich haben wir gestern bereits beschlossen, dass es zu Ende ist. Aber so ohne ein Wort …

Nicht drüber nachdenken.

Ich schaue mir ein paar Profile von Männern aus Singapur an, aber ich wische sie alle weg. Mein Herz ist gerade nicht so wirklich involviert. Wieso das so ist, darüber will ich gerade nicht nachdenken.

Ich lege das Handy weg, hüpfe unter die Dusche, bevor ich einen schwarzen Bikini anziehe, darüber mein pinkes Strandkleid. Ich packe meine Tasche, schlüpfe in meine Flip-Flops, greife nach meiner Sonnenbrille und gehe aus dem Zimmer. Es ist ein paar Minuten vor neun, das müsste also passen. Außer, er hat sich auch schon an die relaxte Zeitrechnung gewöhnt. Dann kommt er in einer halben Stunde. Frühestens.

Zu meiner Überraschung wartet er bereits vor dem Eingang, tippt auf seinem Handy rum. Vielleicht muss er all seinen anderen Eroberungen absagen.

»Hey.«

Er blickt auf und lächelt. »Hey, da bist du ja. Kann's losgehen?«

»Ich bin bereit.«

»Gut.« Er geht auf das Tuk Tuk zu und setzt sich hinten rein.

Ich bleibe perplex stehen. Jackson sitzt nicht hinten drin, als würde er erwarten, dass noch jemand neben ihm sitzt, sondern direkt in der Mitte.

»Und wo soll ich sitzen?«

Er zeigt auf den Fahrersitz. »Da.«

»Ich kann nicht fahren.«

»Das ist selbsterklärend.«

»Ich glaub nicht, dass du das verstehst. Ich wohn in New York City. Seit ich da wohne, bin ich nicht mehr selbst gefahren.«

»Dann ist das gutes Training. Los. Ich hab Hunger.«

Unschlüssig stehe ich da.

»Gib mir deine Tasche.«

Weil das was zu tun ist, gebe ich sie ihm. Aber dann? Soll ich mich wirklich auf den Fahrersitz setzen?

Dann tue ich es einfach. »Und jetzt?«, frage ich.

Er beugt sich vor, ich spüre seine Wärme gegen meinen Rücken drücken. »Jetzt musst du den Schlüssel drehen.«

»Fährt das dann sofort los?«

»Nein. Dreh den Schlüssel.«

Ich tue es.

»Unter dem Lenker ist die Handbremse, die musst du

nachher lösen. Das Pedal da rechts ist die Fußbremse. Am rechten Lenkergriff ist das Gas und der Hebel hier links ist die Kupplung.«

Ich schaue mir alles an, was er beschreibt, und habe das Gefühl, dass das alles doch komplizierter ist, als er meint. So ist das ja immer, wenn man Sachen kennt, die findet man natürlich leicht.

»Gib ein bisschen Gas mit der rechten Hand. Keine Sorge, wir fahren noch nicht los.«

Ich drehe vorsichtig und der Motor heult auf.

»Ganz sacht. Die Einstellung ist sensibel, da brauchst du nicht viel. Ja, so ist es besser. Jetzt löse die Handbremse.«

»Ich will wirklich nicht fahren.«

»Ich bin bei dir. Keine Sorge. Und es macht Spaß, versprochen.«

»Oje.« Aber ich löse die Handbremse.

»Gut, jetzt zieh die Kupplung ganz ran. Ja, so, ein Klick nach oben ist der erste Gang. Du machst das super. Jetzt lass sie ein Stückchen los. Du merkst, an welcher Stelle der Motor anzieht.«

Ich mache es und ruckelnd fahren wir vorwärts.

»Siehst du? Ganz einfach. Jetzt musst du nur noch nach vorne gucken, damit wir nicht gegen die Hauswand fahren.«

Schnell trete ich auf die Bremse, was ihn zum Lachen bringt.

»Muss ich wirklich?«

»Ja.«

»Hm.«

Er schaut raus. »Die Straße ist frei. Du kannst jetzt losfahren.«

»Ich hab Angst.«

»Versuch es einfach ein bisschen. Wenn es dir nicht gefällt, tauschen wir wieder. Versprochen.«

»Okay.«

Also mache ich alles, was er mir gesagt hat, gucke in den Spiegel, um zu schauen, ob wirklich alles frei ist, und tuckere dann los. Und dann … dann fahre ich. Jackson sagt mir, wann ich schalten muss, aber ich fahre. Ich, Quinn Holland, fahre ein Tuk Tuk auf Sri Lanka. Wenn mir das jemand vor ein paar Monaten gesagt hätte, hätte ich es nicht geglaubt.

Jackson legt seine Hand auf meine Schulter, drückt sanft. »Du machst das sehr gut. Bist ein Naturtalent.«

»Oh Mann, ich glaub es ja nicht!«

Sein Daumen streichelt meinen Nacken, was mich ein wenig schneller atmen lässt.

»Lenk mich nicht ab.«

Ich spüre sein Grinsen, bevor er sich zurückzieht. Sehen kann ich es nicht, weil ich es nicht wage, meinen Blick von der Straße zu wenden, aber ich habe den Eindruck, als würde er es sich auf der Rückbank gemütlich machen.

»Hey, ich kenne den Weg gar nicht!«

»Immer geradeaus. Ich sag dir dann Bescheid, wenn du was tun musst, aber die nächsten vierzig Minuten geht es einfach nur geradeaus.«

»Ich will nicht in der Stadt fahren.«

»Alles klar. Ich sag dir, wo wir tauschen können.«

Und dann fahre ich einfach weiter. Einfach so. Das hätte ich ja nie gedacht. Manchmal riskiere ich einen kleinen Blick auf das Meer zu unserer Rechten, das im Sonnenschein glitzert. Es ist einfach ein traumhafter Anblick.

»Es ist so schön hier. Kein Wunder, dass du es zu deinem Zuhause gemacht hast.«

Er beugt sich vor. Sein Atem berührt meine Schulter, lässt mich zittern. »Was hast du gesagt?«

»Es ist so schön hier.«

»Find ich auch. Schon als ich das erste Mal hier war, fand ich es traumhaft.«

»Wann war das?«

»Ähm, da war ich … hm. Sechzehn, glaube ich. Das war der letzte Urlaub, den wir als Familie gemacht haben. Meine Eltern, meine Schwester und ich.«

»Was ist dann passiert?«

»Danach hatte ich keinen Bock mehr, mit meinen Eltern zu fahren. Auf meine Schwester hatte ich da auch keine Lust, daher hab ich ein Veto eingelegt, als sie im darauffolgenden Jahr vorschlugen, wieder wegzufahren. Stattdessen bin ich die drei Wochen alleine zu Hause geblieben und hab eine Party nach der anderen geschmissen.«

»Wo war das?«

»Wo ich herkomme?«

»Ja.«

»Aus der Nähe von Sydney.«

»Oh, da fahre ich auch noch hin.«

»Nach Sydney?«

»Genau. Als Nächstes geht es nach Singapur und dann nach Australien.«

»Wann fährst du wieder?«

»Samstag.«

»Hm.«

Aber irgendwie hat die Realisierung, dass ich nicht ewig bleiben werde, dem Ganzen einen Dämpfer verpasst. Die entspannte Stimmung, die zwischen uns herrschte, ist … keine Ahnung … Traurigkeit gewichen.

Er drückt seine Stirn gegen meinen Hinterkopf. »Wir wissen beide, dass du wieder gehst. Lass uns einfach den Tag – und wenn du magst, die restlichen Tage, die du hier bist – genießen. Und dann … Dann sehen wir weiter.«

»Okay.«

Er drückt seine Lippen in meinen Nacken, was so unglaublich intim ist.

»Du kannst da ranfahren. Es ist nicht mehr weit bis Mirissa.«

Ich fahre auf den kleinen Parkplatz, auf den er gezeigt hat, trete die Bremse, lege die Handbremse um, drehe den Schlüssel. Dann steige ich aus. Jackson steht vor mir. Groß und breitschultrig, mit seinen verwuschelten Haaren und dem kleinen Lächeln, das ich jetzt schon mag.

Und dann umarmt er mich. Einfach so. Erst bin ich perplex, aber dann sinke ich gegen ihn, schlinge meine Arme um seine Mitte. Jackson fühlt sich so gut an. Nach Sicherheit und Geborgenheit. Und nach etwas, das ich nicht fühlen will, weil es für uns beide keine Chance gibt.

Er küsst meinen Kopf, bevor er sich löst. Er räuspert sich ein bisschen verlegen. »Tut mir leid.«

»Das muss dir nicht leidtun.«

Er grinst kurz. »Dass ich dich umarmt hab, tut mir auch nicht leid. Du hast deine Titten gegen mich gedrückt, das war schon ziemlich geil.«

»Hab ich nicht!« Habe ich wohl.

»Ich meinte, es tut mir leid, dass die Situation so ist, wie sie ist. Aber ich konnte dich auch nicht nicht kennenlernen.«

»Du warst ein ganz schöner Arsch.«

»Aber unvergesslich.«

»Das stimmt auch, da hast du recht.«

»Lass uns frühstücken gehen. Ich hab Hunger.«

Ich steige hinten ein, aber anstatt mich zurückzulehnen, bleibe ich vorgebeugt, lehne meinen Kopf gegen seine Schulter. Und dann, weil er nichts dagegen sagt, schlinge ich meine Arme um seinen Hals. Okay, das ist alles ein wenig unbequem, aber gleichzeitig auch nicht. Er drückt einen Kuss auf meinen Arm, bevor er uns durch das turbulente Städtchen fährt und schließlich vor einem kleinen

Café stehen bleibt. Er stellt den Motor ab, steigt aus. Als ich neben ihm stehe, grinst er mich frech an.

»Du machst es mir nicht leicht, was?«

»Kommt gar nicht infrage.«

Er greift nach meiner Hand, geht mit mir ins Café.

»Hey, Jackson«, wird er begrüßt und reicht seinem Kumpel die Hand.

»Hey, Dave. Ist noch was frei?«

»Um die Ecke.« Er betrachtet mich neugierig. »Und wer ist das?«

»Quinn, Dave. Dave, Quinn.«

»Hey.« Er lächelt mich an, bevor er sich wieder an Jackson wendet. »Okay, jetzt kenn ich ihren Namen, aber wer ist sie?«

Jackson betrachtet mich, bevor er den Kopf schüttelt. »Das muss ich noch rausfinden.«

»Kryptisch, Mann, sehr kryptisch.«

Jackson grinst und zuckt mit den Schultern, bevor er an meiner Hand zieht, damit ich ihm zu einem freien Tisch folge. Ich setze mich auf den freien Hocker und nehme die Karte zur Hand.

»Was kann man empfehlen?«

»Die Smoothie-Bowls sind richtig gut.«

»Hm, hört sich lecker an. Dann nehme ich so eine. Mit …«, ich scanne die Liste, »mit Mango. Und einen Milchkaffee.«

»Ich nehme eine Bowl mit Beeren und einen Avocado-Toast. Willst du davon was abhaben?«

»Nur wenn man es gut teilen kann.« Ich lächele entschuldigend.

»Klar, sonst würde ich das nicht anbieten. Also entschieden?«

Ich nicke.

»Gut, dann geh ich bestellen.«

Während er um die Ecke verschwindet, schaue ich mich in diesem Garten um. Überall blüht und grünt es. Richtig schön gemacht ist es. Kein Wunder, dass es hier so voll ist. Es scheint ein nicht ganz so geheimer Geheimtipp zu sein.

Jackson setzt sich mir gegenüber hin. Hier sind viele Typen, die aussehen, als kämen sie gerade vom Surfen, aber er ist eindeutig der heißeste, aber vielleicht bin ich da auch nicht objektiv.

»Woher kennst du ihn?«

»Dave? Ach, irgendwie scheint es, als würden sich alle Expats untereinander kennen. Vielleicht ist es so, dass man sich zueinander hingezogen fühlt, weil man Ähnliches erlebt. Keine Ahnung. Und durch das Tuk Tuk komme ich eben auch rum. Da lernt man viele kennen.«

»Was hast du vorher gemacht? Also, bevor du nach Sri Lanka ausgewandert bist.«

»Ich hab in der Firma meines Vaters gearbeitet. Aber ich war todunglücklich. Schlechte Wortwahl. Ich war unglücklich. Mein Dad ist vor zweieinhalb Jahren gestorben und hat mir die Firma vermacht. Es wurde erwartet, dass ich sie weiterführe. Mum und meine Schwester Lydia haben auch viel Druck ausgeübt. Aber ich wollte einfach nicht. Es hat sich angefühlt wie eine Falle, aus der ich nicht mehr herausgekommen bin. Also hab ich gegen den Willen meiner Familie die Firma verkauft, hab das Geld durch drei geteilt und bin gegangen.«

»Oh, das tut mir leid.«

»Es war gleichzeitig die beste und die schlechteste Entscheidung meines Lebens. Die beste, weil ich jetzt so viel glücklicher bin. Die schlechteste, weil Mum und Lydia seitdem kein Wort mit mir geredet haben.«

Ich greife nach seiner Hand. »Das tut mir so unendlich leid.«

Er verschränkt unsere Finger. »Danke. Aber im Endeffekt hab ich gelernt, dass wir nicht leben, um andere Menschen glücklich zu machen, sondern nur uns selbst. Auch wenn es wehtut, ist das auf jeden Fall die bessere Wahl.«

Seine Worte sind wahr, aber ich kann sehen, wie sehr ihn das in den letzten Jahren mitgenommen hat. Dass er seine gesamte Familie verloren hat. Eine Person unabsichtlich, aber die anderen beiden haben ihn voller Absicht aus ihrem Leben geworfen. Das muss so wehtun, dass ich dafür keine Worte habe.

Ich stehe auf, gehe um den Tisch, quetsche mich zwischen seinen Körper und die Tischkante auf seinen Schoß und schlinge meine Arme um ihn.

Normalerweise bin ich nicht der Typ, der halbfremde Menschen immer anfassen muss, aber zum einen ist er heiß, wer kann mich da verurteilen? Und zum anderen hat er damit angefangen. Irgendwie fühlt es sich normal an, dass wir uns berühren. Auch als Freunde, oder was immer wir gerade sind.

Und Jackson? Er schließt seine starken Arme um mich, aber ich spüre ganz genau, dass er mich gerade braucht, um stark zu sein.

»Ähem«, räuspert sich jemand neben uns. Ich sehe auf, lächele Dave an. »Ich stell das einfach hier hin. Ihr arrangiert euch dann.«

»Danke.«

Die ganze Zeit hebt Jackson nicht den Kopf und hält mich weiter umklammert, weswegen ich keine Anstalten mache, mich zu bewegen, sondern mir etwas erlaube, was ich schon die ganze Zeit tun wollte. Ich vergrabe meine Hände in seinen verwuschelten Haaren und streiche sanft über seine Kopfhaut. Es fühlt sich wunderbar an. Wenn ich mir vorstelle, ihm beim Sex in die Haare zu greifen … Aber nein. Daran denke ich nicht. Auf gar keinen Fall.

»Danke«, sagt er leise. Ich spüre, wie er sein Gesicht an mir reibt. Sanft erst, dann fester. Einen Augenblick bin ich irritiert, bis ich merke, woran er sein Gesicht reibt.

Ich lache auf. »Du bist total unmöglich!« Ich drücke ihn von mir weg. Er grinst, als er mir in die Augen schaut.

»Hey, du presst doch immer deine Titten an mich.«

»Das mach ich gar nicht!« Mache ich wohl.

Ich stehe auf, wobei seine Hände auf meinen Hintern rutschen. Ich schaue zu ihm runter. Dieser freche Gesichtsausdruck ist wohl mein liebster, aber ich werde ihm das niemals sagen. »Unmöglich.«

»Nur ein bisschen.«

Ich klettere über seine Beine, gehe um den Tisch und setze mich. Jackson entschuldigt sich kurz und ich warte, bis er wieder da ist. Dann nehme ich einen Löffel und inhaliere meine Smoothie-Bowl. Gott, ist die lecker.

»Was machst du eigentlich beruflich?«, fragt er nach ein paar Minuten, in denen wir beide nur zufrieden essen.

Schnell schaufele ich mir einen Löffel in den Mund und kaue dann besonders lange, um Zeit zum Nachdenken zu haben. Was soll ich ihm sagen? Nachdem ich im Schnelldurchlauf Für und Wider debattiere, sage ich ihm die Wahrheit.

»Ich bin Redakteurin bei einem Frauenmagazin.«

»Dann schreibst du darüber, welche Farben Frauen im nächsten Herbst tragen sollen?«

»Unter anderem, aber eigentlich ist mein Schwerpunkt ein anderer.«

»Und welcher?«

»Liebe und Sex.«

Er sieht auf. »Dein Ernst? Du bist also eine Sexpertin?«

»Vielleicht ein bisschen.«

»Was hast du als Letztes geschrieben?«

Jetzt wäre der Moment, in dem ich ihm sagen könnte,

woran ich gerade arbeite, aber er fragt nach dem letzten Artikel und den aktuellen habe ich bisher noch gar nicht geschrieben. Ich weiß, dass ich mich selbst austrickse. Vielen Dank auch.

»Mein letzter Artikel ist schon ein bisschen her, aber er handelte von den geheimen Signalen, die ein Mann sendet, wenn er verliebt ist.«

»Okay, zwei Fragen. Wieso hast du schon länger nichts mehr geschrieben?«

Ich zucke mit den Schultern. »Ich hab mich vor ein paar Monaten von meinem Ex getrennt und bei Liebeskummer schreibt es sich nicht so gut.«

»Oh, wie lange wart ihr zusammen?«

»Seit dem College.«

»Wieso habt ihr euch getrennt?«

»Weil er mich mit halb New York betrogen hat.«

»Das tut mir leid.«

»Schon okay. Es tut nicht mehr weh. Was ist deine andere Frage?«

»Erzähl mir von diesen geheimen Signalen.«

Ich lache auf. »Ah, brauchst ein bisschen Nachhilfe.«

»In der Art.«

»Okay, also wenn ein Mann verliebt ist, findet er immer die Zeit, sich zu melden. Wenn er es nicht ist, findet er nie die Zeit, sondern meldet sich nur, wenn ihm langweilig ist.«

Jackson beißt in seinen Avocado-Toast, den er auf zwei Teller hat legen lassen, damit wir ihn uns teilen können, ohne zu teilen. Dann nickt er. »Ja, das stimmt. Das kenne ich auch von mir.«

»Wenn er verliebt ist und man ihm zum Beispiel sagt, dass man einen wichtigen Termin hat, schreibt er davor *Viel Glück* oder fragt hinterher, ob es gut gelaufen ist.«

Wieder nickt er. »Das stimmt auch. Vielleicht nicht

immer, aber wenn man es nicht vergisst, auf jeden Fall. Was noch?«

»Wenn er verliebt ist, will er Zeit mit dir verbringen, und das nicht nur im Bett.«

Jackson grinst. »Okay, das ist doch selbstredend. Obwohl ich, wenn ich verliebt bin, sehr gerne viel Zeit im Bett verbringe.«

»Und wie oft warst du schon verliebt?«

»Zählt der Kindergarten?«

»Es zählt, was du willst.«

Er trinkt den Rest seines Kaffees. »Na gut, also im Kindergarten war ich total in Emily verliebt. Sie hatte so süße Zöpfchen. In der Grundschule war es dann Paris, sie hatte einen Gameboy und ich wollte unbedingt spielen. Dann hab ich mein Herz an Debbie verloren. Da war ich sechzehn und wollte eigentlich nur mal nackte Brüste live sehen.« Er lacht, während ich den Kopf schüttele. »Und dann war ich mit Emily zwei zusammen, bis zum College. Als sie dann ein Auslandssemester machte, hat sie sich in jemand anderen verliebt und wir haben uns getrennt. Meine letzte Freundin hab ich im letzten Collegejahr kennengelernt und wir waren danach noch ein paar Jahre zusammen, bis ich beschlossen habe, auszusteigen, und sie sich eher in der Position der Freundin eines Chefs als in der Position der Freundin eines Tuk-Tuk-Fahrers sehen konnte.«

»Ist ja auch ein krasser Wechsel.«

Jackson zieht die Augenbrauen zusammen. »Findest du?«

»Ja, klar. Als Tuk-Tuk-Fahrer in Sri Lanka bist du ständig an der frischen Luft, wirst knackig braun, springst zwischendurch mal ins Meer und hast daher ständig Salz in den Haaren. Kann ich schon verstehen, dass sie einen käsigen Bürohengst vorzieht.«

Schmunzelnd sieht er mich an. »Einen Augenblick hattest du mich.«

»Hab ich gesehen.« Ich grinse ihn an, weil er tatsächlich gedacht hat, dass ich was Negatives sagen würde.

»Du Frechdachs.«

Ich wackele mit dem Kopf hin und her. »Vielleicht.«

»Möchtest du noch einen Kaffee?«

Ich nicke und er nimmt unsere Tassen, geht nach vorne. Es könnte sein, dass ich mir dabei seinen knackigen Hintern ansehe. Ganz ehrlich, es ist einfach lächerlich, wie gut er aussieht. Und gemein. Er ist wie eine Venusfliegenfalle. Ach nein, die ist nicht hübsch. Er ist wie … klebriger Honig, der in der Sonne glänzt. Man kann gar nicht widerstehen, nähert sich, und schwups, klebt man fest und kommt nicht mehr los. So ist Jackson. Und wenn ich nicht aufpasse, klebt mein Herz fest. Okay, ich habe es echt nicht so mit Analogien.

»Warum grinst du?«, fragt Jackson, als er wiederkommt.

»Ist ein netter Anblick.«

»Was?«

»Du.«

»Ich kann auch nicht klagen.«

»Dann ist ja alles gut.«

»Schon.« Er grinst.

Oh ja, er ist gefährlich.

»Wieso hast du dir Sri Lanka, Singapur und Australien ausgesucht?«

Jetzt oder nie. Wenn er es scheiße findet oder nicht damit umgehen kann, ist es besser, es jetzt zu beenden, anstatt mit einer Lüge zu leben. Oder?

»Ich … Okay. Es gibt einen Grund und du wirst ihn hassen.«

Sein Gesicht bewölkt sich und er lehnt sich mit vor der

Brust verschränkten Armen zurück. »Jetzt bin ich aber gespannt.«

»Ich bin beruflich hier.«

»Und das bedeutet?«

»Ich recherchiere für einen Artikel.«

»Für was für einen Artikel?«

»In welchem Land gibt es die besten Liebhaber?«

Am Ende geht meine Stimme nach oben, obwohl es eigentlich keine Frage sein sollte, aber ich bin nervös.

8

Erst sieht es so aus, als hätte Jackson nicht ganz verstanden, was ich gesagt habe, bevor dann erst Unglaube und dann ein Schmunzeln sein Gesicht ziert.

»Du bist also tatsächlich Sextouristin«, sagt er, als er sich vorbeugt.

»Ja, irgendwie schon.«

Ich knete meine Hände vor mir auf dem Tisch. Keine Ahnung, wieso mir seine Meinung so wichtig ist. Er ist schließlich ein Fremder. Oder zumindest ein Halbfremder.

Jackson legt seine Hand auf meine, um sie zu beruhigen, und lässt dann nicht mehr los. »Das ist schon ein bisschen verrückt. Erzähl mir davon. Du fährst also durch mehrere Länder? Oder alle?«

Ich schüttele den Kopf.

»Durch mehrere Länder also. Und dann vögelst du irgendwelche Männer und schreibst dann darüber?«

Ich zucke mit den Schultern. »Na ja, irgendwie schon.«

»Also bist du auch noch Prostituierte.«

»Haha.«

Grinsend sagt er: »Dann erzähl mir, wie es gedacht ist.«

»Im Grunde ist es das schon. Ich besuche sieben Länder,

date Männer und schreibe dann einen Artikel darüber, wie die Dates abgelaufen sind. Und nein, ich muss nicht mit ihnen schlafen. Das ist auch nichts, was ein Magazin verlangen kann, aber meine Chefin hat angedeutet, dass es schon nicht schlecht wäre, ein bisschen mehr Würze zu haben.«

Er schüttelt den Kopf. »Das ist wahrscheinlich das Verrückteste, das ich je gehört habe. Und das Blödeste.«

»Wieso blöd?«

»Weil du du bist.«

»Was soll das heißen?«

»Vielleicht darf ich mir da kein Urteil erlauben, weil ich dich noch nicht lange und nicht gut kenne, aber du machst nicht den Eindruck, als könntest du zwanglos daten. Nein, du bringst immer viel von dir selbst ein. Ich will gar nicht sagen, dass du dich schnell verliebst, aber du machst das nicht halbherzig und daher entwickelst du auch schnell Gefühle, zumindest Sympathie. Und wenn du jetzt hingehst und mindestens sieben Männer datest, mit denen es keine Zukunft gibt, kann ich mir nicht vorstellen, dass du nach diesen zwei Monaten immer noch die Frau bist, die du jetzt bist. Weil du einen Teil von dir selbst verloren hast. Und ganz ehrlich, es ist der Teil, der dich besonders macht.«

Ich bin geplättet von seinen Worten, muss aber wissen, was er meint. »Welcher Teil?«, bringe ich raus.

»Der Teil, der mit glänzenden Augen die Wunder der Welt betrachtet und sie zu schätzen weiß.«

Seine Hand liegt noch auf meiner. So warm und so stark. Ich senke den Blick auf unsere verflochtenen Finger. Seine Worte berühren mich und ich kann auch nicht leugnen, dass sie wahr sind. Ich bin nicht der Typ Frau für viele Männer, hatte noch nie viel Spaß daran, ständig neue Leute kennenzulernen, nur um den ewig gleichen Small Talk beginnen zu müssen. Nein, ich bin der Typ Frau für einen Mann, wenn möglich für den Rest meines Lebens.

»War das zu viel?«

Ich schüttele den Kopf. »Du hast das schon ganz gut erkannt.«

»Wieso hast du dich dann darauf eingelassen?«

»Weil ... Es war meine Idee.«

»Es war deine Idee?«

»Ja, irgendwie schon. Wir waren in dieser Redaktionskonferenz und ich hatte schon länger keinen echten Artikel geschrieben, sondern Kleinkram abgearbeitet. Und dann hat meine Chefin gesagt: *Quinn, du hast doch schon lange nichts mehr geschrieben, pitch mir eine Idee.* Mein Kopf war absolut leer, weil ich keine Ideen hatte. Keine Ahnung, wie es dann passiert ist, aber das Erste, was mir in den Kopf kam, war eben diese. In der nächsten Sekunde hab ich schon zurückgerudert, aber der Schaden war schon passiert und meine Chefin fand die Idee toll.«

»Ich schätze, von ihrem Standpunkt ist es auch eine tolle Geschichte. Sie hat alles, was Leserinnen wahrscheinlich mögen. Liebe, Sex, Skandal, ein Hauch von Verruchtheit.«

»Ja, aber dann kam ich da nicht mehr wirklich raus. Und dann hab ich gedacht, dass es vielleicht auch gut ist, rauszukommen, die Welt zu entdecken.«

»Das ist mit Sicherheit gut. Und es ist nicht so, dass ich unfroh darüber bin, dass du jetzt hier bist.«

»Aber jetzt weiß ich nicht, was ich tun soll.«

»Na ja, wenn du Sex mit mir hast, hast du schon mal ein Land abgehakt.«

Ich lache auf. »Du bist so unmöglich.«

Er grinst mich an. »Danke. Aber was würde deine Chefin sagen, wenn du ihr einen anderen Artikel auf den Tisch legen würdest?«

»Was für einen anderen Artikel?«

»Keine Ahnung, du bist die Journalistin. Einen Artikel, wie du Männer testen wolltest und dich direkt beim ersten Stopp in einen gut aussehenden Australier verliebt hast?«

»So gut siehst du gar nicht aus.«

»Wer ist jetzt eine Lügnerin?«

Noch einmal muss ich auflachen, weil wir beide wissen, dass ich die wichtige Information in seinem Satz nicht geleugnet habe. Aber darüber kann ich jetzt nicht nachdenken.

»Weiß ich nicht, wie sie reagieren würde. Kommt wahrscheinlich darauf an, ob ich ihr dann was Besseres bieten kann.«

»Kannst du ja zumindest mal drüber nachdenken. Ich fänd's nämlich schade, wenn du nicht mehr wärst, wer du jetzt bist.«

Dave stellt unseren Kaffee vor uns. »Hey, Mann, übrigens ist morgen Abend Beachparty. Kommst du?«

Jackson sieht mich an. »Hast du Lust?«

Ich mache keine eindeutige Geste, was ihn zum Grinsen bringt.

»Wir überlegen es uns.«

»Alles klar. Sarah wird auch da sein.«

Jackson verzieht das Gesicht. »Alter, willst du, dass ich komme, oder nicht?«

Dave lacht. »Früher fandest du mal Gefallen an ihr.«

»Ich sitz hier mit einer anderen Frau. Denkst du, das ist gerade besonders respektvoll von dir?«

Dave verzieht das Gesicht. »Sorry, Quinn. Das war blöd.«

Und dann verkrümelt er sich, nachdem ich abgewunken habe.

»Wer ist Sarah?«

Jackson streicht sich mit seiner freien Hand durchs Gesicht. »Sie ist nicht wirklich ein Expat, weil sie hier geboren und aufgewachsen ist, aber irgendwie gehört sie doch zu unserer Gemeinschaft, liegt wahrscheinlich an der Hautfarbe. Na ja, jedenfalls hatten wir viel Kontakt, nachdem ich mich ein paar Monate eingelebt hatte. Was soll ich sagen? Sie hat sich in mich verliebt, ich mich aber nicht in sie. Und sie kann nicht aufgeben.«

»Das heißt, sie versucht immer noch, dich zurückzubekommen?«

»Genau. Sie ist manchmal sehr aufdringlich. Und es tut mir leid, dass ich ihr nicht geben kann, was sie möchte. Ich mag nicht, dass sie leidet.«

»Du bist schon einer von den Guten, was?«

»Ich bin voll der Bad Boy.«

Ich schüttele den Kopf. »Nein, gar nicht. Aber ich steh auch nicht auf Bad Boys.«

»Aber auf mich?«

Grinsend antworte ich: »Vielleicht.«

»Das reicht mir erst mal.« Er sieht auf unsere leeren Tassen. »An den Strand?«

»Gerne.«

Ich greife nach meiner Tasche und Hand in Hand gehen wir nach vorne, um zu zahlen. Als ich mein Geld rausziehen will, sagt Jackson: »Das glaubst du doch selbst nicht.«

»Ich wollte nicht annehmen, dass du bezahlst.«

Er schüttelt einfach nur schmunzelnd den Kopf, bevor er Dave Geld reicht.

»Also, dann vielleicht bis morgen, Mann. Und noch mal sorry, Quinn. Das war keine Absicht.«

»Alles gut.« Ich lächele ihn an, während sich die Jungs mit Handschlag verabschieden.

Ich steige hinten ins Tuk Tuk ein. Als Jackson sich vorne hingesetzt hat, beuge ich mich vor, schlinge die Arme um ihn. Es fühlt sich irgendwie ganz normal an, ihn zu berühren.

Er streichelt über meine Arme. »Ich mag, dass du so eine Schmusekatze bist.«

»Um ehrlich zu sein, bin ich das eigentlich gar nicht.«

»Wirklich?«

»Wirklich. Aber du hast damit angefangen und jetzt kann ich nicht mehr damit aufhören.«

»Dann hab ich ja was richtig gemacht.«

Jackson drückt meine Finger, bevor er das Wägelchen startet und uns durch die lebendigen Straßen dieses Ortes fährt. Wir verlassen Mirissa, fahren ein Stück am Meer entlang, bis die Straße von der Küste wegführt. An einer Stelle, die überhaupt nicht so aussieht, als könnte man da reinfahren, biegt er ab und wir fahren durch ein kleines Wäldchen.

»Ab hier müssen wir laufen, ist aber nicht weit.«

Ich steige aus, nehme meine Tasche mit. Jackson legt sich sein Handtuch um den Hals, steckt den Schlüssel in die Hosentasche und reicht mir die Hand.

Er mag lieben, dass ich so schmusig bin, aber ich liebe, dass er es ist. Dass er mich immer anfassen will. Übrigens war das auch eines der geheimen Signale dafür, dass ein Mann verliebt ist. Aber genauer kann ich nicht darüber nachdenken. Daher schiebe ich diesen Gedanken weit weg von mir. So weit, wie es irgend möglich ist.

Der Weg ist ein wenig uneben und an einer Stelle muss man über Felsen klettern, aber Jackson hat die perfekte Balance und sorgt dafür, dass ich nicht stolpere oder falle. Ich selbst habe sie nämlich ganz und gar nicht. Ich kann sogar im Stehen über meine eigenen Füße stolpern.

Klar, jeder steht auf große, starke Jungs, aber ich merke gerade zum ersten Mal, wie praktisch sie sind, denn Jackson kann mich einfach von einem Felsen runterheben, kann mich mit einer Hand hochziehen und mich auffangen, wenn ich über eine Wurzel stolpere. Ich hatte das bisher noch nie. Das Gefühl von Sicherheit, das er mir gibt. Als könnte er alles Übel der Welt mit bloßen Händen aufhalten. Und ich mag das.

Endlich treten wir durch die letzten Bäume und stehen in einer kleinen Bucht mit klarem, ruhigem Wasser, weißem Sand und ohne irgendwelche anderen Menschen.

»Gott, ist das schön!«, rufe ich aus. Dann lasse ich meine Tasche fallen, ziehe mein Kleid aus. »Wer zuerst im Wasser ist!«

Lachend renne ich los.

»So unfair!«, ruft er mir hinterher.

Ich schaue zurück, sehe, dass er sich sein Shirt über den Kopf zieht, schaue schnell wieder nach vorne, weil der Anblick seines nackten Oberkörpers mich mit Sicherheit ablenken würde.

Da sind die ersten Wellen, aber ich stoppe nicht, sondern renne weiter ins Wasser, bis es um mich herumspritzt. Ich höre ihn hinter mir, spüre dann seine Arme um mich, bevor wir beide ins Wasser fallen. Gerade noch rechtzeitig mache ich den Mund zu, denn sonst hätte ich mal wieder den halben Ozean geschluckt. Als wir beide wieder auftauchen, legen sich meine Arme wie von selbst um seinen Hals.

»Ich hab gewonnen«, sage ich grinsend.

»Hast du, aber da ich jetzt ein hübsches Mädchen am Hals habe, bin ich wohl wirklich der Gewinner.«

Er umfasst meine Wangen, streicht meine Haare aus dem Gesicht. Er lächelt, leckt sich die Lippen.

Mein Herz klopft aufgeregt, weil ich diesen Kuss will. So unbedingt.

Der Moment, in dem seine Lippen meine berühren, ist der wunderbarste in meinem Leben, weil es sich so richtig anfühlt. So unglaublich richtig. Ich habe nie an so was wie Liebe auf den ersten Blick geglaubt, oder an so was wie

Seelenverwandte, oder dass es den einen perfekten Partner für uns gibt. Aber ich kann mir auch nicht erklären, wieso dieser Kuss sich so verdammt perfekt anfühlt. Als wäre es vorherbestimmt.

Langsam, aber sicher lässt Jackson uns ins tiefere Wasser treiben. Meine Beine wickeln sich wie von selbst um seine Mitte, während wir einander in die Augen schauen. Ich streiche ihm die Haare aus dem Gesicht, berühre jede Stelle mit meinen Fingern, als gehörte alles mir. Als ich mit dem Daumen über seine Lippen fahre, küsst er ihn, saugt ihn in den Mund, lässt seine Zunge gegen ihn flattern.

Und ich bin neidisch. Neidisch auf meinen Daumen.

Ich beuge mich vor, drücke meine Lippen erneut gegen seine, schlinge meine Arme um seinen Hals, um ihm so nah wie möglich zu sein. Seine Hände streicheln meinen Rücken, bevor er sie um meine Taille schlingt und mich so fest hält, als wollte er mich nie wieder loslassen. Und nie wieder ist gerade lange genug für mich.

Er öffnet seine Lippen und unsere Zungen berühren sich zum ersten Mal. Okay, ich muss mich korrigieren. Das hier ist der wunderbarste Moment in meinem Leben. Sich mit den Lippen berühren kann jeder, aber das hier … das hier ist Perfektion.

Ganz sacht beginnen unsere Zungen, sich aneinander zu reiben. Okay, ich korrigiere. Das ist der wunderbarste Moment meines Lebens. Und dann tanzen sie miteinander, der Kuss wird intensiver und inniger und so gefühlvoll, dass ich mich noch einmal korrigieren muss, denn *das* ist eindeutig der beste Moment meines Lebens.

Meine Fähigkeit, zu denken, verschwindet plötzlich und ich fühle nur noch. Und alles, was ich fühle, ist Jackson. Seine Lippen, seine Hände, seinen Körper, seinen Atem, seine Bewegungen.

Als er sich kurz von mir löst, damit wir beide zu Atem kommen können, fühle ich mich schon verlassen.

»Wow«, flüstert er heiser. »Einen besseren Kuss hatte ich noch nie.«

Er kann wieder reden, also hat er wieder genug Atem für einen weiteren Kuss, daher küsse ich ihn aufs Neue. Er grinst, bevor er seine Lippen öffnet und ebenso leidenschaftlich antwortet.

Seine Hände fahren nach unten, umfassen meinen Hintern, beginnen, ihn zu kneten, was mich dazu bringt, mich noch enger an ihn zu schmiegen. Soweit das im Wasser möglich ist, denn die Wellen versuchen, uns zu trennen. Aber das wird ihnen nicht gelingen. Meine Hände gehen ebenfalls auf Wanderschaft, streicheln seinen Nacken, seine Schultern, über seine Arme, seinen Rücken. Fahren wieder über seine Schultern, legen sich dann auf seine Brust, schieben sich zwischen uns, sodass ich seinen Bauch berühren kann.

»Du bist so perfekt«, murmelt er bei der nächsten Atempause, bevor ich ihn erneut zum Schweigen bringe.

Eine Hand löst sich von meinem Hintern, streicht meinen Bauch nach oben, bevor sie sich um meine Brust schließt. Er drückt sie, bevor er den Stoff meines Bikinis zur Seite schiebt, meine nackte Haut berührt, den Nippel, der sich aufrichtet.

Meine Finger sind am Bund seiner Shorts angelangt. Einen Augenblick debattiere ich mit mir selbst, wie weit ich gehen will, aber dann lache ich beinahe über mich selbst. Es gibt keine Version dieser Situation, in der ich meine Hand nicht in seine Shorts sinken lassen werde. Also tue ich es.

Jackson keucht leise auf, als meine Fingerspitzen ihn berühren, vertieft den Kuss, während ich mich vortaste, bis ich schließlich meine Hand um seinen Schwanz schließe.

So viel Platz ist hier leider nicht, weswegen ich nur kleine Bewegungen auf und ab mache, aber ich weiß jetzt schon, dass er eine gute Größe hat. Eine sehr gute.

»Fuck, Love. Deine kleine Hand an meinem Schwanz ist Perfektion.«

»Es ist nur so wenig Platz in deiner Shorts.«

Er grinst. »Daran bist nur du schuld. So hart war ich schon lange nicht mehr.«

Jackson greift nach dem Saum seiner Shorts und zieht ihn runter. Meine Hand gleitet über seine Härte, hat jetzt endlich mehr Platz, zu erforschen. Ich lecke mir die Lippen, was ihn hart schlucken lässt. Er drückt seine Stirn gegen meine, genießt das Gefühl meiner Berührung. Sein Atem geht schneller.

»Ich will in dir sein.«

»Ich will dich auch in mir haben.«

Er fasst nach meiner Hand, löst sie von sich, umfasst meine Taille, dreht mich um, sodass mein Rücken gegen seine Brust gepresst wird. Eine Hand knetet meinen Busen, während die andere sich über meinen Bauch in mein Höschen schiebt. Sein harter Schwanz drückt gegen meinen Hintern und ich würde alles dafür geben, wenn er jetzt in mir wäre.

Seine Finger erreichen meine Klit. »Beine auseinander, Love.«

»Ich kann nicht stehen.«

»Ich halte dich.«

Seine Hand verlässt meine Brust und er wickelt seinen Arm um mich. Ich öffne die Beine ein wenig, winkle sie nach hinten ab, reibe meine Zehen an seinen Beinen, bevor ich sie dahinterklemme. Meine Hände streichen über seine Seiten, so weit es geht, seinen Rücken.

Jackson schiebt seine Finger zwischen meine Schamlippen, fährt auf und ab, bringt mich zum Keuchen. Seine

Lippen drückt er gegen die Stelle zwischen Hals und Schulter, küsst und leckt mich.

Als er einen Finger in mich gleiten lässt, seufze ich auf, lehne mich weiter gegen ihn, vertraue ihm voll und ganz, dass er mich halten wird.

Er wechselt zwischen in mich stoßen und meine Klit umspielen und ich bin Wachs in seinen Händen.

»Du fühlst dich so gut an«, murmelt er gegen meine Haut und alle Härchen stellen sich auf.

Er schiebt noch einen weiteren Finger in mich. Mein Kopf sinkt noch stärker gegen ihn. Er drückt seine Wange gegen meine. Ich schließe die Augen, beiße mir auf die Lippen, will nicht zu laut werden, was beinahe unmöglich ist, so wie er mich mit seinen Fingern fickt.

»Oh Gott, Jackson, ich bin gleich so weit«, stöhne ich leise.

»Dann komm.«

Sein Daumen drückt gegen meine Klit, während die anderen Finger tief in mir stecken und Druck ausüben.

Seine andere Hand wandert ein wenig höher, umfasst meine Brust.

Ich will leise sein. Ich will es wirklich. Schließlich sind wir hier draußen und jederzeit könnte uns jemand sehen – und mich hören. Aber ich kann es nicht. Und der Grund ist der Mann, der mich umfangen hält.

Die Spannung baut sich immer mehr auf und auf, bis sie sich entlädt. Alle Muskeln ziehen sich zusammen, ich winde mich in seinen Armen. Und wieder ist es gut, dass er so stark ist, denn er hält mich fest, lässt mich nicht los.

Und dann, dann komme ich. Und ich schreie auf, weil ich es nicht nicht tun kann.

Ermattet lasse ich meine Beine sinken, während er seine Finger löst. Er dreht mich um, nimmt mich auf die Arme, sodass ich mich an seine Brust kuscheln kann. Ich bin gerade nicht mal in der Lage, meine Hände um seinen Hals zu legen.

»Danke«, sage ich und küsse die Stelle seines Körpers, die zufällig gerade in der Nähe meiner Lippen ist.

Seine Wange schmiegt sich gegen meinen Kopf. »Wir haben ein riesiges Problem.«

»Hm?«, frage ich ein bisschen verschlafen.

»Ich kann dich nicht wieder gehen lassen.«

9

Habe ich richtig gehört? Hat er wirklich gesagt, was ich verstanden habe?

»Wie meinst du das?«

»Wahrscheinlich ist es zu früh, das zu sagen, aber du faszinierst mich mehr als jede andere Frau. Du bist schön, lustig, klug, frech, nicht auf den Mund gefallen, selbstbewusst. Du bist einfach alles, was ich an einer Frau mag. Und ich lehne mich hier weit aus dem Fenster, aber ich denke, du magst mich auch.«

»Ich mag dich auch.«

»Also, deswegen haben wir dieses riesige Problem. Weil du in New York lebst und ich hier. Nicht zu vergessen, dass du ein journalistisches Flittchen bist und planst, mit tausend Männern zu schlafen.«

Ich spüre sein Lächeln.

Sanft schlage ich ihm gegen die Brust. »Unmöglich.«

»Aber verstehst du das Dilemma? Ich kann dich nicht gehen lassen, aber wenn ich dich festbinde, könnte das eine Folge *CSI* werden.«

»Ich verstehe das Dilemma.«

»Hast du eine Lösung?«

Ich schüttele den Kopf. »Jackson, ich muss dir dazu noch was sagen. Also zu meinem Auftrag.«

»Was denn?«

»Abgesehen von der eigentlichen Aufgabe, über die wir auf jeden Fall reden könnten, wenn ... ja, keine Ahnung, wenn wir uns eine Chance geben? Das hört sich so dumm an, weil uns ja wirklich Welten trennen. Aber na ja, ich mein jedenfalls, abgesehen von dem Dating-Gedöns hab ich das Gefühl, dass ich es machen muss. Ich muss diese Reise machen.«

»Okay.«

»Erst seit ich hier bin – und ich hatte wirklich Angst, zu kommen –, hab ich das Gefühl, dass ich wieder atmen kann. Alles, was mir in den letzten Monaten die Luft abgeschnürt hat, ist geplatzt. Ich glaube wirklich, dass diese Reise, diese zwei Monate, unglaublich wichtig für meine Entwicklung sein wird. Tut mir leid.«

»Hey, wer, wenn nicht ich, könnte das verstehen? Reisen öffnet nicht nur Horizonte, wir entdecken auch unglaublich viel über uns selbst und es kann sogar therapeutisch wirken. Daher ja, du musst diese Reise machen.«

Ich schaue zu ihm auf. »Ich weiß, es ist viel zu früh, aber ...« Ich breche ab.

»Was das mit uns machen wird?«

»Ja.«

Er zuckt mit den Schultern, küsst meine Nasenspitze. »Ich bin schon mal froh, dass wir beide auf der gleichen Seite sind. Also lass uns einfach ehrlich sein, auch wenn das alles megafrüh ist. Okay?«

»Okay.«

»Ich kann warten. Ich kann auf dich warten, aber es muss eine Perspektive geben.«

»Wie soll das gehen?«

»Ich hab keine Ahnung.«

Ich nicke. »Meine Gefühle und meine Reaktion überraschen mich auch, wirklich, das hab ich noch nicht erlebt. Aber es sind erst ein paar Tage. Und am Samstag fliege ich schon weiter. Wollen wir die Zeit gemeinsam verbringen und dann in Kontakt bleiben, und wenn wir in zwei Monaten immer noch verrückt nacheinander sind, finden wir eine Lösung?«

Er lächelt mich an, seine Lippen finden meine. »Okay, so machen wir es.«

Ich hebe meine Hände, streiche ihm über seine Bartstoppeln, die sich so wahnsinnig gut auf meiner Haut anfühlen. »Bist du noch hart?«

Grinsend antwortet er: »Kann man so sagen.«

»Wirst du überleben?«

»Ganz knapp.«

»Also, ich hatte ja einen grandiosen Orgasmus.«

»Ist das so?«, fragt er schmunzelnd.

»Ist so.«

»Es war so heiß, dich kommen zu sehen.«

Ich spüre, wie mir die Hitze in die Wangen steigt, und ich verberge mein Gesicht an seiner Schulter.

»Ist da jemand doch ein bisschen schüchtern?«, neckt er mich.

»Vielleicht«, murmele ich.

»Es gibt keinen Grund, verlegen zu sein. Nicht bei mir. Bitte sei es nicht.«

Ich hebe den Kopf.

»Ich will nicht, dass du das Gefühl hast, irgendwas an dir wäre nicht absolut großartig. Okay?«

Langsam nicke ich, lege meine Hände an seine Wangen, streichele sie erneut, bevor ich seine Lippen auf meine ziehe. »Danke.«

Aus diesem zarten Kuss wird schnell mehr und dann berühren sich unsere Zungen erneut.

»Ich könnte dich ewig küssen«, flüstere ich.

»Hätte ich nichts gegen. Es ist ja dein Gesicht, das Bartbrand haben wird.«

Ich streichele über seine Stoppeln. »Das nehme ich in Kauf.«

Als er mich wieder küsst, zappele ich in seinen Armen, bis er mich loslässt und ich meine Beine wieder um ihn schlingen kann. Die Spitze seiner Erektion berührt mein Bikini-Höschen.

»Fuck, tu das nicht«, stöhnt er.

»Was denn?«, frage ich und wackele ein wenig hin und her.

»Ich hab keinen Gummi dabei.«

»Oh nein, das ist ja doof. Hast du dir keine Chancen ausgerechnet?« Ich wackele erneut.

»Du bist so ein Biest.«

»Hey, hast du nicht gerade eben gesagt, du magst freche Frauen?«

»Das nehm ich zurück.«

»Zu spät.«

Bevor ich weiß, wie mir geschieht, löst er meine Arme und Beine von sich und wirft mich ins Wasser. Ich merke noch, dass es ganz gewaltig platscht, bevor ich untertauche. So ein Arsch.

Prustend tauche ich auf, funkele ihn an. »Das hast du nicht gemacht.«

Er verschränkt die Arme vor der Brust. »Doch, hab ich.«

Ich kneife die Augen zusammen, versuche, so böse wie möglich zu gucken, sehe einen Hauch Zweifel in seinen Augen, ob er nicht vielleicht doch zu weit gegangen ist. Als er gerade den Mund aufmacht, um was zu sagen – wahrscheinlich was Dummes –, stürze ich mich auf ihn. Er lacht auf, als er mich auffängt.

Leider kann er hier stehen und ich nicht, weswegen ich

es nicht schaffe, ihn unterzutauchen. Aber ich spritze ihm jede Menge Wasser ins Gesicht. So. Das hat er jetzt davon.

Lachend wirft er mich erneut ins Wasser. Als ich auftauche, legt er seine Hand auf meine Schulter, grinst mich frech an und drückt langsam.

»Nein, nein, nicht mehr. Ich ergebe mich.«

Statt mich unterzutauchen, zieht er mich in seine Arme. »Du kleiner begossener Pudel.«

»Du hast dich ja noch nicht gesehen«, gebe ich zurück, während ich mir die Haare aus dem Gesicht streiche.

Und dann küsst er mich erneut. Mist. Daran könnte ich mich echt gewöhnen.

»Schwimmen wir ein bisschen«, sage ich irgendwann.

Er nickt, lässt mich los, fängt an, sich von mir wegzubewegen. Ich schlinge ihm meine Arme um den Hals, lasse mich von ihm mitziehen.

»Ah, verstehe. So willst du schwimmen.« Er lacht, macht aber keine Anstalten, mich loszuwerden.

Habe ich schon gesagt, wie sehr ich es mag, dass er so schmusig ist? Dass er kein Problem damit hat, mich die ganze Zeit anzufassen? Dass es ihm offensichtlich auch nicht unangenehm ist, wenn andere es sehen? Gut, hier ist keiner, aber im Café hat er mich vor seinem Kumpel berührt, ohne in irgendeiner Weise peinlich berührt zu sein. Es scheint, als wäre er gefestigt genug in seiner Männlichkeit, dass er keine Angst hat, sich auch, na ja, soft zu zeigen. Was ich absolut liebe.

Ich sehe mich um, während er mich durchs Wasser zieht. Der Himmel ist strahlend blau, die Sonne lacht aus voller Kraft. Unsere kleine Bucht ist üppig grün, der Sand blendend weiß. Kokospalmen wiegen sich im Wind.

»Es ist so traumhaft schön hier.«

Er nickt. Dazu muss er auch nichts sagen, weil es einfach absolut klar ist, wie perfekt dieses kleine Fleckchen Erde ist.

Irgendwann steigen wir aus dem Wasser, breiten unsere Handtücher auf dem warmen Sand aus. Jackson schüttelt den Kopf, zieht mein Handtuch so neben seins, dass sie überlappen. Als ich mich hinlege, folgt er mir, liegt so nah, dass er mich in den Arm nehmen kann.

»Du fühlst dich so gut an. Ich kann einfach meine Finger nicht von dir lassen«, murmelt er, vergräbt seine Nase in meinen Haaren.

»Ich muss mich eincremen.«

»Eine Minute.«

»Okay.«

Aber bei meiner hellen Haut darf ich das nicht auf die leichte Schulter nehmen, weswegen ich nach zehn Sekunden schon anfange, mich aus seiner Umarmung zu lösen.

»Nein!«, ruft er und hält mich fest.

Lachend kämpfe ich mich aus seiner Umarmung, weswegen er sich auf den Rücken dreht und mich gleich mit, sodass ich mit flatternden Armen durch die Luft segele.

»Du bist unmöglich!«, kreische ich.

Er lässt mich los, sodass ich mich wieder aufs Handtuch statt auf ihn legen kann. Ich greife nach der Sonnencreme, schmiere mich ein.

»Machst du den Rücken?«

»Klar.«

Ich lege mich auf den Bauch und er beginnt, die Sonnencreme auf mir zu verteilen. Auf den Schultern, dem Rücken, dem Hintern, wozu er mein Bikinihöschen anhebt.

»Unmöglich«, murmele ich.

Er gibt mir einen kleinen Klaps, bevor er die Rückseite der Beine ebenfalls eincremt.

»Soll ich dich auch eincremen oder brauchst du nicht, weil du schon so dunkel bist?«

»Sonnencreme ist immer wichtig, egal, wie gebräunt man ist.«

»Das stimmt wohl.«

Er küsst mich auf den Kopf, bevor er sich auf den Bauch legt. Ich setze mich rittlings auf seinen Hintern, bevor ich anfange.

»Massier mich ein bisschen.«

»Was?«

»Du hast es verstanden«, schmunzelt er.

»Hm.«

Aber ich tue es, weil es so toll ist, seinen Körper zu berühren. Sein Rücken ist so muskulös wie der Rest von ihm. Seine sonnengeküsste Haut schimmert, als ich sie berühre. Vielleicht sind Glanzpartikel in meiner Creme. Kann sein.

Als ich keine Lust mehr habe, beuge ich mich vor, lege meinen Oberkörper auf seinen Rücken, platziere meine Hände auf seinen Oberarmen.

»Schmusekatze.«

Seine Worte klingen wie ein Schnurren. Ich bin mir nicht sicher, wer hier die Schmusekatze ist.

SPÄTER FAHREN wir zurück nach Unawatuna und ich hole ein paar Sachen aus meinem Hotelzimmer, damit ich heute Nacht bei ihm schlafen kann. Wenn ich ehrlich bin, freue ich mich schon darauf. Wenn Tage mit ihm schon so viel Spaß machen, wie werden dann die Nächte sein?

Sein Heim ist über eine Treppe zu erreichen, die furchtbar wackelig aussieht. Ich bleibe am Fuß stehen.

»Komm.« Er sieht mich auffordernd an.

»Die bricht ein.«

»Quatsch.«

»Doch, sie bebt, wenn du auf ihr läufst.«

Jackson kommt die Stufen, die er bereits hochgegangen ist, wieder runter, sieht mich einen Augenblick prüfend an, bevor er mich über seine Schulter wirft. Er gibt mir einen Klaps, während ich kreische, dass wir alle sterben werden.

Okay, ich kann verkünden, sind wir nicht. Wir kommen heil oben an und er stellt mich auf die Füße. Ich tätschele seine Brust.

»Was?«

»Ich bin mir nicht sicher, ob ich es gut finde, dass du so stark bist, dass du mich einfach über die Schulter werfen kannst.«

Mit einem absolut rotzfrechen Grinsen antwortet er: »Doch, findest du.«

»Unmöglich.«

Er zwinkert mir zu, bevor er die Tür aufschließt. »Es ist ein bisschen unordentlich.«

Ein bisschen ist eine Untertreibung. Es ist absolut chaotisch! Klamotten liegen überall rum, die Theke der Küche steht voll, das Bett ist nicht gemacht.

»Ein bisschen?«

Verlegen reibt er sich den Nacken. »Wenn ich gewusst hätte, dass ich heute Nacht Besuch hab, hätte ich aufgeräumt.«

»Hast du nicht damit gerechnet, mich rumzukriegen?«

»Doch, schon.«

Ich schüttele amüsiert den Kopf.

»Aber es macht die Dinge halt so kompliziert. Also, du und ich. Ich war mir nicht sicher, ob es eine gute Idee ist.«

»Und jetzt bist du dir sicher?«

»Jetzt ist es schon zu spät für mich.«

Er zieht mich in seine Arme.

»Ich muss erst was essen. Ich verhungere.«

»Ich hab Lust auf dich.«

»Das spüre ich«, antworte ich trocken, als er sein Becken gegen mich drückt. »Aber ich sterbe, wenn ich nichts zu essen bekomme.«

Er schnaubt. »Fein. Ich hab noch einen Müsliriegel.«

»Auf gar keinen Fall. Wir gehen was essen oder du kochst was, aber so wie das hier aussieht, wird es Ersteres.«

»Nur ein kleiner Quickie. Ich steck ihn nur kurz rein. Das zählt doch gar nicht.« Er lacht.

»Du meinst, weil ich nicht merken werde, dass er drin ist?«

»Oh, du Biest!« Er kitzelt meine Seite, was mich zum Lachen bringt. »Du wirst jeden verdammten Zentimeter spüren.«

»Aha.« Ich schaue zu ihm auf und er schlingt seine Arme um mich, drückt einen Kuss auf meinen Kopf.

»Fein, gehen wir was essen. Aber du hast exakt zehn Minuten, um zu essen. Nicht eine Sekunde mehr, also nimm was Kaltes.«

Grinsend laufen wir die furchtbare Treppe hinunter. Händchen haltend gehen wir durch ein paar Straßen, bis wir an einem Garten ankommen, in dem überall Lichterketten gespannt, um die Palmen gewickelt sind und von der Veranda des Restaurants hängen.

»Eine Märchenwelt«, sage ich leise.

»So was in der Art.«

»Manchmal bist du so romantisch und dann auch wieder gar nicht.«

»Ich bin eben ein komplexer Mensch.«

Er bringt uns zu einem freien Tisch, hält mir den Stuhl, was ich so unglaublich toll finde, dass ich innerlich juchze. Keine Sorge, man merkt es mir nicht an. Zumindest nicht viel.

»Was kann man hier empfehlen?«, frage ich, als ich zur Karte greife.

»Ich mag das Butter Chicken oder auch den gegrillten Fisch«, antwortet er.

»Was nimmst du?«

»Ich werd fragen, welchen Fisch es gibt.«

»Okay. Dann nehme ich Butter Chicken.«

»So sehr vertraust du meinem Urteil?«

Ich zucke mit den Schultern, klappe die Karte zu. »Wenn es nicht schmeckt, musst du mit den Konsequenzen leben.«

»Und die wären?«

»Überleg ich mir noch.«

»Muss ich Angst haben?«

»Wahrscheinlich schon. Ich bin schließlich sehr furchteinflößend.«

»Das bist du so gar nicht.«

Ich runzle die Stirn. »Was soll das denn heißen?«

»Dass du voll süß bist.«

»Hm.«

Jackson legt seine Hand auf meine. »Viel zu süß für mein Seelenheil.«

»Dann muss ich ein bisschen sauer werden.«

»Nein, bitte nicht. Ich mag, dass du bist, wie du bist.«

»Dann kannst du dich auch nicht beschweren.«

»Tu ich nicht. Ich danke allen Göttern.«

»Du bist so unmöglich.«

»Unmöglich gut aussehend, meinst du?«

»Das auch.«

Wir bestellen unser Essen, stoßen mit dem Bier an, das zügig serviert wird. »Auf schöne zwei Tage.«

»Auf schöne zwei Tage«, antworte ich ein bisschen beklommen. Es sind nur noch zwei Tage. Am Samstag fliege ich schon. So kann es gehen im Leben. Erst wollte ich nicht herkommen, jetzt will ich nicht mehr weg. Aber will ich wirklich nicht mehr weg? Oder will ich nur nicht von ihm weg?

Ich könnte mir tatsächlich nicht vorstellen, für immer hierzubleiben. Wie ich schon Roshan gesagt habe: Im Herzen bin ich ein Stadtmädchen, so ist das einfach. Das hier kann immer nur ein Urlaub sein, nie mein Leben.

»Schau nicht so traurig.«

»Geht nicht anders.«

»Wann geht eigentlich dein Flug am Samstag?«

»Mittags.«

»Ich würd mir ein Auto leihen und dich hinbringen, okay?«

»Das musst du nicht.«

»Ich will aber, es sei denn, du möchtest das nicht.«

»Doch, das fände ich schön. Dann haben wir noch ein bisschen mehr Zeit miteinander, das find ich gut.« Ich schlucke.

»Hey, es ist alles gut.« Er drückt meine Hand. »Erzähl mir was von dir, was du sonst niemandem erzählst. Schon gar nicht jemandem, den du erst seit ein paar Tagen kennst. Was nur deine beste Freundin von dir weiß.«

Darüber muss ich erst mal nachdenken, was dafür sorgt, dass ich abgelenkt bin. Sehr guter Schachzug.

»Hm, ich bin mir nicht sicher, ob es da was gibt. Momentan hab ich so was wie eine beste Freundin nämlich gar nicht.«

»Wieso nicht?«

»Meine bisherige beste Freundin hat vor einem Jahr aufgehört, mit mir zu reden. Ich konnte mir keinen Reim darauf machen, hab immer wieder versucht, sie zu kontaktieren, aber es kam nichts zurück. Sie hat mich einfach von einem Tag auf den anderen aus ihrem Leben verbannt. Als vor ein paar Monaten rauskam, dass mein Ex mich mit halb New York betrogen hat, hat er gebeichtet, dass er auch mit all meinen Freundinnen, inklusive meiner besten Freundin, gevögelt hat. Nur mit Katrina nicht, mit der ich eigentlich nach Sri Lanka kommen wollte. Aber wahrscheinlich ist sie ihm zu sehr Hippie. Das ist nicht sein Typ. Außerdem ist sie auch nicht die Art Frau, die mit vergebenen Männern schläft.«

»Damit ich das richtig verstehe: Dein Ex hat mit all deinen Freundinnen geschlafen? Mit allen?«

»Mit allen. Inklusive meiner Schwester, wobei das nicht schwerer wiegt, weil wir noch nie ein enges Verhältnis hatten. Meine beste Freundin Charlotte hat mich mehr getroffen. Wir kannten uns schon seit der Highschool. Ich hab ihr immer alles erzählt. Na ja, ist eben so. Irgendwie hoffe ich, dass sie sich geschämt hat, nachdem sie mit Heath geschlafen hat, und sich daher aus dem Staub gemacht hat, aber ich schätze eher, dass sie sauer war, weil er sich nicht für sie entschieden hat. Denn das muss man ihm lassen, er ist immer zurückgekommen, wobei ich nicht weiß, ob das nun unbedingt positiv ist.«

Mir ist bewusst, dass ich ein bisschen bitter klinge.

»Er ist ein Arschloch. Zum einen, weil er nicht gesehen hat, was für eine tolle Frau du bist, und zum anderen, weil er dir absichtlich Schmerzen zufügen wollte.«

»Absichtlich?«

»Es wäre doch ein Leichtes für ihn gewesen, sich in einer Stadt wie New York dir vollkommen fremde Frauen auszusuchen. Welchen Grund gab es für ihn, die Frauen in deinem Leben auszuwählen? Nur den, dir wehzutun, wenn es herauskommt.«

Darüber habe ich noch gar nicht nachgedacht, aber es stimmt. Er hätte jede nehmen können, hat aber die genommen, die mir nahestanden. So ein Arschloch.

»Das war dir noch gar nicht bewusst«, stellt er fest. »Tut mir leid.«

Ich schüttele den Kopf. »Nein, alles gut. Es ist richtig, dass du es gesagt hast. Obwohl ich natürlich weiß, wie furchtbar er ist, hat mir mein Herz manchmal noch Streiche gespielt. Anfangs mehr, mittlerweile bin ich so ziemlich drüber hinweg.«

»Natürlich knabberst du noch daran. Das war ja nicht nur sein Verrat, sondern auch der von deinen Mädels. Ich versteh das total. Und du weißt es ja selbst, aber ich würde das gerne noch mal betonen: Ein guter Mann behandelt seine Frau nicht so.«

»Danke.« Ich lächele ihn an. »Erzähl du mir was.«

»Okay. Also, was, was ich Fremden nicht erzählen würde ... Hm, ich bin ein Gangster.«

»Ach echt?«

»Als ich acht war, hab ich für eine Mutprobe Kaugummi geklaut.«

»Wow, holt die Cops!«

»Hast du jetzt Angst vor mir?«

»Ich zittere schon vor lauter Furcht.«

»Wusste ich. Ich hoffe, du gehst trotzdem mit Kriminellen aus.«

»Für dich mach ich eine Ausnahme.«

»Danke. Was noch? Ich hab mal bei einem Familienessen ganz laut gefurzt und es dem Hund in die Schuhe geschoben.«

»Klassiker.« Ich grinse.

»Er konnte sich halt nicht wehren. Auch ein paar andere Sachen hab ich ihm angekreidet. Kaputte Vasen, verschwundene Süßigkeiten ... Oh, und: Als ich gerade frisch den Führerschein hatte, hab ich einen Kratzer in Dads Auto gefahren. Ich hab behauptet, dass der Hund sich mit seinem Halsband gekratzt hätte. Keine Ahnung, ob Dad das geglaubt hat, aber es gab keine Standpauke.«

»Der arme Hund. Lebt er noch?«

»Nein, er ist vor ein paar Jahren im stolzen Alter von neunzehn gestorben.«

»Das tut mir leid. Ihr hattet also immer Haustiere?«

»Hunde und all das Getier, das Lydia angeschleppt hat. Sie war so was wie Dr. Doolittle. Jedes verletzte Tier im Umkreis von hundert Kilometern hat den Weg zu ihr gefunden. Sie hat sie alle gepflegt.«

»Du vermisst sie«, stelle ich fest, nachdem mir der traurige Tonfall aufgefallen ist.

»Ja, tu ich. Wir waren immer die besten Freunde, sie war halt immer da.«

Dieses Mal drücke ich seine Finger.

Als unser Essen kommt, müssen wir einander notgedrungen loslassen, was mir ganz und gar nicht gefällt. Jackson entschuldigt sich kurz, was mich schmunzeln lässt. Keine Ahnung, wieso er immer auf Toilette rennen muss. Er ist wahrscheinlich ein Pipi-Mädchen. Als er wiederkommt, probiere ich das Butter Chicken und bin mal wieder im Himmel.

»Als ich ungefähr sechs war, hab ich das Lieblingskuscheltier von meiner Schwester in der Toilette ertränkt, weil ich sauer auf sie war. Ich weiß gar nicht mehr, weswegen, aber sie ist älter. Wahrscheinlich wollte sie nicht wieder mit der Kleinen spielen müssen. Als Mom mich danach gefragt hat, hab ich alles so überzeugend abgestritten, dass sie mir geglaubt hat. Wenn ich es mir recht überlege, ist es vielleicht kein Wunder, dass wir nie ein gutes Verhältnis hatten.«

»Ja, wir sind schon ein Pärchen mit unserer kriminellen Vergangenheit. Wie Bonnie und Clyde. Nur ohne Waffen.« Er sieht mich prüfend an. »Oder? Ich mein, du bist Amerikanerin, vielleicht schläfst du immer mit Colt unter dem Kopfkissen.«

»Mit dreien.«

Grinsend schaufelt er sich den Rest seines Essens rein. »Und ehrlich?«

»Nein, hab keine Waffen und will auch keine.«

Ich schiebe ihm meinen Teller zu. Er sieht mich erst fragend an, aber als ich nicke, verdrückt er auch noch den Rest von meinem Hühnchen.

»Möchtest du noch ein Dessert?«, fragt er dann zufrieden.

»Dich.«

Grinsend steht er auf. »Dein Wunsch ist mein Befehl.«

10

Kaum schließen wir die Tür seiner Wohnung hinter uns, berühren wir uns, küssen uns, versuchen, einander so schnell wie möglich die Klamotten vom Leib zu reißen, ohne dabei umzufallen, weswegen wir küssen, lachen, küssen, lachen und dann doch irgendwie umfallen. Ich lande auf ihm, was gar nicht schlecht ist.

Mein Mund findet seinen, ungestüm beinahe, aber da er ebenso hungrig reagiert, ist das wohl okay. Seine Hände legen sich auf meinen Hintern, halten mich eng an ihn gedrückt. Obenrum sind wir beide schon mal nackt, ich trage noch mein Höschen und Jackson steckt halb in seinen Shorts, was auch der Grund fürs Umfallen war.

»Wir müssen zum Nachttisch kommen«, murmelt er gegen meine Lippen.

»Was ist da?«

»Gummis.«

»Okay.«

Aber ich mache keine Anstalten, mich von ihm runter zu bewegen, sondern küsse ihn weiter. Schließlich richte ich mich auf, betrachte ihn. Sein Gesicht, seine kräftigen Arme, seine ausgeprägte Brust, das Sixpack, das sich in Ansätzen zeigt. Ich habe ja schon gemerkt, dass er stark ist, aber ich bin irgendwie doch froh, dass er nicht extrem muskulös ist, sondern einfach ein großer, starker Mann. Das gefällt mir. Gut gefällt mir auch, dass er nicht komplett haarlos ist, sondern ein feiner Flaum Brust und Bauch bedeckt. Sexy.

»Gefällt dir, was du siehst?«, fragt er heiser, während seine Hände über meine Hüften und meinen Bauch bis zu meinen Brüsten fahren, sie umfassen.

»In der Tat. Und du? Gefällt dir, was du anfasst?«

Er grinst. »Ich komme zu dem Schluss, dass ich ein echtes Glückskind bin.«

»Weil eine nackte Frau in deiner Wohnung ist?«

»Glaub es oder nicht, das ist schon ein-, zweimal vorgekommen. Aber ich bin ein Glückskind, weil die heißeste Frau, die ich je gesehen hab, sich für mich auszieht und es nicht erwarten kann, dass ich sie vögel.«

»Ach, ist das so?«

»Ist so.« Er kneift mir leicht in den Nippel, was mich keuchen lässt.

»Hm.« Ich rutsche ein wenig weiter runter, beuge mich vor, beginne, seine Brust zu küssen, lasse die Zunge um seine Brustwarze fahren. Seine Finger vergraben sich in meinen langen Haaren. Langsam arbeite ich mich runter, reibe mich an seinem harten Schwanz, was ihn zum Knurren bringt.

Meine Küsse flattern über seinen Bauch, folgen der Spur der dunklen Haare, bis sie schließlich an seinen Boxer Briefs landen. Bevor ich meine Hand hineinschieben kann, hakt er seine Hände unter meinen Achseln ein, zieht mich nach oben und dreht mich dann direkt auf den Rücken.

»Ich wollte gucken«, schmolle ich.

»Darfst du auch, aber ich find nicht, dass es sich gehört, dass du mir als Erstes einen bläst.«

»Wieso nicht?«

»Das ist so egoistisch.«

»Von mir?«

»Quatsch, von mir. Ich will nicht, dass du das Gefühl hast, dass es mehr um meine Lust als um deine geht.«

»Hab ich nicht.«

»Soll auch so bleiben. Und jetzt halt die Klappe.«

Er grinst mich an, bevor er mich so heftig küsst, dass ich vergesse, worüber wir gerade gesprochen haben.

Als er mich schwindelig geküsst hat, wandern seine Lippen über jeden Millimeter meines Gesichts, bevor er sich meinen Hals hinunter küsst und leckt. Seine Hand streicht über meine Arme, drückt meine Finger, bevor er meinen Bauch streichelt und gleichzeitig meinen Busen küsst.

Ich vergrabe meine Finger in seinen Haaren, seufze und keuche leise, weil es sich so gut anfühlt, was er da macht.

Schließlich küsst er sich weiter nach unten, hakt die Finger in mein Höschen, zieht es mir aus, bevor er sich zwischen meinen Beinen platziert. Sein Atem weht gegen mich und ich zittere. Alleine die Vorstellung, was da kommt, bringt mich schon zum Beben.

Als er dann sanft gegen mich pustet, bin ich fast schon bereit, zu kommen, obwohl ich eigentlich nicht so leicht erregbar bin. Oder vielleicht braucht es den richtigen Mann.

Und er beweist mir in den nächsten Minuten, dass er genau der richtige ist.

Seine Lippen, seine Zunge, sein Atem und seine Finger spielen zusammen, um mir ein Vergnügen zu verschaffen, das ich bisher nicht kannte.

Um ehrlich zu sein, habe ich den Hype ums Lecken nie verstanden. Ja, ganz nett, aber Penetration war doch immer noch meine liebste Spielart. Aber jetzt werde ich zum größten Fan. Vielleicht weil Jackson nicht so tut, als wäre es nur Mittel zum Zweck und man müsste eben dreißig Sekunden mit der Zunge rumstochern, sondern es zelebriert. Es geht ihm eindeutig darum, mir Lust zu verschaffen, egal, wie lange es dauert. Als Selbstzweck, nicht als Agenda.

So ist es auch kein Wunder, dass ich komme. Und zwar heftig. So heftig, dass ich ermattet liegen bleibe, mich nicht bewege, als er mir hoch hilft, mich aufs Bett legt. Ich erwarte, dass er den Nachttisch öffnet, um Gummis rauszuholen, aber stattdessen nimmt er mich in die Arme, streichelt meinen Körper, drückt sanfte Küsse auf meine Haut.

»Du bist perfekt.«

»Da hast du dich vertan, Love, du bist es.«

Er schließt mich so fest in die Arme, dass ich weiß, dass er ebenso fühlt wie ich. Was vollkommen absurd ist, weil wir uns gerade erst kennengelernt haben, aber es geht uns offensichtlich beiden so.

Nach einer Weile scherze ich: »Du musst doch mittlerweile gewaltig Druck haben.«

Sein Lachen zupft an meinen Haaren. »Du hast ja keine Ahnung.«

»Soll ich vielleicht mal was dagegen tun?«

»Und was willst du dagegen machen?«

»Ich könnte ihn ein bisschen anfassen. Würde dir das gefallen?«

»Doch, ich denk schon.«

»Ich könnte ihn ein bisschen streicheln.«

»Das wäre wohl auch okay.«

Ich weiß überhaupt nicht, wieso ich so mutig bin, was ihn angeht. Wenn ich mir Heath in dieser Situation vorstelle, würde ich stumm hier liegen, unsicher, weil ich nichts falsch machen will. Und mit Jackson? Mit ihm kann ich sein, wer ich bin. Nichts hat sich je besser angefühlt.

»Und wenn ich ihn küssen würde?«

»Puh, keine Ahnung, ob ich das mögen würde. Musst du wohl ausprobieren.«

Ich kann den Humor gepaart mit Lust in seiner Stimme hören.

»Du weißt nicht, ob du es mögen würdest, wenn meine Zunge über ihn fahren würde?« Ich drehe mich in seinen Armen und sehe in seine lachenden Augen.

»Nein, keine Ahnung. Echt nicht. Musst du wohl testen. Dringend testen.«

»Du bist unmöglich.«

»Ich weiß.«

Ich drücke gegen seine Schulter, sodass er auf dem Rücken liegt, bevor ich seine Lippen küsse. »Dann werd ich mal auf Entdeckungsreise gehen.«

»Ist wohl besser.«

Sein Grinsen lässt mein Herz aufgehen.

Ich küsse mich seinen Körper hinab. Als ich an seinem Unterbauch ankomme, stoppt er mich dieses Mal nicht. Gott sei Dank, denn bisher habe ich ihn noch gar nicht richtig betrachten können. Ich knie mich zwischen seine Beine, stütze die Ellenbogen auf, umfasse seinen Schwanz mit einer Hand, schaue zu ihm auf. Er hat die Hände hinter dem Kopf verschränkt und schaut durch halb geschlossene Lider zu mir.

Langsam streiche ich mit meiner Hand auf und ab, was ihm ein leises Seufzen entlockt.

»Ist das okay?«, scherze ich.

»Du Nuss.«

Ich lache, aber bevor er noch mehr sagen kann, öffne ich meine Lippen und stülpe sie über seine Eichel.

»Oh fuck!«

Offensichtlich gefällt ihm das ganz gut, interpretiere ich jetzt einfach mal.

Ich massiere mit der Hand seine Wurzel, während

meine Lippen über seine Eichel gleiten, sanft an ihm saugen.

»Megapeinlich, aber ich werd nicht lange durchhalten, sorry.«

Ich zucke mit den Schultern, weil das nicht so tragisch ist, finde ich. Aber wenn es so ist, will ich mich nicht lange mit Spielchen aufhalten, sondern ihm so viel Lust wie möglich verschaffen.

Eine kleine Drehung meines Körpers gibt mir eine bessere Position. Ich schaue noch einmal zu ihm hoch, sehe, dass seine Hände nicht mehr unter dem Kopf sind, sondern er die Finger gegen die Streben des Bettes gekrallt hat. Okay, er wird tatsächlich nicht lange durchhalten, wenn er jetzt schon so geil ist.

Langsam lecke ich mit der Zunge von unten nach oben.

»Oh Gott, fuck!«

Ich schließe meine Lippen um ihn, lasse die Hand nur noch locker um seine Länge geschlungen und lasse meinen Mund auf und ab gleiten. Langsam erst, aber als ich merke, dass seine Muskeln verkrampfen, werde ich schneller.

»Fuck, fuck, fuck!«, knurrt er, was mich zum Grinsen bringt.

Ich baue mehr Unterdruck auf, nehme mehr von ihm in den Mund.

»Oh scheiße.«

Und dann spüre ich, dass er gleich so weit ist.

»Fuck, Love.«

Er richtet sich auf, löst mich von seinem Schwanz, umfasst ihn selbst, reibt ein-, zweimal auf und ab, bevor er kommt. Sein Sperma trifft auf meine Brüste, aber ich schaue ihm ins Gesicht, weil ich sehen will, wie geil es für ihn ist.

Seine Augen sind geschlossen, aus seinem Mund dringt ein leises Keuchen. Schließlich atmet er tief aus. Langsam lässt er sich zurücksinken.

»Tut mir echt leid, dass ich nicht länger als ein Teenie durchgehalten hab.«

Er sieht mich an, greift dann nach Taschentüchern auf dem Nachttisch und wischt sanft meine Brüste ab.

»Sorry.«

Ich schmiege mich in seine Arme. »Alles gut.«

»Ich dachte, ist besser, als in deinem Mund zu kommen, ohne zu wissen, ob du das willst.«

»Ah, hättest du aber auch tun können.«

Er küsst meine Stirn. »Dann weiß ich das fürs nächste Mal.«

»Ach, es hat dir also gefallen?«

»Ich bin mir noch nicht sicher. Ich schätze, es ist besser, wenn du es bald noch mal probierst. Nur um sicherzugehen.«

Ich beiße ihm leicht in die Brust. »Du bist ein Spinner.«

»Und du bist fabelhaft.«

»Hältst du eigentlich sonst länger durch?«

»Wow, sie disst mich.«

Ich grinse. »Nein, so meinte ich das nicht. Männer sind da ja unterschiedlich. Manche halten lange durch, andere können dafür fünfmal.«

»Das weißt du aus Erfahrung?«

»Durch Recherche. Selbst hab ich nicht so megaviel Erfahrung, zumindest nicht mit vielen verschiedenen Männern. Und mit Heath war ich so lange zusammen, da war das Sexleben sowieso nicht mehr so lebendig. Jetzt weiß ich natürlich auch, weswegen.«

»Also, fünf Mal kann ich nicht. Aber bestimmt noch ein zweites Mal. Und du bist schuld, dass ich nicht durchhalte. Du bist einfach zu heiß.«

»Dann nehme ich die Schuld auf mich.«

»So gehört sich das auch.« Dann hebt er langsam mein Kinn an, schaut mir in die Augen. »Bist du enttäuscht?«

»Von dir? Quatsch! Bist du befriedigt?«

»Für den Moment, aber nicht für lange.«

»Dann bin ich zufrieden.«

»Okay.«

»War's gut für dich?«

»Ist das nicht eigentlich mein Spruch?«, scherzt er.

»Du meinst, weil Männer danach fragen, ob sie gut waren? Aber ich frag ja nicht, ob ich gut war, sondern ob es für dich gut war.«

»Selbst der schlechteste Blowjob ist immer noch fantastisch.«

»Er war also schlecht?«, frage ich empört und richte mich auf.

Lachend zieht er mich zurück in seine Arme. »Nein, war es nicht. Es war echt fantastisch.«

»Oh, du Schuft!«

Ich knuffe ihn in die Seite, was ihn nur noch mehr zum Lachen bringt. Schnell greife ich nach dem Kissen, schlage es ihm gegen die Brust.

»Du Luder«, ruft er aus, springt auf, greift nach seinem Kissen. Und dann kämpfen wir, bis die Federn durch die Luft fliegen und ich vor Lachen aufs Bett kippe.

Jackson reckt beide Hände nach oben. »Sieger!«

»Von wegen!«

Ich schaue zu ihm auf, wie er vor dem Bett steht, mich betrachtet. Er greift in die Schublade des Nachttischs, nimmt einen Gummi heraus, reißt die Verpackung auf, streift ihn über, bevor er nach meinem Fuß greift und mich näher zu sich zieht. Er öffnet meine Beine, legt sich zwischen sie, küsst mich, bevor er langsam in mich eindringt.

»Gott, du fühlst dich gut an«, murmelt er, während er nach einer meiner Hände greift, unsere Finger verschränkt und sie neben uns auf die Matratze drückt. Mit der anderen Hand stützt er sich ab.

Ich ziehe meine Beine ein wenig an, schlinge sie um seine Hüften. Meine andere Hand liegt am Übergang zwischen Hals und Schulter, streichelt sanft seine Haut. Er schließt genießerisch die Augen, während er langsam in mich stößt. Ich komme ihm entgegen und keuche jedes Mal auf, wenn er tief in mir ist. Die Reibung zusammen mit seiner Größe ist einfach phänomenal.

»Ich bin total verrückt nach dir«, murmelt er, bevor er mich auf die Nasenspitze küsst.

»Dito.«

Er grinst anzüglich, bevor er sich schneller in mir bewegt. Immer und immer wieder trifft er in mich, schenkt mir so viel Lust, wie ich es bisher noch nicht kannte. »Oh fuck, Love. Ich bin fast so weit.«

Ich nehme meine Hand von seiner Schulter, schiebe sie zwischen uns, reibe meine Klit.

»Scheiße, ist das heiß«, knurrt er, richtet sich auf die Knie auf. Der veränderte Winkel sorgt für noch mehr Reibung. Er starrt auf die Stelle, an der meine Finger sind. »Richtig geil.«

Seine Stöße werden schneller, abgehackter und als er sich nicht mehr zurückhalten kann, kommt er mit einem lauten Stöhnen. Anstatt sich sofort danach hinzulegen, rutscht er ein wenig runter, beugt sich vor und leckt an meinen Schamlippen. Gemeinsam mit meinen Fingern schießt mich das über die Kante und ich komme ebenfalls. Ich grinse, während ich nach Atem ringe.

Jackson greift nach weiteren Taschentüchern, entfernt den Gummi, wischt sich ab, bevor er sich neben mich legt, mich in seine Arme zieht und mich umschlingt.

»Das war phänomenal.«

»Finde ich auch.«

Es dauert nicht lange, bis ich höre, dass sein Atem tiefer und langsamer wird. Zufrieden schlafe ich ebenfalls ein.

Nachts werde ich wach, weil Jackson aufsteht. Es dauert ein wenig, bevor er zurück ins Bett kommt.

»Alles okay?«

»Entschuldige, dass ich dich geweckt habe.«

»Nicht schlimm. Aber ist alles in Ordnung?«

»Ja, ich musste nur meinen Blutzucker messen.«

Ich versuche, sein Gesicht zu sehen. »Du hast Diabetes?«

»Wurde festgestellt, als ich drei war.«

»Und ... Sorry, wenn ich nicht genau weiß, was man fragen darf oder nicht. Aber kommst du damit klar?«

»Du kannst alles fragen, Love. Und ja, ich komm damit klar. Ich bin gut eingestellt und hab keine Probleme. Eigentlich mach ich das vor dem Schlafengehen, aber ich hab nicht dran gedacht.«

»Kann ich irgendwas tun?«

»Nein, nur dich wieder in meine Arme legen.«

»Aber ich ... Zeigst du mir, wie du misst und spritzt?«

»Klar.«

»Ich würd nur gerne wissen, wie es geht, falls ...«

Er streichelt meine Wange. »Mach dir keine Sorgen, okay? Ich geh damit verantwortungsbewusst um.«

»Außer heute Abend.«

»Ich hab nur vergessen, zu messen, gespritzt hab ich.«

Das erinnert mich daran, dass er vor dem Essen immer auf Toilette gegangen ist.

»Deswegen gehst du immer ins Bad.«

»Genau. Aus Erfahrung weiß ich mittlerweile, wie viel ich mir bei welchem Essen spritzen muss.«

»Okay.«

»Guck nicht, als würde ich gleich tot umfallen.« Er lächelt mich an.

Ich lege meine Hände um sein Gesicht. »Mach darüber keine Witze.«

Und dann küsse ich ihn, bevor wir uns wieder hinlegen und kuschelnd einschlafen.

ICH VERBRINGE den nächsten Tag am Strand, während Jackson seiner Arbeit nachgeht, aber abends sind wir für die Strandparty in Mirissa verabredet. Er fährt nicht selbst, damit wir beide was trinken können und uns keine Sorgen um eine sichere Heimreise machen müssen.

Es ist komisch. Ich lag schon mehrmals alleine am Strand und habe mich nicht einsam gefühlt, aber jetzt tue ich es. Natürlich ist mir bewusst, dass das hier alles superschnell geht. Klar befürchte ich, dass die heißesten Flammen am schnellsten verglühen, aber ich hoffe einfach, dass es eine ewige Flamme ist. Ich habe doch mal gelesen, dass ein Untergrundfeuer seit fast sechstausend Jahren brennt. War das nicht in Australien? Das würde passen. Also nehme ich das.

Aber vielleicht ist es auch ganz gut, dass ich jetzt mal einen Augenblick habe, um durchzuatmen, denn es ist schon so, dass die letzten Tage ein Wirbelwind waren. Nicht nur, dass es noch gar nicht lange her ist, seit ich hier angekommen bin, aber in den paar Tagen bin ich mit drei Männern ausgegangen, habe zwei geküsst und mit einem geschlafen.

Das ist so dermaßen untypisch für mich, man könnte beinahe sagen, dass es mein komplettes Gegenteil ist. Nniuq statt Quinn sozusagen.

Auf der anderen Seite hat es mir auch Spaß gemacht.

Okay, nicht dieser Jason, der mit mir seine Freundin betrügen wollte (oder es hat, je nachdem, wie eng man die Definition fasst, und ich tendiere dazu, sie sehr eng zu fassen), das war nicht so spaßig, aber da konnte ich ja noch rechtzeitig die Reißleine ziehen, bevor es unverzeihlich wurde.

Ich habe ganz sicher nicht vor, jetzt mit einer Horde Männer zu schlafen, aber vielleicht ist es ganz gut, ein paar Erfahrungen zu sammeln, die ich bisher nicht habe. Ich hatte Sex mit drei Männern – meinem Freund auf der Highschool, mit dem zwischen Highschool und College und dann mit Heath, den ich im College kennengelernt habe. Und jetzt mit Jackson, also vier. Das ist ganz und gar nicht *Sex and the City*-mäßig.

Vor allem, wenn man dazurechnet, dass ich auch nicht mehr Männer gedatet habe, wenn man von den letzten Tagen absieht.

Oh Gott, jetzt wird es mir erst bewusst: Ich habe in den letzten Tagen genauso viele Männer gedatet wie in den neunundzwanzig Jahren davor! Ich bin ein Flittchen.

Der Gedanke bringt mich zum Lachen. Wenn ich eins nicht bin, dann das. Aber es ist schon erstaunlich.

Und jetzt habe ich die Chance, alles nachzuholen, was ich verpasst habe, und was ist? Nach wenigen Tagen bin ich schon so sehr in einen Typen verknallt, dass ich überlege, alles hinzuschmeißen und die Frau eines Tuk-Tuk-Fahrers in Sri Lanka zu werden. Ist das verrückt oder ist das verrückt? Da darf man ruhig ehrlich sagen, dass es absolut verrückt ist.

Aber die Gefühle sind nun mal da. Auch wenn es albern ist, sich so schnell zu verlieben. Auch wenn es kaum Chancen auf ein gutes Ende gibt. Auch wenn es mit Herzschmerz enden wird. Ich konnte nichts dagegen tun, dass ich so unglaublich schnell Gefühle entwickelt habe. Warum ist er auch so toll? Das ist doch echt gemein! Wieso lebt er nicht in New York?

Aber wahrscheinlich ist er nur deswegen so toll, weil er nicht in New York lebt, weil er nicht unter ständigem Zeitdruck oder Performancedruck oder tausend anderen Druckarten lebt. New York ist nicht unbedingt für seine relaxte Attitüde bekannt. Zeit ist Geld. Immer und überall.

Trotzdem liebe ich die Stadt.

Leugnen kann ich allerdings nicht, dass es auch negative Seiten gibt, die mir vielleicht erst im Kontrast zu hier und auch im Kontrast von Jackson zu den Männern, die ich sonst kenne, richtig auffallen.

Keine Ahnung! Es ist so verdammt verrückt, sich innerhalb von drei Tagen so zu verlieben, dass man sich vorstellen kann, dass er der Richtige ist.

Was soll ich machen?

Ich weiß es nicht. Ich weiß nur, dass ich diese Reise machen muss, weil sie mir viel über mich selbst verrät und ich diese Chance nutzen muss. Unbedingt.

11

Jackson holt mich am Hotel ab, als es dunkel wird. Er sieht scheißgut aus. Wie immer. Aber sein Lächeln, dieses glückliche, verliebte Lächeln und die Tatsache, dass er seine Augen nicht von mir nehmen kann, machen ihn unwiderstehlich.

Wir küssen uns zur Begrüßung, bevor wir Hand in Hand zu einem wartenden Tuk Tuk gehen. Er lässt mir den Vortritt, setzt sich dann neben mich, legt mir den Arm um die Schultern.

»Hattest du einen schönen Tag, Love?«, fragt er sanft.

»Hm, ich war faul, hab gelesen und Club-Sandwiches gegessen. Wie war dein Tag?«

»Keine Ahnung. Ich musste die ganze Zeit an dich denken.«

»Waren es wenigstens gute Gedanken?«

Er nickt ernsthaft. »Ich hab zum Beispiel drüber nachgedacht, wie du meinen Schwanz im Mund hattest.«

»Puh, wenigstens hast du herausgefunden, dass du das ganz gut findest.«

»In der Tat.« Er drückt einen Kuss auf meine Schläfe. »Wegen Sarah ...«

»Was ist mit ihr?«

»Sie hat immer noch nicht verstanden, dass ich sie nicht mehr will. Es könnte also eventuell zu unschönen Szenen kommen.«

»Welcher Art?«

»Der Art, dass sie so tun wird, als wäre sie meine Freundin.«

»Wann hattest du das letzte Mal Sex mit ihr?«

»Das ist über ein Jahr her.«

»Okay, also gibt es keinen Grund für sie, das anzunehmen.«

»Es gibt auch für dich keinen Grund, anzunehmen, dass ich zu irgendeiner anderen Frau als dir gehöre.«

»Gut, dass wir das geklärt haben.«

»Gutes Gespräch.«

»Find ich auch.« Ich grinse ihn an. »Sieht sie gut aus?«

»Das riecht nach einer Falle.«

Lachend schüttele ich den Kopf. »Nein, ist es nicht. Interessiert mich nur.«

»Sie sieht gut aus, aber ich hab keine Gefühle für sie.«

»Okay. Aussehen und Gefühle haben ja auch nicht immer was miteinander zu tun.«

»Das stimmt.«

Ich kuschele mich gegen ihn, genieße das laue Lüftchen. »Musst du morgen auch arbeiten?«

Er schüttelt den Kopf. »Ich nehm mir frei.«

»Kannst du dir das leisten?«

»Ich bin mein eigener Boss.«

»Weiß ich, aber ich frage, ob du dir das leisten kannst.«

»Das ist schon okay.«

»Soll ich dir nicht doch Geld für die Fahrten geben?«

»Nein, du Spinnerin.«

»Aber ich will nicht, dass du am Hungertuch nagen musst.«

Er grinst. »Ich hab dir doch erzählt, dass ich die Firma meines Dads verkauft hab. Glaub mir, ich werde noch sehr lange nicht am Hungertuch nagen.«

»Oh.«

»Hast du gedacht, ich wär ein armer Schlucker?«, fragt er amüsiert.

»Ich hab mir eigentlich keine Gedanken darüber gemacht, weil es mir egal ist.«

»Das mag ich.«

»Hast du geglaubt, ich könnte dich nur wegen deines Geldes mögen?«, scherze ich.

»Darüber hab ich mir tatsächlich gar keine Sorgen gemacht. Mein Lebensstil lässt ja auch nicht unbedingt darauf schließen.«

»Das stimmt wohl. Nicht mal einen vernünftigen Haarschnitt hast du.« Ich greife ihm in die verwuschelten Strähnen.

»Scheint dich nicht gestört zu haben, dass du deine Finger so gut darin vergraben konntest.«

»Ich kann nichts vor dir verbergen.«

»Du bist halt ein offenes Buch.«

Ich reibe mir die Nase. »Das stimmt tatsächlich. Aber ich bin mir nicht sicher, ob das schlecht ist.«

»Ist es nicht. Ganz im Gegenteil. Ich mag es, dass du nicht versuchst, Dinge zu verbergen oder etwas vorzutäuschen. Man weiß eben immer sofort, woran man ist. Wahrscheinlich ist das für dich manchmal nicht so toll und du bist wahrscheinlich die schlechteste Pokerspielerin der Welt, aber ich mag es. Sehr sogar.«

»Ich bin gar nicht so schlecht im Poker. Zumindest dann nicht, wenn ich mit Leuten spiele, die mich kennen, weil sie immer davon ausgehen, dass ich eh nicht bluffen kann.«

»Und kannst du es?«

»Ich bin einfach die ganze Zeit hyperaktiv, da fallen meine Signale nicht auf.«

Er lacht. »Wir sollten also mal Strip-Poker zusammen spielen.«

»Aber beschwer dich nicht, wenn du danach vollkommen nackt bist.«

»Nackt mit dir ist mein liebster Zustand.«

Ich mag gar nicht, dass wir ankommen, denn jetzt müssen wir uns unter Menschen begeben. Unsere kleine Seifenblase zu zweit hat mir viel besser gefallen. Aber ich lasse es mir nicht anmerken. Das hier sind seine Freunde und es ist auf jeden Fall eine Ehre, dass er sie mir so schnell vorstellen will.

Dieses Mal bezahle ich, was Jackson schmunzelnd hinnimmt, bevor wir an den Strand gehen.

Okay, ich korrigiere mich. Es sind nicht nur seine Freunde hier oder er hat Hunderte.

»Wow, so voll«, sage ich leise.

»Ja, klar, die Partys sind immer gut besucht.«

»Irgendwie dachte ich, dass es eine Privatparty ist.«

Er lacht. »Nur wir und unsere fünfhundert engsten Freunde.«

Wir schlüpfen aus unseren Flip-Flops, nehmen sie in die Hand und laufen auf das Epizentrum der Party zu. Auf dem Weg begrüßt Jackson mehrere Leute, die mich alle neugierig betrachten. Offensichtlich kennt er wirklich jeden.

»Wo gehen wir hin?«, frage ich, als wir nicht zur Tanzfläche gehen, sondern daran vorbei.

»Ich hab Hunger. Wie sieht's mit dir aus?«

»Oh, gut, ich hatte schon befürchtet, es gibt nichts.«

Jackson bringt mich zu einer Strandbar, die geschlossen aussieht, aber er drückt die Seitentür auf, geht durch den dunklen Gastraum, bevor er eine andere Tür öffnet, die uns in die hell erleuchtete Küche bringt.

»Hey, Jackson!«, rufen mehrere Typen gleichzeitig, als wir reinkommen.

Er begrüßt sie grinsend mit Handschlag, bevor er mir den Arm um die Schultern legt und verkündet: »Das ist Quinn und sie hat Hunger.«

»Tolle Vorstellung«, sage ich und boxe ihn in die Seite.

Ein junger Singhalese kommt mit ausgestreckter Hand auf mich zu. »Hi, ich bin Nihal. Schön, dich kennenzulernen.«

Lächelnd schüttele ich seine Hand. »Die Freude ist ganz meinerseits.«

»Wie groß ist dein Hunger?«

»Riesig.«

Er lacht. »Okay, dann bist du am richtigen Ort.« Er zeigt auf die anderen drei Männer. »Das sind Peter, Dave und Satya.«

Ich winke ihnen zu, während Dave sagt: »Wir kennen uns schon. Du warst gestern bei mir frühstücken.«

»Oh, ja, richtig. Hi, wie geht's?«

»Alles gut.« Er betrachtet mich prüfend, aber dann zuckt er mit den Schultern.

Nihal zieht mich zur Kochinsel in der Mitte. »Also, probier das schon mal. Das ist ein Teil unserer asiatischen Tapas. Das sind Wan Tan.«

Er legt mir ein paar auf den Teller, füllt Soße in ein kleines Schälchen und reicht mir beides. Ich tunke eines der knusprigen Teigpäckchen ein, verbrenne mir beinahe die Zunge, weil ich nicht warten kann, und murmele dann zufrieden, als der Genuss sich über meine Geschmacksknospen legt. Lecker.

»Gut?«, fragt Nihal.

»So gut. Was ist da drin?«

»Hund.«

Ungläubig starre ich ihn an, frage mich, wie höflich es wäre, ihm das, was ich gerade gegessen habe, vor die Füße zu kotzen.

»War nur Spaß. Das ist Hühnchen.« Er lacht.

»Oh, Gott sei Dank!«

Jackson tritt hinter mich, klaut mir einen Wan Tan, bevor ihm einfällt, dass ich das nicht mag und er ihn zurücklegt.

»Nimm ruhig.«

»Ist das okay für dich?«

»Komischerweise ist es das. Ich wundere mich über mich selbst.«

»Gut, ich hab Hunger.«

Er inhaliert drei der Dinger innerhalb von fünfzehn Sekunden, bis ich bedauernd auf den Teller starre, weil nichts mehr für mich übrig ist.

Nihal lächelt. »Dann probier diese hier. Dim Sum.«

»Ist das nicht eher ostasiatisch?«, frage ich.

»Deswegen ja auch asiatische Tapas. Wir bieten einen Mix aus verschiedenen Ländern an.«

»Cool.«

Ich probiere die Dim Sum, die weicher sind als die Wan Tan und ein wenig klebriger. Aber auch sehr lecker. Jackson isst vier, während ich einen esse. Das ist echt fies. Dann fällt mir was ein.

»Hast du dich gespritzt?«, frage ich leise, sodass nur er es hören kann.

Er küsst mich auf die Wange. »Natürlich.«

Zufrieden wende ich mich wieder Nihal zu.

»Das hier sind Gyoza. Sie sind nur auf einer Seite angebraten«, erklärt er gerade.

»Oh, die sind so richtig lecker!«, sage ich mit vollem Mund.

»Dave, wie weit ist das Dal?«

»Gleich fertig.«

»Arbeitest du auch hier?«, frage ich. »Ich dachte, du hast dein eigenes Café.«

»Wir treffen uns vor den Strandpartys immer hier, um gemeinsam zu kochen. Na ja, außer Jackson. Er kommt nur, um zu essen.«

Jackson lacht. »Hey, ich wachse noch.«

»Wohin denn?«, fragt Peter, der Butter in einen Topf mit Reis tröpfelt.

Satya meint: »Du kannst doch nicht meckern, Peter, du bist fast so groß wie er. Schlanker, klar, aber was sollen Nihal und ich sagen? Im Vergleich zu euch sind wir winzig.«

Dave wirft ein: »Jackson ist auch für einen Weißen einfach lächerlich groß.«

Ich schmiege mich an ihn, weil ich liebe, dass er groß und kräftig ist. Mit einem Laut der Zufriedenheit schlingt Jackson seine Arme um mich, legt sein Kinn auf meinem Kopf ab.

»Solange Quinn drauf steht, stört mich euer Gejammer nicht«, erklärt er.

Peter sieht uns fragend an. »Dann ist es was Ernstes?«

Ich zucke mit den Schultern, will es relativieren, aber Jackson sagt: »Ist es.«

»Ist das so klug, Mann? Sie wird wieder gehen und du bleibst mit einem gebrochenen Herzen zurück.«

Das kommt natürlich von Dave. Der mir der Kritischste von Jacksons Freunden zu sein scheint.

»Das diskutieren wir nicht jetzt. Oder jemals.«

»Du würdest mir dasselbe sagen, wenn es umgekehrt wäre. Touristinnen gehen wieder, das ist ihr Vor- und ihr Nachteil.«

»Dave, lass es.« Jacksons Stimme klingt warnend.

Dave breitet die Arme aus. »Das ist das, was wir alle denken, die anderen sind nur zu höflich, es auszusprechen.«

Mir wird ganz unangenehm zumute. Ich will nicht, dass er sich meinetwegen Kritik gefallen lassen muss. Sie haben auch irgendwie recht. Touristinnen verschwinden wieder. Aber es fühlt sich anders an. Nicht, dass ich viel Erfahrung mit Urlaubsflirts habe – oder Urlauben –, aber das hier fühlt sich nach so viel mehr an.

Ich drehe mich zu Jackson, der plötzlich angespannt ist. »Ich geh mal raus.«

»Wir gehen beide«, sagt er leise und schenkt mir ein Lächeln, das aber ebenso angespannt wirkt wie der Rest von ihm.

Ich lege meine Hand auf seine Brust. »Nein, das sind deine Freunde.«

Mit einem kleinen Winken in die Runde gehe ich aus der Küche, versuche, den Weg zu dieser Seitentür zu finden, als plötzlich eine Frauenstimme erklingt.

»Was machst du hier?«

Ich drehe mich in die Richtung, kann in der partiellen Dunkelheit aber nur einen Umriss sehen.

»Ähm, ich suche die Seitentür.«

»Und was hast du hier gemacht?«

»Wan Tans und Dim Sums probiert.«

Sie lächelt. »Ah, Nihal hat dich gefüttert.« Sie geht ein paar Schritte, drückt dann gegen eine Tür. »Hier.«

»Danke dir.«

Sie nickt und dreht sich um, während ich ins Freie eile.

Ich kann seine Freunde verstehen. Wirklich. Wenn Katrina mir erzählen würde, sie hätte sich auf einer ihrer Reisen Hals über Kopf in einen Mann verliebt, und behaupten würde, dass es was Ernstes ist, ohne einen Plan zu haben, wie man das in die Realität umsetzen könnte, wäre ich auch skeptisch, um es mal diplomatisch zu sagen.

Trotzdem würde ich sie nicht vor anderen darauf ansprechen und schon gar nicht vor dem Mann, in den sie sich verliebt hat, weil es einfach eine unmögliche Situation ist.

Ich nehme mir einen Stuhl, bringe ihn ein Stück weit den Strand runter. Weit genug, dass ich auf keinen Fall irgendwas mitbekomme, was in der Bar gesprochen wird, nah genug, dass Jackson mich findet, wenn er rauskommt.

Während ich warte, beobachte ich das Treiben am Strand, eingefasst von Lichterketten und Fackeln, die alles in einen goldenen Schein hüllen. Die Musik ist laut, aber nicht so laut, dass ich mir Taschentücher in die Ohren stecken müsste.

Wenn ich mir die jungen Menschen so ansehe, scheinen im Urlaub tatsächlich andere Regeln zu gelten als sonst. Gut, ich war schon lange nicht mehr in einem Club, aber mir kam es nie so vor, als wäre das eine Orgie, nur mit Klamotten an.

Nein, da hinten tanzt eine oben ohne. Hatte mich geirrt.

Es wird eng miteinander getanzt, es werden Körperteile berührt, die vielleicht in der Öffentlichkeit in nüchternem Zustand eher unberührt bleiben würden, und – was ich am erstaunlichsten finde – es ist ein Bäumchen-wechsel-dich-Spiel. Man küsst erst den einen, dann den anderen, dann irgendjemand Neuen. Der eine Typ da hat in den zehn Minuten, die ich hier bin, schon sechs Frauen abgeleckt. Also selbst wenn ich offener wäre, als ich bin, wäre mir das bei Weitem zu viel. Ich kann mir einfach nicht vorstellen, mit so vielen Männern zu knutschen.

Ich meine, in so kurzer Zeit. Offensichtlich kann ich schließlich doch zwei Männer an aufeinanderfolgenden Tagen küssen.

»Jackson, du weißt, dass sie recht haben!«, erschallt eine laute Frauenstimme.

»Es geht euch nichts an!«

Das ist Jackson und er hört sich nicht glücklich an.

»Wir wollen doch nur nicht, dass du verletzt wirst. Freunde achten aufeinander. So ist das eben.«

»Es ist meine Entscheidung und ihr habt euch da rauszuhalten.«

»Das tust du im umgekehrten Fall doch auch nicht. Hey, ich versteh es. Wirklich. Sie ist süß, in all ihrer hellhäutigen Art. Aber sie lebt auf der anderen Seite der Welt. Das kann nichts werden. Oder bist du etwa bereit, für sie umzuziehen?«

Sie lacht auf.

»Und wenn ich es bin?«

Erschrocken höre ich diese Worte, aber auch ein zufriedener Schauer läuft durch mich hindurch. Aber nein. Nein. Er kann nicht nach New York kommen. Da würde er eingehen. Er ist kein Stadtmensch, absolut nicht. Und New York ist noch nicht mal wie andere Städte. So froh es mich macht, dass er es sagt, zulassen könnte ich es nicht. Wenn das zwischen uns was werden sollte, kann es nur dadurch geschehen, dass ich New York verlasse. Das wird mir in diesem Augenblick klar. Die Frage ist: Will ich das überhaupt? Ist er es wert?

Ich wünschte, wir hätten mehr Zeit! Wir kennen uns nicht genug, um diese Fragen zu beantworten, aber wir können einander gerade auch nicht mehr Zeit geben. Was für eine verflixte Situation!

»Das ist doch nicht dein Ernst!«, antwortet sie fassungslos. Ich mache mich ganz klein auf meinem Stuhl.

»Keine Ahnung, aber ... Ich hab das noch nie gefühlt. Nie.«

»Manchmal reicht Gefühl aber trotzdem nicht aus. Das weiß ich aus eigener Erfahrung.« Sie klingt bitter. »Ich hab dich auch geliebt und was hat es mir genützt?«

Auf einmal wird mir klar, dass das Sarah sein muss.

Oje. Sollte ich mich bemerkbar machen und meinen ... ja, was? Meinen Anspruch anmelden? Meinen Claim abstecken?

Nein. Das hier ist Jacksons Entscheidung, die nichts, aber auch gar nichts mit mir zu tun hat. Was würde mir ein Mann nützen, der mich nur dann mag, wenn ich ihn daran erinnere? Das muss schon immer so sein.

»Es tut mir leid, aber du hast mit dieser Situation nichts zu tun.«

»Aber ich liebe dich immer noch. Und ich bin hier. Sie ist doch nur eine fixe Idee, die übermorgen schon wieder weg ist. Aber ich bin hier, Jackson. Wieso siehst du mich nicht?«

»Ich sehe dich und es tut mir leid, dass ich für dich nicht das empfinde, was du empfindest. Ich will dich nicht verletzen, aber es ist jetzt ein Jahr her.«

»Gefühle haben eben kein Ablaufdatum. Etwas, das du auch noch merkst, wenn du sie tatsächlich liebst. Aber weißt du was? Du wirst dir hier einen Kopf machen und sie wird zurück nach Amerika gehen und ihr Leben weiterleben. Sie hat dich nach einer Woche schon vergessen. So ist es doch immer mit diesen Frauen. Sie kommen her, um ihren Spaß zu haben. Mehr nicht.«

»Sie ist anders.«

»Oh Gott, Jackson! Hör dich doch mal reden! Sie ist nicht anders als die anderen. In keiner Weise. Sie sind alle gleich.«

»Du kennst sie doch gar nicht.«

»Ich muss sie auch nicht kennen, um zu wissen, wie sie ist. Wer reist alleine nach Sri Lanka? Nur Frauen, die auf ein Abenteuer aus sind.«

»Tut mir leid, Sarah, du hast einfach keine Ahnung.«

Ich kann sie nur schemenhaft erkennen, sehe aber, dass Jackson von ihr weggeht.

»Ich pass doch nur auf dich auf, Jackson!« Und dann: »Jackson!«

Aber er reagiert nicht. Er läuft auf die Party zu. Ich stehe von meinem Platz auf, sein Kopf dreht sich zu mir, bevor sein Körper ebenfalls diese Richtung einschlägt. Als er vor mir steht, steckt er die Hände in die Taschen seiner Shorts.

»Und? Wie viel hast du gehört?«

»Nicht viel. Fast gar nichts. Wirklich.«

»Also alles?«

»Na ja, im Grunde kann man es so sagen.«

Er atmet tief durch. »Es tut mir leid.«

»Dir muss nichts leidtun.«

»Es war keine schöne Situation für dich.«

»Nein, aber du kannst nichts dafür.«

»Ich hätte dich nicht mitnehmen sollen.«

»Bereust du es?«

Und dann schließt er mich endlich in die Arme und die Anspannung, die sich in mir aufgebaut hat, fällt von mir ab. »Nein. Ich wollte dich meinen Freunden vorstellen, hatte nur vergessen, dass sie manchmal Arschlöcher sein können.«

»Sie machen sich Sorgen um dich.«

»Ich weiß.«

»Und wenn wir ehrlich sind, wissen wir ja selbst nicht, wie es funktionieren soll, oder?«

Er seufzt. »Nein.«

»Also sind sie vielleicht keine Arschlöcher, sondern einfach Freunde.«

»Hm.«

»Ist das ein Ja?«

»Nein.« Er lacht leise. »Na ja, vielleicht schon.«

Eine Weile umarmen wir uns schweigend, bis ich sage: »Das ist also Sarah.«

»Sorry, dass du das mitbekommen hast.«

»Es tut mir leid, dass ihre Liebe unerwidert ist.«

»Hättest du lieber, dass ich auch in sie verliebt bin?«, scherzt er.

»Nein, aber ich wünsche ihr trotzdem nicht so viel Herzschmerz.«

»Du bist süß.«

»Manchmal.«

»Eigentlich immer.«

»Wenn du dich da mal nicht täuschst.«

Jackson löst sich von mir, küsst mich, bevor er nach meiner Hand greift. »Lass uns tanzen.«

»Aber kein Bäumchen wechsel dich.«

»Was auch immer das heißen soll.«

Und dann stehen wir inmitten der anderen Menschen, erhellt vom Feuerschein, und tanzen zu unserem ganz eigenen Beat.

12

Nur noch heute, schießt es mir durch den Kopf, als ich am Freitag in Jacksons Armen aufwache.

»Guten Morgen«, flüstert er.

»Morgen«, schnurre ich und drehe mich zu ihm, um ihn zu betrachten.

»Du bist immer wunderschön, aber jetzt gerade bist du es besonders.«

Und dann küsst er mich. Trotz Morgenatem und allem.

»Haben wir noch Gummis?«, murmele ich gegen seine Lippen.

»Yep.«

Ich rolle mich über ihn, greife in seine Schublade, hole eins raus, reiche es ihm.

»Mach du es«, sagt er ein wenig heiser.

Ich hatte schon mal ein Kondom in der Hand, ehrlich, aber ich war noch nie für das ... wie sagt man da? ... für das Anziehen zuständig. Aber wie schwer kann das schon sein?

Berühmte letzte Worte.

Es scheitert schon daran, dass ich diese scheiß Verpackung nicht aufreißen kann! Ich setze mich auf, knie neben

Jackson und versuche, die Plastikverpackung aufzubekommen.

»Verdammt, was ist das für ein schlüpfriges Scheißteil?«

Jackson lacht sich halb scheckig, während meine Finger immer und immer wieder abrutschen. Ich weiß, man soll es nicht mit den Zähnen machen, aber jetzt gerade bin ich versucht, es doch zu tun, egal, ob dann Löcher im Gummi sind und der Grund für die Benutzung ad absurdum geführt wird. Egal, ich lasse mich nicht von einem scheiß Latexding besiegen!

Ah, da, endlich bildet sich ein Riss.

»Du hättest ruhig helfen können«, beschuldige ich Jackson.

»Wieso? Dann wäre dein Sketch viel zu schnell vorbei gewesen.«

»Das war kein Sketch.«

»Sah aber so aus.«

»Ich war verzweifelt.«

»So wirktest du gar nicht.«

»Innerlich.«

»Ah, verstehe. Innerlich. Tja, wenn ich es nicht sehen kann, musst du da wohl alleine durch.«

»Hab's ja geschafft.«

»Dann jammer nicht und mach weiter.«

»Du bist so verdammt mitfühlend.«

»Ich bin verdammt geil.«

Er zieht das Laken, das noch auf ihm liegt, herunter und zeigt mir den Beweis.

»Tja, hättest du mal doch geholfen.«

Er grinst. »Los, mach weiter.«

Ich checke, welches die richtige Seite ist, und greife dann nach seinem Schwanz. »Ich hab das noch nie gemacht.«

»Fällt gar nicht auf. Du bist so souverän.«

»Du bist blöd«, sage ich lachend, während ich versuche, dieses schlüpfrige Scheißerchen abzurollen.

Irgendwann hat Jackson ein Einsehen, hilft mit, schafft es in unter zehn Sekunden, packt mich, schmeißt mich lachend aufs Bett, bevor seine Finger meine Klit finden.

Statt zu lachen, stöhne ich jetzt leise vor Wonne. Noch besser wird es nur, als er in mich eindringt und mir dabei dir ganze Zeit in die Augen schaut. Perfektion. Wirklich.

~

Ich würde den ganzen Tag in seinem Bett verbringen, aber er verlangt, dass wir uns an den Strand legen, weil das mein letzter Tag ist und es nicht sicher ist, wann ich das nächste Mal am Strand liege. Wir fahren zum Jungle Beach, aber ich muss sagen, dass mir unser geheimer Strand, an dem nur wir beide waren, besser gefallen hat. Allerdings ist der Vorteil, dass wir nicht so weit fahren müssen.

Wir tollen im Wasser herum, wobei das alles jugendfrei bleibt – von ein paar heißen Küssen abgesehen –, weil hier einfach Menschen sind. Wir liegen am Strand, ohne uns auch nur eine Sekunde loszulassen. Entweder liege ich in seinen Armen oder wir halten Händchen oder er hat seinen Kopf in meinem Schoß. Er ist sowieso ein sehr verkuschelter Mensch, aber jetzt ist es, als wollte er so viel Körperkontakt haben, um die Speicher aufzufüllen.

Abends holen wir schon mal meine Sachen aus dem Hotel, checken mich aus. Irgendwie fühlt es sich in diesem Moment so real an. Mir wird so richtig bewusst, dass mein Aufenthalt in Sri Lanka vorbei ist. Eine Woche ist viel zu kurz. Wieso habe ich nicht mehr Tage eingeplant?

Nachdem wir noch einmal Dal und Roti und Curry und gegrillten Fisch gegessen haben, liegen wir abends in seinem

Bett, jeder von uns in seinen Gedanken versunken, die offensichtlich beide in die gleiche düstere Richtung gehen, bis er schließlich fragt: »Hast du schon ein Date für Singapur?«

»Nein.«

»Wieso nicht?«

Ich stütze mich auf dem Ellenbogen ab und starre ihn an. »Ist das dein Ernst?«

Er zuckt mit den Schultern. »Es ist doch dein Job.«

»Ja, aber das hier«, ich gestikuliere zwischen ihm und mir herum, »ändert doch alles.«

»Quinn, jetzt mal ganz ehrlich. Du hast mir doch gesagt, du brauchst diese Reise, um dich selbst kennenzulernen. Dann ist das genau richtig.«

»Ja, aber ich kann doch nicht andere Männer treffen!«

»Gib mir dein Handy.«

»Wieso?«

»Tu es einfach.«

Ich greife nach meinem Handy, das neben mir auf dem Boden auflädt.

»Entsperren.«

Auch das mache ich. »Wozu denn?«

Er wischt, bis er die Dating-App gefunden hat. »Kannst du hier einen anderen Ort eingeben?«

»Wisch ganz nach links und dann auf Einstellungen. Aber was machst du denn?«

»Ich such dir einen Mann aus.«

»Was? Wieso?«

Er grinst. »Bringt mich der Gedanke, dass du mit einem anderen was anfängst, um? Ja. Aber es ist dein Job, dein Auftrag. Und du wirst es machen. Du wirst andere Männer treffen und deinen Artikel schreiben.«

»Das kann ich nicht.«

»Wieso nicht?«

»Weil …« … ich in dich verliebt bin. Aber das sage ich nicht. »Weil ich nicht kann.«

»Love, ich versteh das, okay? Mir geht es auch so. Aber … Fuck, keine Ahnung, ob ich das richtig ausdrücken kann.« Er legt sich die Hand auf die Brust. »Das ist so einer dieser Momente, in denen man an einer Kreuzung steht. Es gibt zwei Richtungen, in die man gehen kann, sinnbildlich für unsere Beziehung oder wie man das auch immer nennen will. Wir können nach rechts gehen, was sich vielleicht jetzt wie die richtige Entscheidung anfühlt, weil es so einfach wäre, dir zu sagen: Fick keine anderen. Aber so eine Beziehung will ich nicht.«

»Was für eine Beziehung?«

»In der man sich gegenseitig Verbote erteilt und seine Freiheiten beschneidet.«

»Du willst also eine offene Beziehung?«

Er lacht auf. »Nein, aber ich wünsche mir eine Beziehung, in der man sich gegenseitig vertraut, in der man *weiß*, dass der andere sich eher die Hand abhacken würde, als den Partner zu verletzen.«

»Okay, aber wie passt das damit zusammen, dass du jetzt sagst, ich soll andere Männer treffen?«

»Wahrscheinlich gar nicht, aber ich weiß tief in mir, dass es für uns nicht richtig ist, wenn du das nicht tust. Denn der Weg nach links sieht vielleicht auf den ersten Blick wie der falsche aus, aber es ist der richtige. Du musst deine Erfahrungen machen. Reisen und auch flirten.« Dabei verzieht er angewidert das Gesicht, was mich zum Lachen bringt.

»Aber nicht mit anderen Männern schlafen?«

Jackson zuckt mit den Schultern. »Das ist alleine deine Entscheidung.«

Keine Ahnung, ob ich ihn richtig verstehe, aber es fühlt sich irgendwie richtig an. Nicht nach den Regeln und

Verhaltensweisen handeln, die der andere einem auferlegt, sondern so, wie es das eigene Herz diktiert.

»Das hört sich toll an, aber …«

»Aber?«

Ich atme durch. »Aber ich hab meinem Ex vertraut, und was hat er gemacht?«

Er nickt ernsthaft. »Ich weiß. Und es tut mir leid. Aber du musst mir vertrauen, so wie ich dir vertraue.«

»Ich weiß nicht, ob ich das kann.«

»Doch, kannst du. Weil ich dir keinen Grund gebe, an mir zu zweifeln.«

Und das hat er bisher auch nicht getan. Aber das ist auch erst der Anfang. Noch dazu ein ungewisser. Weil wir nicht wissen, ob wir uns wiedersehen, ob es eine Zukunft gibt. Weil wir diese Unterhaltung auf die Zukunft verschoben haben. Es hatte sich auch wie eine gute Idee angefühlt, aber jetzt … jetzt zweifle ich.

»Hey«, sagt er leise und ich schaue zu ihm. »Was ist los?«

»Es ist so ungewiss.«

»Und das macht dich nervös?«

»Ja. Ich vertrau dir, so ist es nicht, aber …«

»Aber du brauchst Gewissheit?«

»Ich muss nicht wissen, ob wir bis ans Ende unserer Tage glücklich sein werden, aber irgendwie muss ich doch wissen, dass wir versuchen, eine Lösung zu finden, auch wenn sich vielleicht herausstellt, dass es keine gibt. Aber ich muss wissen, dass wir es versuchen.«

Er legt mein Handy weg, schlingt seine Arme um mich. »Love, du wirst mich nicht mehr los.«

Erleichterung durchflutet mich. »Das bedeutet, wir suchen nach einer Lösung?«

»Aber so was von.«

»Okay.«

Er drückt mir einen Kuss auf die Wange, bevor er nach

meinem Handy greift. »Lass uns einen Mann für dich finden.«

»Dein Ernst?«

»Yep. Komm, das wird lustig.«

Er lehnt sich gegen das Kopfteil des Bettes, öffnet seinen Arm für mich, sodass ich mich gegen ihn kuscheln kann. »Also, ich geb jetzt hier Singapur ein.« Er tippt es ein. »Und jetzt?«

»Jetzt musst du zu den Vorschlägen wischen. Nach rechts. Da.«

»Okay, ich hab das noch nie gemacht, aber wenn, hätte ich mir auch nicht vorgestellt, dass ich mir Männer ansehen würde. Aber gut. Was tut man nicht alles für die Recherche.«

Der erste Mann wird angezeigt.

»Veto«, sage ich.

Jackson grinst. »Wieso? Der sieht doch ... interessant aus.«

»Der sieht aus wie ein schmieriger Anwalt.«

»Ah, schmierige Anwälte sind also nicht dein Typ. Was ist dein Typ?«

»Du.«

»Ja, aber ich such dir keinen Mann aus, der ist wie ich. Ich bin ja nicht dumm.«

Grinsend sage ich: »Wie war das mit dem Vertrauen?«

»Man muss es auch nicht übertreiben.«

Ich knuffe ihn in die Seite. »Du bist unmöglich.«

»Yep. Also, der hier nicht, ja? Was muss ich machen?«

»Nach links wischen ist Nein, nach rechts wischen Ja.«

»Okay, also links. Was ist mit dem hier? Der sieht nett aus.«

»Findest du? Der sieht lüstern aus.«

»Woran machst du das denn fest?«

»Glaub mir, als Frau weiß man das.«

»Okay, also links. Der Nächste. Nein. Links.«

»Wieso nicht?«

»Der hatte komische Haare.«

Ich lache. »Man kann nicht jeden mit komischen Haaren aussortieren, dann bleibt die Liste nicht lang.«

»Du sollst ja auch nicht mit hundert Männern in Singapur ausgehen, sondern mit einem. Oder?«

»Können theoretisch auch mehrere sein, hab ich hier ja auch gemacht.«

»Oh ja, du hast so viele Männer gedatet. Zwei«, spottet er.

»Eigentlich drei.«

»Drei?«, fragt er verwirrt.

»Am ersten Tag hat mich jemand am Strand angequatscht, mit dem ich dann abends essen gegangen bin, aber es hat sich herausgestellt, dass er eine Freundin hat.«

»Okay. Arschloch. Was ist mit dem hier?« Jackson liest vor, was unter dem Bild steht: »Job: vorhanden. Wohnort: Singapur. Ich suche die Nadel im Hoehaufen.«

»Hoehaufen? Also Hurenhaufen?«

Jackson schüttelt irritiert den Kopf. »Ich dachte, man versucht, sich in besonders gutem Licht dastehen zu lassen, aber da kann doch keine Frau nach rechts wischen, oder?«

Er wischt nach links und mein Herz macht einen Sprung. Er ist einfach perfekt.

»*Ich liebe spaziergehen am Strand während des Sonnenuntergangs*. Das ist doch ein Code für *Ich geh dir sofort an die Wäsche*, oder?«, fragt er.

»Denkst du?«

»Klar, ich kenn keinen Mann, der alleine im Sonnenuntergang spazieren geht. Wozu auch? So was schreibt man nur, weil Frauen das mögen.«

»Du bist ja ein echter Dating-Experte.«

Er grinst. »Ich bin auch ganz überrascht von mir selbst.«

Er wischt den Typen nach links. »Aber guck mal der hier. Er sieht gut aus, kann offensichtlich in ganzen Sätzen schreiben. Gut, es sind nur zwei, aber die haben zumindest keine Fehler.«

»Guck dir mal die anderen Fotos an.«

Als er es tut, wird meine Vermutung bestätigt. Viele Männer haben ein gutes Foto, das sie als Profilfoto nehmen, und das war es auch schon. Auf den anderen Bildern sehen sie dann nicht mehr so gut aus. Wieso sie diese Bilder trotzdem posten, weiß ich nicht. Klar, man will eine gute Repräsentation aller Facetten, aber professionelle Fotos sind dann vielleicht nicht die richtigen.

»Okay, nein, das geht gar nicht.«

Er wischt nach links. Und dann erneut, erneut, erneut.

»So finden wir niemanden. Bist du dir sicher, dass du es nicht sabotierst?«

»Nein«, meint er lachend. »Eigentlich suche ich nach einem kahlköpfigen Mann Mitte fünfzig mit einem schlecht sitzenden Anzug.«

»Ich wusste es.«

»Hey, was ist mit dem hier?« Jackson liest die Beschreibung vor: *»Smart, humorvoll, nicht unbedingt auf den Kopf gefallen. Momentan eher an F+ interessiert.* Was ist F+?«

»Freundschaft plus.«

»Und was heißt das? Dass man Sachen zusammen macht und danach vögelt? Ist das keine Beziehung?«

»Ich glaub ja, dass es nur ein Code für Sex ist. Vor allem, Freundschaften entwickeln sich doch. Man kann doch nicht sagen, so, du bist sexy, wir sind jetzt Freunde.«

»Manche können das vielleicht schon. Also F+ ist eigentlich eher Sex, aber nicht nur einmal, wenn möglich mehrmals?«

»Glaub ich.«

»Okay, also bist du an F+ interessiert?«

Sein Arm zieht mich ein klein wenig näher an sich. So relaxt ist er bei der ganzen Sache offenbar auch nicht.

»Nein.« Ich schaue zu ihm. »Jackson …«

»Ja?«

»Ich werd nicht mit anderen schlafen.«

»Deine Entscheidung.«

»Versprochen.«

»Ich wiederhole, deine Entscheidung.« Er drückt mich fester. »Aber sie macht mich froh.«

»Ach ja? Ich dachte, wir sind so ultramodern und alles.«

»Entschuldige mal, ich bin derjenige, der nicht mal weiß, wie eine Dating-App funktioniert.«

»Das ist schon fast peinlich.«

Er kitzelt meine Seite, was mich zum Quietschen bringt. »Peinlich?«

»Nur ein bisschen.«

»Na gut. Aber das bleibt unser Geheimnis.«

»Alles klar.«

»Ich will einfach mal sehen, was passiert, wenn ich nach rechts wische.«

Sprach es und tat es sofort.

»Meist passiert …«

Aber ich komme gar nicht dazu, denn schon zeigt das Display, dass wir ein Match haben.

»Ein Match! Wow. Hast du ständig Matches?«

»Nicht ständig …«

»Jawohl, oder? Ich mein, du bist echt schön.«

»Danke.«

»Was hast du eigentlich für Fotos hier drin?«

Ich wische ihn zur richtigen Seite und er studiert meine Fotos.

»Ich hab gar keine Fotos von dir!«, fällt ihm plötzlich ein. Er navigiert zur Kamera.

»Jetzt?«, frage ich überrascht.

»Klar jetzt. Das sind Fotos nur für mich, die sonst niemand von dir hat.«

Wir posieren für die Kamera, mal süß, mal verrückt, mal mit Küsschen.

»Ich geb dir besser auch mal meine Nummer.«

Ich schlage mir vor den Kopf. »Oje! Daran hab ich gar nicht gedacht! Das wär was geworden!«

Er grinst mich an. »Als hätte ich dich fahren lassen, ohne deine Nummer zu haben. Ich bin ein Kerl, wir vergessen so was nicht.«

Jackson legt einen neuen Eintrag in meinem Telefonbuch an. »Ich bin unter meiner hiesigen Nummer eigentlich immer zu erreichen, aber ich geb dir auch meine australische Nummer. Allerdings ist das Handy momentan aus, weil ich es nicht brauche.«

»*My love Jackson*? So nennst du dich?«, frage ich lachend.

»Damit du es nicht vergisst.«

»Ich könnte dich nie vergessen.«

Nachdem er seine Nummern gespeichert hat, öffnet er meine Nachrichten, schreibt sich selbst eine Nachricht und schickt alle Fotos, die er gerade von uns gemacht hat, an sich selbst.

»Kann ich auch die Fotos haben, die hier in der App sind?«

»Klar. Geh in die Fotos und such dir aus, was du willst.«

»Dann hoffe ich einfach, dass du da ein paar Nacktfotos hast.«

Ich lache. »Die Hoffnung wird enttäuscht werden.«

»Mist. Aber …« Er grinst mich an, bevor er sich aufrichtet, mein T-Shirt hochzieht und Fotos von meinen Brüsten macht. »Dann nehm ich einfach die.«

»Weißt du, dass du unmöglich bist?«

»Ja. Aber so liebst du mich.« Dann sieht er mich unsicher an. »Darf ich sie mir schicken?«

Ich verdrehe die Augen. »Mach doch.«

Er grinst. »Sei ruhig ein bisschen enthusiastischer.«

»Das kannst du nicht auch noch verlangen.«

Jackson legt mein Handy weg, greift nach seinem. »Wow, so eine Verrückte hat mir dreißig Bilder von sich selbst geschickt.«

»Hallo? Ich glaub, das warst du selbst!«

»Nur damit du weißt, wie viele Bilder ich täglich von dir erwarte.«

»Aha, das kannst du dir direkt aus dem Kopf schlagen.«

»Will ich aber nicht.«

»Musst du aber.«

»Nein.«

Und bevor ich antworten kann, küsst er mich auf diese Art, die mein Herz jubilieren lässt. Wie kann man in drei Tagen so verdammt verliebt sein?

»Okay, genug. Fall nicht immer über mich her. Wir haben eine Aufgabe.« Er küsst mich auf die Nasenspitze und ich schüttele den Kopf. »Ja, ich weiß. Unmöglich.«

Ich nicke.

»Okay, also, ich such dir jetzt einen Mann aus.«

»Weil ich diese Reisepass-Option hab, kannst du auch schauen, wer mich nach rechts gewischt hat.«

»Wo denn?«

»Da oben.«

»Ah, okay. Du hast fünftausend Typen, die dich wollen?«, fragt er dann ungläubig.

Ich zucke mit den Schultern. »Wieso wundert dich das? Du willst mich doch auch.«

»Okay, wie kann man diese App löschen?«

Lachend versuche ich, ihm das Handy wegzunehmen. »Hör auf! Das ist doch mein Job. Erinnere dich.«

»Hm.« Er guckt sich die verschiedenen Männer an.

»Achte drauf, dass sie in Singapur sind, sonst nützen sie mir nichts.«

»Alles klar. Ich hab hier einen. Den nimmst du.« Er wischt ihn nach rechts. »Wie kann ich ihm eine Nachricht schreiben?«

»Ich warte eigentlich immer, bis mich jemand anschreibt.«

»Wir sind doch nicht im Mittelalter. Frauen dürfen auch den ersten Schritt machen. Ah, hier sind die Nachrichten.« Er scrollt durch. »Ich bin gerade total übergriffig, das ist mir bewusst, aber das ist faszinierend. Vielleicht sollte ich auch mal online daten.«

»Wozu?«

»Na, damit ich auch fünftausend Nachrichten bekomme.«

»Die meisten matchen und schreiben dann nicht.«

»Okay, keine Ahnung, was das soll. Was ist denn dann der Sinn des Matchens, wenn man dann doch nicht schreibt?«

Ich schüttele den Kopf. »Keine Ahnung. Aber meine Freundin Katrina hat gesagt, dass sie Freunde hat, die die App auch nutzen und einfach alle nach rechts wischen und wenn sie dann ein Match haben, erst entscheiden, ob sie jemanden gut finden oder nicht, und dann das Match wieder lösen.«

»Wo ist denn da der Sinn?«

»Weiß ich nicht. Vielleicht verstehen wir beide Online-Dating nicht.«

»Das kann sein. Aber ich will es auch gar nicht.« Er tippt auf meinem Handy rum. »So, ich hab ihm geschrieben, dass du ab Sonntag in der Stadt bist und jemanden brauchst, der dir Singapur zeigt.«

»Oh Mann! Wieso denn?«

»Dann kannst du für deinen Artikel recherchieren«, antwortet er, als wäre ich ein wenig dumm.

Bevor ich antworten kann, ruft er aus: »Oh, er antwortet schon! Das ging ja schnell! Wow, sieh mich an. Ich freu mich, dass mir ein Mann schreibt.«

Er lacht, während er auf die Antwort wartet.

»Ich bin mir nicht sicher, ob das hier nicht die bizarrste Situation ist, die es je gegeben hat.«

»Wieso sollte es bizarr sein, wenn ein Mann für sein Mädchen Dates klarmacht? Versteh ich nicht.« Er zwinkert mir zu. »Okay, er sagt, wenn du Lust hast, würde er gerne am Sonntag deinen Tourguide spielen und dich abends ausführen. Wie lange bleibst du eigentlich in Singapur?«

»Bis Freitag.«

»Und dann geht es nach Sydney?«

»Yep.«

»Wie lange bleibst du da?«

»In Sydney selbst nur ein paar Tage, aber ich dachte, ich schau mir direkt ein bisschen was an. In Australien bin ich insgesamt zwölf Tage.«

»Wo willst du denn hin?«

»Weiß ich noch nicht so genau. Will ich mir noch überlegen. Aber Byron Bay soll sehr schön sein.«

»Ist es auch. Hat so einen Hippievibe, den ich mag. Schade, dass du nicht zum Musikfest da bist. Das ist ziemlich gut. Aber auch so ist der Ort schön. Du kannst Wale beobachten gehen, deine Füße ins Meer halten ... So was alles. Es ist echt ein schöner Ort. Aber du musst auch in die Blue Mountains fahren, zum Lake Macquarie. Port Stephens ist auch eine Reise wert.«

»Schade, dass du nicht mein persönlicher Guide sein kannst.«

»Vielleicht ja irgendwann in der Zukunft. Hast du schon ein Hotel?«

»Ja, direkt in der Nähe der Oper. Den Namen hab ich grad nicht parat.«

»Schick ihn mir, wenn du ihn wieder weißt. Da bist du jedenfalls schön zentral. Sag mal, wie heißt du eigentlich mit Nachnamen? Fällt mir gerade ein, dass ich den gar nicht kenne.«

»Holland. Und du?«

»Campbell.«

»Jackson Campbell. Gefällt mir. Hast du einen zweiten Namen?«

»Gary. Und du?«

»Nein. Meine Eltern konnten sich schon auf einen ersten Namen nicht einigen. Nach meiner Geburt soll die Schwester gefragt haben, welchen Namen sie eintragen soll, und meine Eltern haben wohl gesagt *Suchen Sie sich was aus*. Tja, und dann war ich Quinn.«

»Ist das wirklich so gewesen?«

»Sie weichen von der Geschichte nicht ab.«

»Wahrscheinlich können sie sich nicht erinnern, dass sie das gesagt haben. Vielleicht haben sie auch einfach genuschelt und du solltest eigentlich Anne heißen.«

»Das würde ich ihnen auch zutrauen.«

»Ich würd jetzt gerne mehr über deine Familie erfahren, aber irgendwie will ich das auch nicht, weil ich unsere Zeit zusammen nicht damit ... Versteh das nicht falsch. Deine Familie ist bestimmt toll, aber ich will unsere Zeit damit nicht ... verschwenden.«

Er sieht mich fragend an.

Grinsend antworte ich: »Glaub mir, ich will meine Zeit auch nicht mit ihnen verschwenden.«

»Dann bin ich beruhigt.«

»Wir werden für all diese Gespräche zukünftig Zeit haben.«

»Davon gehe ich aus.«

Mein Handy pingt. Ich schaue drauf. »Hast du mir gerade eine Nachricht geschrieben?«

»Ich hab dir auch ein paar Fotos geschickt. Okay, drei, nicht dreißig, aber es scheint genetisch zu sein, dass Frauen viel mehr Fotos von sich machen als Männer.«

»Ist ein Nacktfoto dabei?«

»Nicht ganz nackt, aber oben ohne mit dem Surfboard unterm Arm.«

Ich grapsche nach dem Telefon, was ihm einen Lachanfall beschert.

»Mein verrücktes Mädchen.«

»Wow. Du siehst überhaupt nicht sexy aus.«

»Nicht?«

»Nein, zieh dich aus.«

Er regt sich nicht.

»Los, mach schon!«

Jackson zieht sich das Shirt über den Kopf. »Dir ist schon klar, dass du das alles schon gesehen hast?«

»Kann ich mir immer wieder ansehen.« Ich streiche mit den Fingern über die Ebenen seines Bauches. »Du bist echt nicht sexy.«

»Reicht ja, wenn du es für uns beide bist.«

Ich drücke einen Kuss auf seine Brust, an die Stelle, an der sein Herz schlägt. Seine Finger fahren sanft durch meine Haare.

Es ist wieder so ein Moment, in dem die Traurigkeit der Situation mich zu übermannen droht. Als ich versuche, die Tränen wegzublinzeln, nimmt er mich in die Arme.

»Das ist nicht das Ende. Ich fühl es genau.«

»Ich will gar nicht weg.«

Seine Lippen drücken einen Kuss auf mein Haar. »Ich will auch nicht, dass du gehst. Aber es ist auch ganz gut.«

»Wieso?«

»Nach der Trennung wissen wir beide ganz genau, was

wir wollen. Jetzt sind wir vielleicht von all den chemischen Reaktionen, die ablaufen, übermannt.«

»Du weißt echt nicht, was gut und was schlecht ist.«

Er fängt an, meine Seiten zu kitzeln, und ich quietsche auf. »Du bist echt ein Frechdachs!«

»Hilfe, Hilfe!«

»Schrei ruhig. Wenn niemand kommt, wenn du die Bude beim Kommen zusammenschreist, kommt jetzt auch keiner.«

»So laut bin ich auch nicht.«

»Sagen wir es mal so: Das nächste Mal bin ich vorbereitet und hab einen Gehörschutz.«

Ich schlage ihm gegen die Brust. »Boah! Du bist voll fies. Jetzt krieg ich Komplexe.«

»Bekommst du nicht, weil du ja weißt, dass das nur Spaß ist. Denn ich hab dir letzte Nacht gesagt, dass nichts geiler ist als deine Geräusche beim Sex, weil sie so voller Lust sind.«

»Da hast du dich ja noch mal gut gerettet.«

»Ja, nicht? Ich konnte mich schon immer aus jeder Situation quatschen.«

»Das glaub ich sofort.«

Jackson legt die Handys auf den Nachttisch, legt sich richtig hin. Wie eine kleine Klette werfe ich mich direkt an ihn.

»Ich kann dich echt gut leiden, Quinn Holland.«

»Echt?«

»Echt.«

»Ich kann dich auch ganz okay leiden.« Ich grinse gegen seine Brust.

»Frechdachs.«

13

Und dann stehe ich mit Tränen in den Augen am Flughafen und kann einfach nicht fassen, dass der erste Teil meiner Reise schon vorbei ist. Das ist viel zu schnell gegangen.

Jackson schließt seine Arme um mich. Ein letztes Mal, bevor ich in den Flughafen muss. Ohne Ticket darf man nicht eintreten.

»Ich will nicht gehen«, heule ich.

»Ich will auch nicht, dass du gehst.«

Und doch wissen wir beide, dass ich gehen werde. Weil ich muss. Etwas tief in mir sagt auch jetzt noch, dass ich diese Erfahrung brauche. Zum ersten Mal in meinem Leben tue ich etwas ... keine Ahnung ... etwas Mutiges. Ich brauche das. Die letzten Monate – und wenn ich ehrlich bin, auch die letzten Jahre – hatte ich nicht das Gefühl, über irgendwas die Kontrolle zu haben. Dies ist meine Chance, damit anzufangen. Ich bin die Kapitänin meines eigenen Schiffes.

Jackson umfasst mein Gesicht. Seine Augen sind so unglaublich zärtlich, dass ich einen Kloß im Hals bekomme. »Das ist nicht das Ende.«

»Versprochen?«

»Aber so was von.«

Unsere Lippen finden einander für einen letzten Kuss, der so voller Sehnsucht ist, dass ich beinahe beschließe, doch zu bleiben. Aber dann nehme ich meine Sachen und gehe.

Kurz bevor ich an der Tür bin, drehe ich mich noch einmal um. Jackson sieht genauso verloren aus, wie ich mich fühle. Mit einem kleinen Seufzen renne ich zu ihm zurück, werfe mich um seinen Hals. Die Tränen, die die ganze Zeit nicht weit weg waren, fließen jetzt wirklich.

»Geh, Love. Geh. Ich halt das so nicht aus«, flüstert er erstickt in mein Ohr. »Du musst stark für uns beide sein.«

Ich nicke kurz, bevor ich mich losreiße und schnellen Schrittes in den Flughafen gehe, mein Ticket und meinen Pass vorzeige und nicht mehr zurücksehe. Zumindest nicht so, dass er es sieht. Ich will es ihm nicht schwerer machen.

Als ich ihn mit den Händen in den Hosentaschen und hochgezogenen Schultern sehe, bricht mein Herz. Er hat versprochen, dass wir uns wiedersehen, ich weiß. Aber ist das vielleicht doch alles nur Wunschdenken? Haben Urlaubsromanzen im wahren Leben überhaupt eine Chance?

~

DER FLUG nach Singapur dauert vier Stunden. Vier endlose Stunden, in denen ich die ganze Zeit an Jackson denke, anfange, zu weinen, und mich hundsmiserabel fühle. War das die richtige Entscheidung? Ich weiß es nicht.

Kurz vor der Landung beschließe ich, dass das so nicht geht. Ich muss das alles zur Seite schieben. Wenn ich die nächsten Wochen nur heule, hat es keinen Sinn, überhaupt zu reisen. Dann kann ich es einfach gleich lassen. Nein, ich muss mich bemühen, Spaß zu haben, auch wenn sich das Wort schon furchtbar anhört. Aber es muss sein.

Daher ziehe ich feuchte Tücher aus meiner Tasche, benutze die Handykamera als Spiegel und wische mir das Gesicht ab. Ich wünschte, das würde schon reichen, um mich davon zu überzeugen, dass ich es mir gut gehen lassen muss. Ich befürchte jedoch, dass mir noch eine Menge Arbeit bevorsteht. Aber wie sagt man? Jede Reise beginnt mit dem ersten Schritt.

Der Flughafen von Singapur ist eine Erlebniswelt für sich, das hat Katrina mir erzählt. Es gibt ein Kino, einen Schmetterlingsgarten und sogar ein Schwimmbad. Also wenn das nicht purer Luxus ist, weiß ich auch nicht.

Schließlich habe ich mein Gepäck und gehe aus dem Sicherheitsbereich raus. Wieder erwartet mich ein netter Mann mit Namensschild. Dieses Mal bin ich zwar nicht halb tot, weil der Flug nicht so lange dauerte, aber trotzdem macht es das einfacher.

Mein Hotel liegt außerhalb von Downtown direkt am Singapore River. Es sind etwa zwanzig Kilometer. Vielleicht ist das die perfekte Zeit, denn es ist goldene Stunde. Der Moment kurz vor der Dämmerung, in der das Sonnenlicht so weich ist und alles in einen goldenen Hauch taucht. Die Straße vom Flughafen weg ist mit Blumen geschmückt. Und es ist sauber. Als würde hier ein Heer von Straßenreinigern rund um die Uhr im Einsatz sein.

Mir war das nicht klar, aber es gibt kaum etwas Aufregenderes, als einen neuen Ort zu besuchen. Noch dazu einen, der so vollkommen anders ist als die Heimat. Ich kann mich nicht sattsehen an den Wundern, die diese Stadt, die zu einer der besten weltweit zählen soll, was Lebensqualität anbelangt, zu bieten hat. Meinetwegen hätte die Fahrt auch zehn Stunden dauern können, aber ich werde in den nächsten Tagen genug Gelegenheit haben, mir alles anzusehen.

Ich muss dran denken, diesen Typen – wie hieß er noch gleich? – anzuschreiben, um zu fragen, ob sein Angebot, mir die Stadt zu zeigen, noch gilt.

Das erinnert mich …

Schnell ziehe ich mein Handy aus der Tasche, öffne meinen Chat mit Jackson, sehe die Fotos, die er mir als Letztes geschickt hat, und bekomme schon wieder Sehnsucht.

Nein, keine Tränen mehr.

Ich: *Hello, My love Jackson. ;-) Ich bin in Singapur angekommen und auf dem Weg ins Hotel. Warst du schon mal hier? Ist das vielleicht die faszinierendste Stadt der Welt?*

Ich erwarte nicht sofort eine Antwort, schließlich hat er gesagt, dass er den Rest des Tages arbeiten wird, und vielleicht ist das auch ganz gut, denn sonst könnte es passieren, dass ich den Rest des Tages nur mit ihm schreibe, wobei er, glaube ich, nicht so der Texter ist. Er wirkt zumindest so, als würde er eher zum Hörer greifen, als stundenlang auf der kleinen Tastatur rumzutippen.

Schließlich bin ich im Hotelzimmer, kann den Fluss sehen, der unter mir fließt, und einen Teil der Skyline erahnen. Ich logge mich ins WLAN ein, rufe die Dating-App auf, öffne meine Konversation mit Darren – ach ja, so heißt er – und frage ihn, wann und wo wir uns morgen treffen wollen. Dann beschließe ich, noch ein wenig am Fluss spazieren zu gehen, bevor ich im Hotelrestaurant essen werde. Ich hoffe, dass morgen eine Foodtour inkludiert ist, denn ich habe gelesen, dass es hier Streetfood-Stände gibt, die sogar einen

Michelin-Stern erhalten haben. Die muss ich dringend ausprobieren, keine Frage. Hoffentlich hat Darren Ahnung davon. Das fände ich noch viel cooler, als die Sightseeing-Dinge zu sehen. Essen.

Man sagt ja, Liebe geht durch den Magen. Dabei geht es eigentlich um Menschen, aber kann man sich auch in eine Stadt verlieben, wenn das Essen großartig ist? Es ist zumindest einer der Gründe, warum ich meine eigene Stadt so sehr liebe. Die Fülle an großartigem Essen aus aller Welt. Als ich noch mehr Freundinnen hatte, sind wir gerne durch Chinatown oder Little Italy gelaufen und haben die tollsten Gerichte probiert. Das habe ich so geliebt!

Als mein Magen knurrt, mache ich mich auf den Rückweg. Da die beiden anderen Hotelrestaurants eine Reservierung erfordern und für heute Abend schon ausgebucht waren, blieb nur noch das japanische Restaurant. Aber da ich Sushi mag, ist das auch kein Problem.

Aber dann steht Shabu shabu auf der Speisekarte und ich bin plötzlich so unglaublich glücklich, weil ich so was liebe. Man bekommt ein kleines Rechaud mit einem Topf Brühe. In diese legt man dann selbst dünn geschnittenes Fleisch und Gemüse, lässt alles kurz gar ziehen, bevor man es in Ponzu-Soße taucht und mit Reis isst. Ich bin wirklich ein großer Fan von solchem Schnickschnack. Damit macht man mich über alle Maßen glücklich.

Es kann sein, dass ich die ganze Zeit beim Essen lächele. Würde ich nicht ausschließen.

Zurück in meinem Zimmer, dusche ich, bevor ich mir mein Schlafzeug anziehe, mich in die Kissen kuschele und nach meinem Handy greife.

My love Jackson: *Ich freu mich, dass du gut angekommen bist. Singapur ist wirklich faszinierend. Ich war mal mit meinem Dad auf Geschäftsreise dort. Du musst auf jeden Fall in ein Hawker Center. Das sind diese berühmten Streetfood-Märkte.*

Ich: *Das hab ich auf jeden Fall vor. Ich kann es kaum erwarten, alles zu probieren, was diese Stadt zu bieten hat. Wow, das hört sich anzüglich an. Ich meinte, alles an Essen zu probieren, was sie zu bieten hat. Wirst du mich auch noch mögen, wenn ich eine Tonne wiege?*

My love Jackson: *Mehr zu lieben.*

Ich: *Gute Antwort.*

My love Jackson: *Hast du schon mit diesem Kerl Kontakt aufgenommen? Trefft ihr euch morgen?*

Ich: *Ich muss gleich mal nachsehen, ob er geantwortet hat.*

My love Jackson: *Frag ihn, ob er dich zu einem Streetfood-Markt bringen kann. Die Locals wissen bestimmt die besten Stellen.*

Ich: *Mach ich. Was hast du heute so gemacht?*

My love Jackson: *Ich war mit dem Tuk Tuk unterwegs, aber irgendwie hab ich vermisst, dass mich jemand von hinten umarmt.*

Ich: *Mach das doch zur Voraussetzung für deinen Service.*

My love Jackson: *Könnte ich machen. Zehn Prozent Rabatt, wenn ich dabei umarmt werde. :D*

Ich: *Das könnte funktionieren.*

My love Jackson: *Aber eigentlich hätte ich lieber deine Arme um mich.*

Ich: *Ich auch. Hey, ich hätte dich gar nicht für einen Texter gehalten.*

My love Jackson: *Ich hasse es auch wie die Pest.*

Ich: *Dann kann ich mich geschmeichelt fühlen?*

My love Jackson: *Kannst du.*

Ich: *Wir können auch telefonieren oder so.*

My love Jackson: *Machen wir auch noch. Aber jetzt muss ich noch mal los.*

Ich: *Heiße Party?*

My love Jackson: *Schön wär's, aber nein. Ich helfe einem Kumpel beim Umzug. Der Arme hat bisher noch bei seiner Mutter gewohnt.*

Ich: *Aber es ist schon zehn.*

My love Jackson: *Hier ist es halb acht.*

Ich: *Ups. Ich bin so wenig ans Reisen gewöhnt, dass ich nicht wusste, dass es eine Zeitverschiebung gibt.*

My love Jackson: *So ist das. Wir schreiben wieder, ja?*

Ich: *Sehr gerne.*

My love Jackson: *Dann schlaf schön, Love, und bis morgen.*

Ich: *Bis morgen.*

Es fühlt sich irgendwie komisch an, direkt nach dem Schreiben mit Jackson die Dating-App aufzumachen, weswegen ich erst ein wenig lese. Er hatte echt eine gute Idee, als er Darren gefragt hat, ob er mir die Stadt zeigen würde. Man lernt einen Ort doch viel besser kennen, wenn man einen Guide hat, der einem alles zeigen kann. Da hätte ich auch von alleine drauf kommen können.

Kurz bevor mir die Augen zufallen, schaue ich doch noch mal nach, ob Darren geantwortet hat.

Darren: *Ich könnte dich um zwei an deinem Hotel abholen und wir gehen dann erst was essen, bevor ich dir die Stadt zeige. Wie klingt das?*

Ich: *Fabelhaft. Ich freu mich, und danke.*

Ich schicke ihm noch die Adresse des Hotels, bevor ich die Augen zumache.

DA ICH AM nächsten Vormittag nichts zu tun habe,

beschließe ich, schon mal an meinem Artikel zu arbeiten. Ich werde zwar nicht wirklich Liebhaber testen, aber ich beschließe, dass ich die unterschiedlichen Dates bewerte. Was haben die Männer mit mir gemacht? Waren sie eher Draufgänger oder zurückhaltend? Wie war die Stimmung beim Date? Gab es bestimmte Erwartungen?

Ich überlege mir zehn Kategorien, anhand derer ich Punkte vergeben will, um dann total wissenschaftlich korrekt auswerten zu können, in welchem Land ich das beste Date hatte. Was kann man da nehmen?

1. Vorab-Kommunikation
2. Idee fürs Date
3. Pünktlichkeit
4. erster Eindruck
5. Auftreten beim Date
6. Top oder Flop?
7. Erwartungshaltung
8. Flirtfaktor
9. mein Gefühl
10. Würde ich ein zweites Date wollen?

Ich denke, das deckt alles ab, oder?

Jason wird mein Testfall. Ich bin mir nicht ganz sicher, ob ich ihn in meine Studie aufnehmen soll. Ist ein bisschen hochtrabend, ich weiß, aber doch irgendwie passend. Es ist eine Studie, das hört sich gleich sehr beruflich an.

Also, Jason.

Vorab-Kommunikation. Er hat mich am Strand auf nette Art angesprochen. Es war ein wenig seltsam, mitzuerleben, wie seine Freunde ihn gefeiert haben, als er mich klargemacht hatte. Aber schlecht war es auch nicht. Ich würde sagen, drei von fünf Punkten.

Ich notiere mir die Punktzahl, bevor ich zu Punkt zwei gehe.

Idee fürs Date. Wir waren essen. Das ist vielleicht nicht das Kreativste, was man machen kann, aber das Restaurant war wirklich schön und romantisch. Also vier von fünf Sternen.

Pünktlichkeit. Er war schon am Hoteleingang, als ich gekommen bin. Daher kann ich da nicht meckern. Fünf von fünf Punkten.

Erster Eindruck. Er sah gut aus, hat einen charmanten Eindruck gemacht, war sommerlich gekleidet, aber schon so, dass er nicht nur irgendwas angezogen hat, sondern sich vielleicht ein oder zwei Gedanken gemacht hat. Vier von fünf Punkten.

Auftreten beim Date. Das war zwiespältig. Anfangs war es okay, aber als dann der Kracher mit seiner Freundin kam, war die Stimmung doch eher im Keller. Daher würde ich zwei Sterne geben.

Top oder Flop. Flop, ganz eindeutig. Also ein Stern.

Erwartungshaltung. Er ist absolut davon ausgegangen, dass wir gemeinsam in der Kiste landen würden, was ich nicht mag. Klar, man kann auch beim ersten Date Sex haben, keine Frage, aber es ist für mich auf keinen Fall ein Muss. Daher zwei Sterne. Er hat zumindest nicht darauf gedrungen, das ist vielleicht einen Extrapunkt wert.

Flirtfaktor. Na ja, der war nicht so hoch, würde ich sagen. Da würde ich auch zwei Punkte geben.

Mein Gefühl. Anfangs ganz positiv, aber ich fand es abturnend, dass er seine Freundin betrügen wollte. Und das ist schon ein No-Go. Daher ein Stern.

Würde ich ein zweites Date wollen? Nein, nein und noch mal nein. Also ein Stern.

Insgesamt hat Jason fünfundzwanzig von fünfzig Punkten. Irgendwie kommt mir das Ergebnis noch zu hoch vor, aber wenn meine total wissenschaftliche Studie zu diesem Ergebnis kommt, ist das so.

Als ich Roshan ebenfalls bewerte, komme ich auf vierzig Punkte. Abzüge gab es für Pünktlichkeit und die Idee fürs Date. Ich bewerte ja das erste Date, daher gilt das Schwimmen mit den Schildkröten nicht, obwohl das so toll war.

Soll ich Jackson bewerten? Nur so zum Spaß. Ich muss es ja nicht veröffentlichen.

Erst mal muss ich festlegen, was genau als erstes Date gilt. Dafür verabredet man sich doch, also zählt das spontane Treffen am Vorabend nicht, sondern unser Ausflug nach Mirissa. Ja, ich denke, das ist die beste Variante.

Okay, also Vorab-Kommunikation. Jackson war so ein Arsch, dafür bekommt er keine Punkte. Wobei er dann am Vorabend richtig toll war und ich nur deswegen mit ihm auf ein Date gegangen bin. Also, was ist da die passende Punktzahl? Wenn ich Jason hier drei Punkte gebe und Roshan fünf, was ist dann die richtige Anzahl für Jackson? Eigentlich weniger als Jason, oder? Aber der Vorabend ...

Ich merke, dass es gar nicht so einfach ist, objektiv zu sein, wenn man jemanden subjektiv so gut leiden kann. Denn eigentlich müsste Jackson für mich die volle Punktzahl bekommen.

Aber gut. Ich gebe drei Punkte. Das ist fair, denke ich. Schließlich würde er nur einen Stern für die ersten Treffen bekommen, aber fünf für den Vorabend. Also der Durchschnitt.

Puh, ich bin ganz schön knallhart.

Idee fürs Date. Mirissa. Bestes Frühstück *ever*, lernen, wie man Tuk Tuk fährt, geheimer Strand, Orgasmus. Ich würde sagen, das sind fünf Sterne.

Pünktlichkeit. Auch nichts zu meckern. Fünf Sterne.

Erster Eindruck. Also, erster Eindruck beim Date oder

vorab? Bei den anderen habe ich auch den ersten Eindruck beim Date bewertet, also darf ich das hier auch. Fünf Punkte.

Auftreten beim Date. Darf ich hier dreißig Punkte geben? Er war schon ziemlich perfekt. Er war witzig, charmant, fürsorglich, verkuschelt, intelligent, sexy. Keine Frage: volle Punktzahl.

Top oder Flop. Top. Fünf Punkte.

Erwartungshaltung. Jackson hat nicht den Eindruck vermittelt, als müsste es zwangsläufig zum Sex kommen, was ich gut finde, wobei es ja dann doch passiert ist, aber das zählt ja nicht. Also, fünf Punkte.

Flirtfaktor. Fünftausend Punkte? Das war schon megaheiß und gut und großartig. Und ich hatte keine Chance, sondern war Wachs in seinen Händen. Fünf Punkte.

Mein Gefühl. Die Tatsache, dass ich mächtig in ihn verknallt bin, könnte ein Hinweis sein. Fünf Punkte.

Will ich ein zweites Date? Ich will noch vier Millionen Dates. Wenn das überhaupt reicht. Also fünf Punkte.

Insgesamt bekommt Jackson achtundvierzig Punkte, also fast die volle Anzahl. Was sich auch absolut mit meinem subjektiven Gefühl deckt. Er ist einfach der Allerbeste.

Ich mache mich fertig für meinen Stadtrundgang. Bequeme Schuhe sind ein Muss. Wir werden wohl viel laufen. Also sollte ich auch lieber Shorts anziehen und keinen Rock, dann wird der Schweiß, der sich mit Sicherheit bei diesem tropischen Klima bilden wird, zumindest von Stoff aufgesaugt und läuft nicht die Beine hinunter. Darüber habe ich mir bei einem Date bisher auch noch keine Gedanken gemacht.

Ich trage nur ein wenig Mascara auf, weil alles andere wahrscheinlich irgendwann vom Kinn tropft, und ich kann mir nicht vorstellen, dass das so ein beeindruckender Look ist.

Als ich in die Lobby trete, stehen ein paar Männer herum, aber ich bin mir nicht sicher, wer er ist. Er sieht im Grunde wie keiner von ihnen aus.

Aber der eine lächelt mich an. »Quinn?«, fragt er.

Ich gehe auf ihn zu. »Darren?«

»Ja, genau.« Er reicht mir die Hand. »Schön, dich kennenzulernen. Ich hab mich sehr auf unser Treffen gefreut. Bist du gut angekommen?«

»Ja, das war alles gar kein Problem. Mein erster Eindruck von der Stadt ist auch schon sehr positiv. Wie geht es dir?«

Ich muss mich zwingen, höflich Konversation zu betreiben, weil ich mich gerade ein wenig verarscht fühle. Der gut aussehende Mann von den Fotos entpuppt sich als Frosch. Da sieht man mal, was mit Photoshop und Filtern alles möglich ist. Zum einen ist er viel kleiner als gedacht. In seinem Profil steht eins achtzig, aber er ist nur ein wenig größer als ich, höchstens eins fünfundsechzig Also weit von der Angabe entfernt. Und dann war er schlank. Dieser hier ist untersetzt. Nicht schlimm, aber schon so, dass man merkt, es ist nicht dieselbe Person. Noch krasser ist allerdings sein Gesicht. Ich will nicht so oberflächlich klingen, aber er sieht einfach nicht gut aus.

»Sollen wir los?«

Einen Augenblick weiß ich nicht, was ich darauf antworten soll. Ich finde, eine Lüge direkt zu Beginn ist eigentlich ein No-Go. Oder? Klar ist nicht jeder mit seinem Aussehen zufrieden, das verstehe ich voll und ganz, aber was bringt es denn, wenn man etwas vortäuscht, was nicht ist? Ich habe einen gut aussehenden Mann erwartet.

»Ähm …«

»Ja?«

»Ich weiß nicht, wie ich das taktvoll sagen soll, aber du siehst nicht aus wie auf deinen Fotos.«

Er winkt ab. »Beruflich kann ich keine Bilder von mir online stellen, aber wenn man gar kein Bild hat, matcht einen niemand, daher nehme ich andere.«

»Aber du spielst damit was vor, was nicht ist.«

»Findest du? Ich denke, ich seh den Fotos ziemlich ähnlich.«

Einmal das Selbstbewusstsein von einem Mann haben, schießt es mir durch den Kopf.

»Nun, ich hätte dich nicht erkannt.«

»Wie gut, dass ich dich erkannt hab.«

»Ich fühle mich belogen«, sage ich dann, weil es einfach der Wahrheit entspricht. Er hat mir falsche Tatsachen vorgegaukelt.

»Ach, so schlimm ist das doch nicht. Wenn ich furchtbar aussehen würde, könnte ich das verstehen, aber so ist es ja nicht.«

Ich hätte mir vorstellen können, ihm noch eine Chance zu geben, aber er ist in keiner Weise einsichtig. Auch wenn ich das nicht gerne mache, weil ich niemanden verletzen will, sage ich schließlich: »Tut mir leid, für mich geht das nicht.«

Ungläubig reißt er die Augen auf. »Was soll das heißen? Ich bin den weiten Weg hier raus gefahren und du versetzt mich, weil ich beruflich nicht meine richtigen Bilder verwenden kann?«

Das macht mich ein wenig sauer, weswegen ich meine Höflichkeit auch ablege. Also so ja nicht. »Wenn du etwas vorspielst, musst du dich nicht wundern, wenn das nach hinten losgeht.«

»Was bist du denn so zickig? Hältst du dich für was Besseres?«

Ich lächele spöttisch. »Danke, aber nein danke.«

»Hör mal zu, du Schlampe. Ich erwarte, dass du dich erkenntlich zeigst, dafür, dass ich dir die Stadt zeigen wollte.«

Er kommt einen Schritt näher. Ich weiche instinktiv zurück, bevor ich allerdings was sagen kann, stellt sich eine junge Frau zwischen uns. »Verschwinde. Sie will dich nicht, also trag es wie ein Mann und troll dich.«

»Sie hat mir falsche Hoffnungen gemacht!«

»Das kann ich mir kaum vorstellen. Und selbst wenn, ist das kein Grund, sich wie ein Arschloch zu benehmen.« Bevor er etwas sagen kann, weist sie auf die Tür. »Los jetzt. Verpiss dich.« Sie winkt einem Wachmann, der interessiert näher kommt.

Darren sieht wohl ein, dass er das Spiel verloren hat, weswegen er mit einer nicht besonders netten Beschimpfung verschwindet.

»Danke«, sage ich leise.

Sie dreht sich um und lächelt mich an. »Sehr gerne. Ich bin Tarini.«

»Ich bin Quinn.« Ich reiche ihr meine Hand. »Noch mal danke.«

»Was wolltest du denn mit dem?«

»Er sollte mir die Stadt zeigen.«

Sie lacht auf. »Süße, der wollte dir alles zeigen, nur nicht die Stadt.«

»Das Gefühl hatte ich auch.«

»Ich hab nichts vor. Ich zeig dir die Stadt.«

»Wirklich?«

»Ja, sehr gerne. Gibt es was, was du auf jeden Fall sehen möchtest?«

»Auf jeden Fall will ich so viel Streetfood essen, dass ich platze.«

»Alles klar. Hast du schon mittaggegessen?«

»Nein.«

»Gut, dann gehen wir hier um die Ecke in ein kleines Nudelhaus, essen was und sehen uns dann die Stadt an. Und heute Abend gehen wir zum Newton Circus und ich empfehle dir all meine Lieblingsgerichte. Deal?«

»Deal.«

»Super, dann ist das ein Date.«

14

Es stellt sich heraus, dass Tarini im Hotel arbeitet und zufällig gerade Feierabend hatte, um mich retten zu können.

Tja, dann date ich jetzt eben eine Frau und keinen Mann. Jackson wird das bestimmt lustig finden.

Schon das kleine Nudelhaus, in das sie mich bringt, sorgt für wahre Geschmacksexplosionen im Mund. Kein Wunder, dass man sagt, Singapur ist die geeignete Stadt, um Foodgasmen zu bekommen. Ich bin schon kurz davor.

Wir nehmen den MRT, die U-Bahn von Singapur, die ein sehr gut ausgebautes Netz hat. Sie fährt zu allen Sehenswürdigkeiten und ist erstaunlich günstig. Tarini hilft mir, eine Fahrkarte für drei Tage zu kaufen, mit der ich so viel fahren kann, wie ich möchte.

»Wie bist du eigentlich an den gelangt?«, fragt sie, als wir auf dem Weg zu den Gardens by the Bay sind, einer hundert Hektar großen Parkanlage, die zu den beliebtesten Ausflugszielen der Stadt gehört.

»Ach, über so eine Dating-App. Ich hatte gedacht, dass es eine gute Idee ist, so Leute vor Ort kennenzulernen.«

Okay, ganz ehrlich bin ich hier nicht, aber gelogen ist es auch nicht.

»Und wieso war er plötzlich nichts?«

»Er hat in seinem Profil gelogen. Er hat irgendwelche Stockfotos verwendet, die einen gut aussehenden, schlanken und großen Mann zeigen. Und dann kam er.«

»Okay, verständlich, dass du darauf keine Lust hast. Machst du Online-Dating häufig?«

»Nein, ich bin ein Neuling. Ich hatte mir die App für die Reise installiert. Und du?«

»Hin und wieder mal. Ich finde es schwer, Männer kennenzulernen, wenn es in der Schule oder der Uni nicht geklappt hat. Ansonsten ist da einfach nicht genug Auswahl. Klar, im Job herrscht auch ein wenig Fluktuation, aber da kann es gut laufen oder aber auch nicht.«

»Ja, das verstehe ich. Ich hatte jahrelang einen Freund, den ich im College kennengelernt hatte. Wir sind seit ein paar Monaten nicht mehr zusammen. Wo ich jetzt einen anderen herbekommen sollte, wüsste ich auch nicht. Im Job sind hauptsächlich Frauen.«

»Eben. Da ist Online-Dating echt nicht verkehrt. Aber es ist auch mühselig, jemand Gutes zu finden. Mir würde schon mal reichen, wenn sie einfach ehrlich mit ihren Angaben sind.«

»Was erhoffen sie sich denn davon? Das verstehe ich nicht. Wenn man sie dann trifft, sieht man doch, dass es nicht stimmt.«

»Keine Ahnung. Ich denke, dass sie einfach hoffen, dass viele Frauen überrumpelt sind und dann doch mit ihnen ausgehen. Man muss ja auch sagen, dass Menschen, die nicht so gut aussehen, teilweise wenig Chancen haben. Männer wahrscheinlich noch mehr als Frauen.«

»Meinst du?«

»Auf jeden Fall. Ich glaub, es wird immer Männer auf der Suche nach Sex geben, die alles flachlegen, was geht.« Sie grinst.

»Ist das hier auch so? Also wird viel Sex gesucht oder ist das ein Gesellschaftsding und unverbindlicher Sex ist hier nicht so üblich?«

»Alles ändert sich. Dadurch, dass auch viele Menschen aus dem Westen in der Stadt leben, sucht immer irgendwer Sex.«

»Und du?«

»Ich wünsche mir die große Liebe, hab aber auch nichts gegen Spaß.«

»Gute Einstellung. Man kann doch Liebe auch nicht wirklich suchen, oder? Sie findet einen oder eben nicht.«

»Ganz genau. Leider ist *oder nicht* gerade dominanter.«

Offensichtlich zeigt sich was auf meinem Gesicht, denn ihres leuchtet auf. »Erzähl!«

»So offensichtlich?«

»Allerdings. Du hast gerade so gestrahlt!«

»Na ja, okay, also vielleicht hab ich da gerade jemanden kennengelernt, aber ich weiß nicht, inwieweit das Zukunft hat, weil wir nicht im selben Land leben.«

»Aber du wünschst dir eine Zukunft?«

»So sehr!«

»Dann wird sich eine Lösung finden. Oder will er nicht?«

»Doch, er will auch.«

Sie lächelt mich an. »Dann findet ihr eine Lösung. Daran glaube ich fest.«

»Ich hoffe es ehrlich. Jackson ist echt toll. Ich hab noch nie so einen tollen Mann kennengelernt. Wirklich nicht. Wenn du mich nicht stoppst, schwärme ich die ganze Zeit von ihm.«

»Mach ruhig. Es ist doch beruhigend, zu wissen, dass es noch Männer gibt, von denen man schwärmen kann.« Sie sieht auf. »Hier müssen wir raus.«

Wir steigen aus und gehen zu einer Bushaltestelle. Ich

schaue sie überrascht an, weil ich dachte, mit dem MRT kommt man überall hin.

»Bis nächstes Jahr soll es da eine Haltestelle geben, aber noch heißt es Bus fahren.«

Die Fahrt dauert nicht lange und dann sehe ich schon die Supertrees vor uns aufragen.

»Das hier ist aufgeschüttetes neues Land. Vor fünfzehn Jahren wurde das Projekt verkündet und wird in den letzten Jahren immer weiter realisiert.«

»Was hat es eigentlich mit den Supertrees auf sich?«

»Hier werden seltene Pflanzen aufgezogen, mithilfe von Photovoltaik wird Strom erzeugt und es wird Regen zur Bewässerung gesammelt. Darüber hinaus sehen sie auch einfach beeindruckend aus. Sollen wir hochgehen?«

»Kann man das?«

»Ja, klar. Letzten Monat wurde ein Observatorium eröffnet.«

»Oh, cool.«

Wir kaufen uns Tickets, bevor wir mit einem Aufzug nach oben fahren.

»Schau nach oben.«

Es sieht aus, als würde der Aufzug durch ein Blumenmeer fahren. »Wow.«

Oben angekommen, gibt es einen Indoor-Bereich und einen Außenbereich, den wir natürlich besuchen, um einen Blick auf Singapur zu haben.

Tarini reicht mir ihr Handy. »Hier, ich hab die App installiert. Wenn du dir damit das Panorama ansiehst, werden dir all die Sehenswürdigkeiten der Stadt angezeigt.«

Ich halte ihr Handy hoch und der Blick, den ich auch live sehe, erscheint auf dem Display. Mit dem Unterschied, dass hier nun kleine weiße Fähnchen anzeigen, welche interessanten Punkte es in der Umgebung gibt. Sehr interessant.

»Und da denkt man oft, der Westen wäre das Nonplusultra an Modernität.«

Sie lacht. »Ja, wir haben schon ein paar schöne Spielzeuge.« Sie zeigt auf drei Türme, die mit einer Dachterrasse verbunden sind. »Das ist das Marina Bay Sands Resort. Eigentlich solltest du eine Nacht dort schlafen, weil du dann in den berühmten Infinity-Pool kannst. Ich war selbst noch nie da, aber er gilt wohl als der berühmteste der Welt.«

»Das könnte ich tatsächlich mal ausprobieren. Weißt du die Preise?«

»Ich glaub, so dreihundert Dollar aufwärts. Aber sicher bin ich mir nicht.«

»Okay, das ist ein bisschen über meinem Budget. Aber so sieht es ja auch schon beeindruckend aus.«

Ich mache Fotos mit meinem Handy, die ich Jackson und Katrina später schicken will. Letztere hat mich schon ein paar Mal gefragt, wie es mir geht, aber ich habe sie nur mit kurzen Statusberichten abgespeist. Ich sollte unbedingt mal ein wenig länger antworten, sonst schickt sie noch einen Suchtrupp los.

»Sollen wir noch ins Gewächshaus, den Flower Dome?«, fragt Tarini.

»Sehr gerne.«

Wenn man eins über Singapur sagen kann, dann, dass hier alles eine Nummer größer ist. Das Gewächshaus soll das größte der Welt sein und enthält den Cloud Forest, einen tropischen Nebelwald. Mit offenem Mund staune ich über die Wunder der Welt, die hier zu sehen sind. Inklusive eines Wasserfalls.

Ich komme mit dem Fotografieren gar nicht hinterher. Ich könnte dreitausend Bilder machen und hätte nur einen Bruchteil der Faszination eingefangen, wobei die Kamera der Wirklichkeit auch in keiner Weise gerecht wird. Es ist wunderschön und ich bin überglücklich, dass ich hierhergekommen bin. Es ist auf jeden Fall eine beeindruckende Stadt.

Wir schlendern zum Marina Bay Sands Resort, das in Downtown steht. Von dort kann man über die Helix-Brücke ins Kolonialviertel der Stadt schlendern. Wir folgen noch eine Weile der Wasserfront und kommen an den berühmten Merlion-Brunnen, der aus dem Kopf eines Löwen auf einem Fischkörper Wasser sprudeln lässt.

Und dann stehen wir plötzlich in einer anderen Welt. War hier eben noch alles supermodern, findet man sich plötzlich in einer anderen Zeit wieder. In einer Zeit, in der Großbritannien noch der Kolonialherr war, was tatsächlich noch bis 1963 der Fall war, wie Tarini zu berichten weiß.

»Lass uns im Raffles Hotel den berühmten Singapore Sling trinken.«

»Was ist das?«

»Du wirst schon sehen.«

Sie bringt mich zu einem weißen Hotel, in dessen Innenhof man den berühmten Cocktail genießen kann, der angeblich hier erfunden wurde. Er besteht aus Gin, Kirschlikör, Cointreau und verschiedenen Säften, wird geshakt und auf Eis serviert und ist unglaublich köstlich. Den muss ich mir auf jeden Fall merken. Sehr lecker.

»Weißt du, was mich wundert?«

»Nein, was denn?«

»Wieso haben so viele Menschen in Singapur englische Namen? Die meisten sind doch Chinesen.«

»Viele Chinesen haben mehr als nur einen Namen. Früher waren es mal drei. Der Name, den dir deine Eltern bei der Geburt gegeben haben. Der Name, den man trägt, wenn man erwachsen wird. Und dann noch einen informellen, den man sich selbst aussucht. Seit dem Einfluss des Westens auf China wählen viele dafür englische Namen. Aber es hat natürlich auch mit der Geschichte als englische

Kolonie zu tun und damit, dass Englisch eine der Amtssprachen ist.«

»Haben Namen eine Bedeutung?«

»Traditionelle Namen haben eine Bedeutung. Mein Name ist eine andere Form der Göttin Parvati. Die hinduistischen Götter und Göttinnen haben in ihren verschiedenen Ausprägungen verschiedene Namen.«

»Das ist total interessant.«

»So genau hab ich mich mit dem Thema auch nicht beschäftigt, daher weiß ich leider nicht so viel.«

»Ach, das reicht doch schon. Ich find es sowieso supernett, dass du mir das alles zeigst. Und das auch noch, wo du heute Vormittag schon gearbeitet hast.«

»Es macht doch Spaß. Soll ich dir was sagen? Das hier ist das beste Date, das ich seit Langem hatte.« Sie lacht mich an.

»Ich kann mir auch nicht vorstellen, dass der echte Darren einen besseren Job gemacht hätte.«

»Danke für das Kompliment.«

Langsam wird es dunkel, während wir unseren Cocktail schlürfen.

»Hast du Hunger?«

Mein Magen meldet sich geräuschvoll, was sie zum Lachen bringt.

»Sollen wir ein Taxi nehmen oder die vierzig Minuten laufen? Natürlich nur, wenn du mir bis dahin nicht verhungert bist.«

»Ein bisschen mehr durch diese faszinierende Stadt zu laufen, würde mir sehr gefallen.«

»Okay, dann lass uns bezahlen.«

Es sind ein wenig mehr als drei Kilometer zum Newton Circus, einem der berühmten Streetfood-Märkte der Stadt. Es mögen Gerüchte sein, aber nirgendwo soll es so gutes

Straßenessen geben wie hier. Daher bin ich absolut gespannt.

»Warum der Newton Circus?«

Tarini lächelt. »Keine Ahnung. Die anderen Märkte sind auch toll, aber ich bin schon immer mit meiner Großmutter zu diesem gegangen.«

»Das ist echt süß, dann nehmen wir auf jeden Fall den. Gehst du noch mit ihr hin?«

»Sie ist vor ein paar Jahren gestorben.«

»Das tut mir leid.«

»Mir auch, aber das ist eine meiner liebsten Erinnerungen an sie.«

»Ist es dann für dich okay, dahin zu gehen, oder ist es zu traurig?«

Sie lächelt. »Nein, ich geh ziemlich oft hin. Es ist auch ein bisschen mein Tribut an sie.«

Tarini erzählt mir immer mal wieder etwas über die Gebäude oder die Gegenden, an denen wir vorbeikommen, aber nichts weiter über den Markt. Sie sagt, den muss man erleben, ohne zu viele Infos zu haben.

Als wir ankommen, bin ich überwältigt von den Gerüchen, den Geräuschen, der Fülle von Menschen, die sich hier drängen.

Tarini weist mit einer ausladenden Handbewegung auf die Vielzahl an Ständen. »Die meisten bereiten genau ein Gericht zu, das aber perfekt. Du kannst rumgehen und dich umschauen oder ich kann dir meine Lieblingsgerichte sagen.«

»Ich bin grad ein bisschen erschlagen. Es wäre toll, wenn wir einfach deine Lieblinge nehmen. Ich bin mir sicher, dass sie schmecken.«

»Alles klar, dann komm.«

»Eine kleine Sache noch. Ich weiß, das hört sich total

komisch an, aber ich mag es nicht, mein Essen zu teilen. Tut mir leid.«

»Ist doch okay. Also zwei von allem. Das kommt mir sowieso entgegen, weil ich riesigen Hunger habe.«

Sie lächelt mich an, bevor sie uns zum ersten Stand bringt, an dem es frittierten Karottenkuchen gibt, wobei er eigentlich aus Rettich gemacht ist, wie Tarini erklärt. Aus Rettich und Reismehl wird ein Kuchen gefertigt, der dann mit Sojasoße und Eiern frittiert wird.

Sie bestellt zwei und reicht mir dann eine kleine Schale, bevor wir zu einem Stand gehen, an dem es Chili Crab gibt, was offensichtlich eine absolute Spezialität der Stadt ist. Dann muss ich sie natürlich probieren. Als wir beide die Hände voll haben, suchen wir uns einen Tisch, an den ich mich schon einmal setze, während sie noch ihr absolutes Lieblingsgericht holt, Fishball Noodles. So genau kann ich mir darunter nichts vorstellen, aber ich probiere alles.

Tarini kommt mit zwei Schalen wieder. »So, jetzt haben wir erst mal alles. Wenn wir danach noch Hunger haben, könnten wir noch ein paar Saté-Spieße holen.«

Ich blicke über meine drei Gerichte. »Das ist wahrscheinlich schon mehr als genug.«

»Also dann, guten Appetit.«

»Dir auch. Das sieht so toll aus und riecht so gut. Danke, dass du mich mit hierhergenommen hast.«

»Sehr gerne.«

Der erste Bissen ist wie eine Offenbarung. Der frittierte Karottenkuchen ist knusprig, aber gleichzeitig auch weich und hat einen sehr angenehmen Geschmack. Ich seufze auf.

»Schmeckt also?«, fragt sie lächelnd. »Das ist die schwarze Variante mit Sojasoße. Bei der weißen bleibt der Kuchen hell.«

»Es ist so unglaublich gut. Wie stehen die Chancen, dass ich eingebürgert werde?«, scherze ich.

»So was muss es doch auch in New York geben.«

»Wenn, dann hab ich es noch nicht gefunden, aber ich werd mich auf die Suche machen. Das hier ... Wow. Dafür fehlen mir die Worte. Das ist ein ganz eigenes Level an lecker.«

»Freut mich, dass es dir so gut schmeckt.«

»Ganz eindeutig. Ich werd mich die nächsten Tage nur noch beim Streetfood durchfressen.«

»Fahr aber auf jeden Fall auch nach Sentosa. Das ist unser Naherholungsgebiet. Da kannst du spazieren gehen, am Strand abhängen, dir eine Wassershow ansehen und noch vieles mehr.«

»Das hört sich auch schön an.«

»Ist es auch. Du solltest auf jeden Fall noch ein paar Dinge ansehen. Wenn du magst, nenne ich dir noch ein paar.«

Ich stutze. Heißt das, sie fand unser Date nicht so gut? »Das wäre total lieb.«

»Ich würde dich auch noch weiter rumführen, aber ich hab ab morgen Spätdienst. Von mittags bis zehn Uhr abends. Aber wenn du an der Rezeption vorbeikommst, kann ich dir gerne mehr Infos geben.«

Erleichterung durchflutet mich. Sie fand es offenbar nicht schlecht.

»Es war echt toll mit dir. Und vielen Dank, dass du dir so viel Zeit genommen hast. Du hättest dir bestimmt auch Besseres in deiner Freizeit vorstellen können.«

»Es war ein wunderschöner Tag und ich bin froh, dass ich dir meine Heimat vorstellen konnte. Jetzt probier die Chili Crab. Gemeinsam mit Hainanese Curry Rice ist es das kulinarische Symbol der Stadt.«

»Alles klar.«

Die Chili Crab ist ein Mangrovenkrebs, der in einer eher süßlichen Tomatensoße serviert wird. Ich habe keine

Ahnung, wie man ihn isst, aber ich folge einfach Tarini, die mir zeigt, wie man an das zarte Fleisch herankommt.

Ein Gedicht. Könnte ich Songs schreiben, würde ich eine Ode an Chili Crabs schreiben. Irgendjemand mit mehr Talent sollte es auf jeden Fall mal machen.

Zum Abschluss verspeise ich noch die Fischbällchen und dann bin ich so satt, dass ich nicht mal mehr einen Schluck trinken könnte.

»Gott, war das gut, aber ich hab mich überfressen«, gebe ich zu.

»Ach, das passiert doch den Besten. Reicht es, wenn ich dich in ein Taxi zurück zum Hotel setze, oder soll ich mitkommen?«

»Nein, das reicht voll und ganz.«

»Gut, von hier aus hab ich es nämlich nicht weit.«

»Danke dir. Das war ein echt tolles Date. Wirklich.«

»Fand ich auch. Das wird jetzt mein Standard, aber ich befürchte, Männer können da sowieso nicht mithalten.«

»Können sie wirklich nicht.«

Sie grinst. »Das war heute Morgen wirklich ein toller Zufall. Ich wünschte, ich müsste nicht arbeiten.«

»Wann hast du denn Pause? Vielleicht könnten wir dann ein bisschen quatschen, wenn ich im Hotel bin.«

»Das ist eine gute Idee. Meistens zwischen vier und fünf.«

»Okay, ich schau mal.«

Wir verlassen den Markt, Tarini hält mir ein Taxi an. Wir umarmen uns, bevor sie die Tür hinter mir schließt.

Auf dem Weg zurück zum Hotel denke ich darüber nach, wie anders das Kennenlernen von Menschen auf Reisen ist. Zu Hause wäre es niemals dazu gekommen, dass sie angeboten hätte, mich herumzuführen. Außerdem wären wir nicht so schnell so warm miteinander geworden. Amerikaner sind zwar immer sehr freundlich, aber am

Anfang fehlt manchmal ein bisschen die Tiefe, sodass Beziehungen lange Zeit nur an der Oberfläche existieren. Mit Tarini habe ich in diesen Stunden mehr geteilt, als ich es in den ersten Jahren mit meinen Freundinnen getan habe.

Vielleicht ist es auch so, dass Kontakte so viel wichtiger sind, wenn man alleine reist, um nicht zu vereinsamen. Das hat man in seinem normalen Umfeld nicht.

Was auch immer der Grund ist, es gefällt mir. Diese Version von mir, die offenere Version, gefällt mir sehr.

15

Als ich zurück in meinem Zimmer bin und das WLAN eingeschaltet ist, pingt mein Handy. Ich schaue aufs Display. *My love Jackson*. Ich grinse, als ich den Namen sehe.

My love Jackson: *Ich befürchte, es ist ein schlechtes Zeichen, dass du dich bisher noch nicht gemeldet hast. Ein einzelnes Date, das so lange geht? Das kann ja nur gut sein.*

Er hat diese Nachricht vor zwei Stunden geschickt. Werde ich ihn mal von seinem Leid erlösen. Aber statt das alles zu tippen, schicke ich ihm eine Sprachnachricht.

»Hallo. Und? Kriegst du Angst? Haha, musst du nicht. Der Typ, Darren, hatte gefälschte Fotos in der Dating-App. Er sah nicht so aus, war nicht so groß, nicht so schlank. Na ja, einfach gar nicht so wie gedacht. Und dann hat er die Frechheit besessen, mich anzumeckern, dass ich ihm falsche Hoffnungen gemacht habe, als ich sagte, dass ich mir belogen vorkomme. Ich will nicht sagen, dass die Situation wirklich brenzlig war, aber er ist dann so einen bedrohlichen Schritt nach vorne gekommen und mein Herz hat schneller geschlagen. Und dann kam Tarini. Sie arbeitet im Hotel am Empfang und hat den Kerl in die Schranken gewiesen. Weißt du, was dann passiert ist? Ich sag's dir. Dann hat sie angeboten, mir Singapur zu zeigen. Wir waren den ganzen Tag unterwegs, bin gerade erst ins Zimmer zurückgekommen. Den Abschluss hat natürlich Essen gemacht. Oh, und Jackson, ich will nach Singapur ziehen, nur wegen des Essens. Gott, war das gut. Und Gott, bin ich vollgefressen. Aber wahrscheinlich sollte ich dir das nicht erzählen, weil es so undamenhaft ist. Obwohl ich ja ganz genau weiß, dass du total gerne isst, daher wirst du mich nicht verurteilen. Okay, falls du das abhörst, bevor ich schlafe, freue ich mich, wenn du dich noch meldest. Bis dann!«

Ich gehe ins Bad, putze mir die Zähne, ziehe mein Schlafzeug an, als ich mein Handy klingeln höre. So schnell mich meine Beine tragen – was nicht sehr schnell ist, weil ich eher rolle –, eile ich zu meinem Telefon.

My love Jackson.

»Hi!«, rufe ich, als ich das Gespräch angenommen habe.

»Geht es dir gut?«

»Ja, alles gut.«

»Wirklich? Und ich hab dir diesen Arschkrapfen ausgesucht! Da komm ich nicht drüber hinweg. Tut mir leid.«

»Du konntest doch nicht wissen, dass sein Profil falsch ist.«

»Trotzdem. Ich will dich auf keinen Fall in Gefahr bringen.«

»Hast du doch auch nicht. Es ist doch alles gut gegangen.«

»Hattest du dich mit ihm an deinem Hotel verabredet?«

»Ja.« Ich lege mich auf mein Bett, aber auf dem Rücken drückt mein Food-Baby, also lege ich mich auf die Seite.

»Dann mach das nicht wieder. Vielleicht triffst du dich von jetzt an lieber an öffentlichen Orten abseits vom Hotel, damit sie dir im Zweifelsfall nicht nachstellen können.«

»Okay, dann mach ich das so.«

»Ich bin erleichtert, dass es dir gut geht.«

»Mach dir keine Sorgen.«

»Leichter gesagt als getan.«

»Ich weiß. Aber es ist wirklich alles gut. Und der Tag mit Tarini war einfach toll. Sie ist echt ein Schatz.«

»Also hattest du ein Date mit ihr?«

»Sozusagen.«

»Nimmst du sie in deinen Artikel auf?«

»Könnte ich mal überlegen. Das wäre bestimmt ein schönes Detail, wobei ich nicht sicher bin, ob meine Chefin das so cool findet.«

»Sie soll froh sein, dass du ihr überhaupt so einen Artikel lieferst.«

»Einigen wir uns darauf, dass ich auch ziemlich froh sein kann, einen Job zu haben, den ich mag.«

Er lacht. »Meinetwegen. Dann könnt ihr beide froh sein. Vermisst du mich?«

»Ja.«

»Ich vermiss dich auch. Ich bin dafür, dass du zurückkommst.«

»Dafür bin ich auch. Hey, ich hab heute einen Singapore Sling getrunken, in dem Hotel, in dem er erfunden wurde. Ist das nicht cool?«

»Ich mag so fruchtige Sachen nicht, aber es ist trotzdem cool.«

»Jaja, ich weiß. Für dich kann es nur Bier geben.«

»So sieht es aus.«

»Ist auch okay.«

»Danke, dass du das so siehst«, spottet er. »Was wirst du jetzt mit den Dates machen?«

»Keine Ahnung. Ich schau morgen vielleicht mal, ob ich noch jemand anderen finde, aber ich bin grad ein wenig abgeschreckt.«

»Versteh ich. Wenn du dich nicht sicher fühlst, dann lass es.«

»Mach ich. Ich werd morgen mal checken, wie es mir damit geht.«

»Alles klar. Magst du Singapur?«

»Ja, sehr. Es ist wirklich eine faszinierende Stadt. Diese Supertrees sind total interessant. Man denkt, so was wird nur für die Optik gebaut, aber sie erzeugen Energie und zur Bewässerung wird Regenwasser aufgefangen. Das ist schon mal ziemlich cool.«

»Ich fand es auch toll. Gut, ich hab nicht so viel Sightseeing machen können, aber was ich gesehen hab, hat mir gefallen.«

»Ihr habt nicht zufällig in diesem krassen Hotel mit dem Infinity-Pool geschlafen?«

»Ähm, Sands irgendwas? Doch, haben wir.«

»Warst du etwa in dem Pool?«, frage ich drohend.

Jackson lacht. »Ja, war ich, auch wenn du mir dafür wohl den Kopf abreißen willst.«

»Hm, ich verzeih dir.«

»Das ist so lieb von dir, Love.«

»Ich weiß.«

»Buch dir doch eine Nacht da.«

»Ach ja, aber ich bin ja erst am Anfang meiner Reise. Da kann ich nicht sofort mein ganzes Budget verpulvern. Und so wichtig ist es ja auch nicht. Ach, das erinnert mich an etwas. Ich hab ganz viele Fotos für dich gemacht.«

»Auch welche von dir?«

»Nur angezogen.«

»Ich armer Kerl. Mein Mädchen mag sich nicht für mich ausziehen.«

Bei den Worten *mein Mädchen* klopft mein Herz plötzlich schneller. Viel schneller.

»Dein Mädchen mag sich nicht in der Öffentlichkeit ausziehen.«

»Das bedeutet, du machst jetzt ein paar sexy Fotos für mich?«

»Nein.«

»Boah, du Biest!«

»Du hast doch selbst welche gemacht.«

»Außerdem spielen sich alle Momente, in denen du nackt warst, in Dauerschleife in meinem Gehirn ab.«

»Du Lüstling.«

»So sieht's aus. Mein privater Porno.«

»Und ich bin die Hauptdarstellerin?«

»Du bist die einzige Darstellerin.«

»Hm, na gut. Dann träum halt weiter von mir.«

»Leichter wäre es mit ein bisschen visueller Unterstützung.«

»Schalt das Kopfkino an.«

»Du willst offensichtlich nicht nützlich sein.«

Grinsend antworte ich: »Oh, ich wäre gerne nur allzu nützlich. Aber nicht online. Ich bin eher so der Offline-Typ.«

»Du bist vor allem der fiese Typ.«

»Ich hätte ja gedacht, dass man ein bisschen netter zu seinem Mädchen ist.«

»Oh Love, wenn du jetzt hier wärst, wäre ich ganz besonders nett zu dir. So nett, dass ich deine Pussy lecken würde.«

»Das ist echt gemein.«

»Kommt auf den Betrachtungswinkel an.«

»Das ist aus jedem gemein.«

»Auch wenn ich dabei vor die knien würde, deine Hände in meinen Haaren vergraben? Wäre das kein geiler Betrachtungswinkel für dich?«

»Doch, schon, aber das passiert jetzt nicht, oder?«

»Nein, das stimmt. Das passiert jetzt nicht.«

»Siehst du? Gemein.«

»Sei doch nicht so ein Baby.«

»Boah, du Fiesling!«

Lachend antwortet er: »Wenn ich dich ärgere, vermisse ich dich weniger.«

»Aha, das ist also Taktik.«

»Ganz genau.«

»Na schön, wenn es denn hilft.«

Ich weiß nicht, was der Weltrekord für *dämlich-glücklich in die Gegend grinsen* ist, aber ich könnte auf jeden Fall ein ernsthafter Wettbewerber sein.

»Was hast du denn heute so gemacht?«

»Ich hab gearbeitet, war bei Amal essen und lieg jetzt auf dem Bett, lese ein bisschen.«

»Gehört Amal eigentlich auch zu eurem Freundeskreis? Oh, da fällt mir ein, dass wir ja gar nicht über euer Gespräch bei der Party gesprochen haben.«

»Nein, Amal ist unabhängig davon. Ach, es lohnt sich nicht, darüber zu sprechen. Ich kann verstehen, dass sie sich Sorgen machen. Wenn es umgekehrt wäre, würde ich das auch tun. Aber ich fand es einfach scheiße, dass Dave damit vor dir angefangen hat. Er konnte sich ja denken, dass es sowieso kompliziert mit uns ist, dass wir unsicher sind. Und dann so eine Aktion zu starten, fand ich nicht cool.«

»Konntet ihr das klären?«

»Wir sind nicht im Streit auseinandergegangen. Nicht so wie Sarah und ich. Aber ich sehe sie alle morgen und dann werden wir weitersehen.«

»Sie sagen bestimmt, dass sie dich gewarnt haben und ich jetzt verschwunden bin.«

»Bist du ja auch.« Ich höre das Amüsement in seiner Stimme. »Aber Gott sei Dank nicht so wirklich.«

»Du hast Glück.«

»Hab ich echt, oder meinst du noch was anderes?«

»Ich mochte die Person, die ich in den letzten Monaten war, nicht besonders. Vielleicht sogar länger als das. Wenn ich ganz ehrlich bin – und ich weiß nicht, wieso mir das grad eingefallen ist oder ich das Bedürfnis hab, es zu erzählen …«

Ich breche ab, versuche, meine Gedanken zu ordnen. Wo kam denn plötzlich diese Idee her?

»Du musst nichts erzählen, was du nicht erzählen willst.«

»Ich weiß. Aber … na ja, reden hilft. Sorry, dass du mein emotionales Ventil bist.«

»Das bin ich gerne.«

»Was ich sagen wollte … und vielleicht wird das alles durcheinander sein … Ich glaub, ich hab gewusst, dass etwas in meiner Beziehung mit Heath nicht stimmt. Nicht genau, was, aber dass es nicht richtig gelaufen ist. Und je stärker dieses Gefühl wurde, desto stärker hab ich dagegen angekämpft. Ich hab so viel getan und versucht. Wirklich. Ich bin wie auf Eierschalen um ihn herumgelaufen, hab versucht, all seine Wünsche zu erfüllen, bin irgendwie ein Schatten meiner selbst geworden.« Ich streiche über das kühle Bettlaken, versuche, die Gedanken rauszulassen, von denen ich gar nicht wusste, dass ich sie habe. »Keine Ahnung. Ich hab mich ein Stück weit aufgegeben. Aber vielleicht hast du auch Pech, weil ich dahin nie wieder zurückwill«, scherze ich ziemlich lahm. »Jedenfalls ist diese Erkenntnis gerade so über mir zusammengebrochen, dass ich mich für meine Beziehung verstellt hab und erst in den letzten Tagen, in der letzten Woche, wieder die Quinn entdeckt hab, die ich einmal war.«

»Möchtest du, dass ich dazu was sage, oder musste es einfach nur raus?«

»Du darfst natürlich was dazu sagen.«

»Dann sag ich, dass ich wirklich Glück hab, weil ich dich genau so mag, wie du bist. Ich mochte dich schon von dem Moment an, an dem ich versucht hab, dich abzuzocken. Du sahst so süß aus in deinem Kleid und dann warst du auch noch so süß, wie du versucht hast, dich nicht über den Tisch ziehen zu lassen.«

»Und du warst ein Arsch.«

»Wenn ich einfach deine hundert akzeptiert hätte, wär ich dir doch niemals im Gedächtnis geblieben.«

»Das stimmt natürlich, also warst du absichtlich ein Arsch?«

»Ich hab dich ja nur ein bisschen aufgezogen.«

»Haha, *ab*gezogen hast du mich. Du schuldest mir hundert Rupien.«

»Ich werd's in Naturalien bezahlen.«

»Spinner.«

»Das streite ich nicht ab. Jedenfalls mag ich dich, wie ich dich kennengelernt hab. Lustig und intelligent, nicht auf den Mund gefallen, niemand, der sich alles gefallen lässt. Man kann mit dir streiten und lachen, und ich denke, das sind wichtige Zutaten für eine Beziehung, wie man sich in guten und schlechten Zeiten verhält. Und ich will nicht, dass du dich bei mir jemals verstellst. Ich will dich, wie du bist, mit allen Ecken und Kanten.«

»Was, wenn du mich so nicht magst?«

»Aber ich mag dich doch schon.«

»Und wenn ich wieder in alte Muster zurückfalle?«

»Dann gehen wir damit um, wenn das passiert. Aber ich glaub nicht, dass das passieren wird. Denn du kannst absolut sicher sein, dass du du selbst sein kannst. Und sogar sein musst. Keine Beziehung kann funktionieren, wenn man was vortäuschen muss.«

»Meinst du Orgasmen?«

»Wenn du jemals einen Orgasmus vortäuschst, leg ich dich übers Knie.«

Ich lache auf. »Und wenn ich drauf stehe?«

»Tust du?«

»Eher nicht.«

»Dann ist es also doch die richtige Bestrafung für dich.«

»Keine vorgetäuschten Orgasmen.«

»Und keine vorgetäuschten Gefühle, kein vorgetäuschtes Verhalten, kein Vortäuschen.«

»Deal.«

»Gut.«

Es ist merkwürdig, wie einfach alles mit Jackson ist, wo es doch mit Heath so schwer war. Wobei es auch nicht fair ist, sie immer zu vergleichen, denn Jackson ist so absolut gar nicht wie Heath. Sie sind vollkommen unterschiedlich.

»Was machst du morgen?«

»Ich weiß es noch nicht. Tarini hat die nächsten Tage Spätdienst, daher fällt sie als Tourguide aus, aber sie hat vorgeschlagen, dass ich nach Sentosa fahre, dieser vorgelagerten Insel, auf der man am Strand liegen kann und so. Ich lag ja schließlich schon Ewigkeiten nicht mehr am Strand.«

»Ja, das ist echt lange her, du Arme. Wer wird dir denn jetzt den Rücken eincremen?«

»Da wird sich schon jemand finden.«

»Will ich gar nicht wissen.«

Lachend antworte ich: »Vielleicht leg ich mich einfach die ganze Zeit in den Schatten.«

»Gute Idee. Am besten ziehst du auch nur lange Sachen an.«

»Ach, ist da doch jemand eifersüchtig?«

»Nicht so rum, dass dich keiner sehen soll, nur so rum, dass ich eifersüchtig bin, dass ich dich nicht sehen kann. Und es wird mich wahnsinnig machen, wenn du dann auch noch halb nackt bist, weil das mein liebster Zustand bei dir ist.«

»Dann sag ich dir besser nicht, dass ich gerade nackt auf dem Bett liege.«

»Du bist so ein Luder, wirklich.«

»Haha, bin ich gar nicht.« Als er nicht antwortet, frage ich: »Was machst du?«

»Ich checke Flüge nach Singapur.«

»Es ist gemein, solche Scherze zu machen.«

»Dito, Love, dito.«

»Gut, ich bin nicht nackt, sondern hab meinen Schlafanzug an.«

»Schon besser.«

»Jackson?«

»Hm?«

»Ich vermisse dich.«

»Ich dich auch, Love.«

»Sehen wir uns wirklich wieder oder ist das nur eine fixe Idee?«

»Du wirst mich nicht davon abhalten können.«

»Versprochen?«

»Versprochen.«

Und irgendwie sind das die richtigen Worte, die mich selig einschlafen lassen.

Am nächsten Morgen habe ich gar keine Lust, überhaupt was zu machen, weswegen ich beschließe, ins Hotel-Spa zu gehen. Einen Faulenzertag darf man auch mal haben. Nicht, dass man besonders viel tut, wenn man am Strand liegt, aber trotzdem.

Ich greife nach dem Hörer, rufe am Empfang an, die

mich ans Spa durchstellen. Manchmal muss man Glück haben und so gibt es noch freie Termine. Als ich die Preise erfahre, bin ich ein kleines bisschen geschockt. Vielleicht sollte ich doch noch mal darüber nachdenken. Aber dann denke ich mir, dass ich mir das für mich gönne und dass es sowieso etwas ist, was ich aus eigener Tasche bezahle und nicht aus meinem Budget. Das würde sich irgendwie komisch anfühlen.

Als mein Blick auf die Uhr fällt, wird mir klar, dass ich eine Trödeltante bin, die gleich das Frühstück verpasst, weswegen ich mir schnell was anziehe und in den Speisesaal eile. Ich nehme einen Teller, sage dem Kellner meine Zimmernummer, als er danach fragt, und schaue dann über das schon ziemlich abgegraste Büfett.

»Wir legen noch mal ein bisschen nach«, meint er freundlich, als er meinen enttäuschten Blick sieht.

»Oh, das ist großartig. Danke.«

Dann nehme ich mir erst mal Kaffee, bevor ich mich hinsetze, meinen Reader auspacke und lese. Als ich sehe, dass einige Sachen aufgefüllt wurden, stehe ich auf, bediene mich, denke mir, dass es doch nichts Besseres gibt, als sein Frühstück – oder Essen im Allgemeinen – nicht selbst zubereiten zu müssen. Das fühlt sich einfach so wunderbar luxuriös an. Ich mag das sehr. Ich werde eine verwöhnte Tante sein, wenn ich nach Hause zurückkomme, und mich wundern, wieso niemand Frühstück auf meinen Küchentisch gestellt hat.

Als ich wieder sitze, pingt mein Handy in der Hose. *My love Jackson*. Dieser Name …

My love Jackson: *Ich hab dir zwei Nächte im Marina Bay Sands Resort gebucht. Hier ist der Voucher. Aber ich verlange Fotos von dir im Infinity-Pool dafür.*

Fassungslos starre ich auf die Nachricht. Das ist doch nicht sein Ernst! Er hat mir zwei Nächte reserviert? Ernsthaft? Das kann ich gar nicht fassen. Mit zitternden Fingern tippe ich.

Ich: *Das musst du nicht.*
My love Jackson: *Ich will aber.*
Ich: *Aber das ist so teuer.*
My love Jackson: *Lustig, wie du Danke buchstabierst.*

Ich beiße mir auf die Lippen, um ein Lachen zu unterdrücken, aber ich strahle bestimmt wieder über das ganze Gesicht. Weltrekord, ich komme.

Ich: *Danke, danke, danke!*
My love Jackson: *Wenn du dich freust, bin ich zufrieden.*
Ich: *Ich freu mich, aber das ist echt zu viel.*
My love Jackson: *Quatsch. Das ist genau richtig.*
Ich: *Danke.*
My love Jackson: *Gerne. Jetzt muss ich leider los. Sprechen wir vielleicht später noch mal?*
Ich: *Sehr gerne. Bis später! <3*
My love Jackson: *<3 <3 <3*

Er ist ganz eindeutig verrückt, aber ich liebe, dass er mir eine Freude machen will. Ich muss mir auch was für ihn ausdenken. Vielleicht fällt mir ja heute was ein. Außer Nacktfotos.

Obwohl …

Nein, nein. Ich bin nicht der Typ dafür.

Nach dem Frühstück setze ich mich unter einen Sonnenschirm am Pool und lese mein Buch. Es ist so ein Luxus, Zeit zum Lesen zu haben. Keine Ahnung, wann ich das letzte Mal nur zum Spaß gelesen habe. Und jetzt habe ich schon drei Bücher beendet. Das ist einfach unglaublich.

Als es Zeit für meine Massagen wird, packe ich meine Sachen zusammen und mache mich auf den Weg ins Paradies. Zumindest hoffe ich, dass es so ist.

16

Wie gut, dass ich nicht vorhatte, heute noch irgendwas anderes zu tun, denn als ich so richtig durchgewalkt bin, sind alle Muskeln so relaxt und schwer, dass ich nur noch ins Bett fallen kann. Ins frisch gemachte Bett. Auch so ein Luxus, den ich bestimmt vermissen werde. Ich liebe das Hotelleben!

Als ich wieder aufwache, wird es draußen schon dämmrig. Das war absolut keine gute Idee, denn heute Nacht kann ich wahrscheinlich gar nicht schlafen.

Ich wische mir den Schlaf aus den Augen und beschließe, meine Freundin Katrina anzurufen. Aber erst mal muss ich checken, wie spät es in New York ist. Oh, sechs Uhr morgens. Das muss ich noch ein bisschen verschieben. Obwohl ... Welcher Tag ist heute? Montag?

Dann müsste sie auf jeden Fall schon wach sein. Ich versuche es einfach. Mehr als hassen kann sie mich ja nicht.

»Es ist sechs!«, meldet sie sich.

Ich lache. »Aber du bist schon wach.«

»Weil ich einen Knall hab. So wie du. Wie geht es dir? Wo bist du? Was machst du? Warum bist du so eine treulose Tomate?«

»Also, die treulose Tomate bist ja wohl du, weil ich alleine nach Sri Lanka reisen musste.«

»Aber du hast ja scheinbar überlebt.«

»Nur ganz knapp.«

»Bist du noch da?«

»Nein, in Singapur. Hab ich dir gestern keine Bilder geschickt?«

»Nein, du treulose Tomate. Die hast du wohl jemand anderem geschickt.«

»Dann hol ich das gleich nach. Ups.«

»Bevor du mir erzählst, wie das Reisen ist, muss ich erst mal von deinen Dates erfahren. Erzähl mir alles.«

Ich höre das rhythmische Geräusch des Laufbands im Hintergrund. Sie ist so nervig mit ihrer Disziplin.

»Also, da gibt es tatsächlich einiges zu sagen.«

»Okay, dann los. Ich hab Zeit.«

»Direkt am ersten Strandtag hat mich jemand angesprochen, mit dem ich dann abends essen war, aber das war nicht erwähnenswert. Jedenfalls hatte ich mich ja mit Roshan verabredet. Ich hatte dir doch das Bild gezeigt? Er war echt nett, aber uns war das dann beiden zu heikel, weil wir einander zu anziehend fanden.«

»Zu anziehend?«

»Ja, aber Roshan ist nicht die Geschichte.«

»Wer ist dann die Geschichte?«

»Jackson.«

»Wer ist Jackson?«

»Jackson ist ein Australier, der in Sri Lanka lebt und arbeitet. Und er ist perfekt.«

»Oje, hat sich da jemand in seinen Urlaubsflirt verliebt?«

»Ja.«

Sie grinst. »Das passiert den Besten.«

»Aber ich wollte gar nicht, dass es passiert. Er hat mir nur gar keine andere Chance gegeben.«

»Und jetzt bist du in Singapur?«

»Ja.«

»Und ihr habt es beendet?«

»Nein. Ich brauch diese Reise und Jackson hat das verstanden. Wir haben beschlossen, nach diesen zwei Monaten zu schauen, wie es weitergeht.«

»Das hört sich doch vernünftig an.«

»Aber?«

»Kein Aber.«

»Aber es hat keine Zukunft? Wolltest du das sagen?«

»Nein, wollte ich nicht. Ist es schwer? Auf jeden Fall. Kann es funktionieren? Ja, kann es. Klar, das sind Ausnahmen, meist endet es mit Herzschmerz, aber du kennst doch Laura und Jerome? Sie haben sich kennengelernt, als sie in Frankreich im Urlaub war, und jetzt sind sie schon seit sechs Jahren zusammen.«

»Oh, das hatte ich ja total vergessen! Danke. Ich weiß natürlich, dass das jetzt nicht heißt, dass es bei mir auch so sein wird, aber es tut gut, positive Beispiele zu haben.«

»Aber ich find gut, dass du die Reise nicht abgebrochen hast, sondern das durchziehst. Wahrscheinlich wirst du jetzt aber nicht wirklich nach den besten Liebhabern suchen, oder?«

»Nein. Ich hab mit Jackson abgemacht, dass ich date, um den Artikel zu schreiben, aber nicht mehr.«

»Find ich gut, dass er damit einverstanden ist. Scheint ein Guter zu sein.«

»Im Grunde ist es ja aber auch nicht seine Entscheidung.«

»So meinte ich das auch nicht«, erwidert Katrina. »Klar kannst du machen, was du willst, aber in einer normalen Beziehung – und ich sage nicht, ihr wärt in einer – spricht man Dinge ab. Und das habt ihr gemacht, was ich gut finde.«

»Ja, ich auch. Vor allem, weil ich das so nicht kenne.«

»Umso besser, dass du jetzt jemanden hast, der kommuniziert und nicht einfach seinen Stiefel durchdrückt.«

»Potenziell habe. Noch ist da nichts in trockenen Tüchern.«

»Okay, meinetwegen. Und hattest du jetzt schon ein Date in Singapur?«

»Jein. Ich war gestern verabredet, aber der Typ hatte mir falsche Fotos geschickt und war dann beleidigt, weil ich nicht mit ihm ausgehen wollte. Stattdessen hat eine Frau mir dann die Stadt gezeigt, war also sozusagen mein Date.«

»Das find ich cool. Ich hab den Reiz von Singapur nie verstanden. Zu viele Hochhäuser, zu neu. Wie findest du es?«

»Ich mag es sehr. Klar, stimmt, was du sagst, aber wir leben in New York. Wir sind Hochhäuser doch eigentlich gewohnt.«

Ich lache auf, weil die beiden Städte in der Hinsicht nicht so unterschiedlich sind.

»Vielleicht ist das der Grund. Weil wir tagtäglich von Hochhäusern umgeben sind, mag ich das im Urlaub nicht. Ich will Natur pur, wenn ich mich schon in einen Flieger setze.«

»Kann ich auch verstehen. Mir hat Sri Lanka auch gut gefallen, obwohl ich jetzt nicht so viel gesehen hab. Aber ich war mit Schildkröten schwimmen.«

»In Hikkaduwa? Cool. Das wollte ich auch schon immer mal machen, aber dann bin ich doch immer so lange wie möglich im Ashram geblieben.«

»Vielleicht schaffen wir es doch irgendwann mal gemeinsam hin.«

»Na, jetzt hast du ja einen Grund, um immer wieder hinzufahren.«

»Das stimmt. Wie läuft dein Projekt?«

Katrina ist Architektin und wurde kurzfristig für ein Projekt verpflichtet, weswegen sie ihren Urlaub verschieben musste.

»Es ist weniger spektakulär, als es ausgesehen hat. Aber was soll man machen? Ich bin noch ungefähr vier Wochen beschäftigt und kann dann in den Urlaub. Wo wirst du da sein?«

»Ähm, in vier Wochen ... Südafrika, glaub ich, oder schon Italien? Ich bin mir grad nicht sicher.«

»Ich beneide dich ja schon ein bisschen.«

»Ich muss auch sagen, dass ich es jetzt verstehe. Dein vieles Reisen war mir immer ein bisschen suspekt, aber jetzt verstehe ich es. Es ist gut für die Seele und die persönliche Entwicklung.«

»So ist es tatsächlich. Man kann leere Speicher wieder auffüllen und alles.«

Ich höre das Piepsen im Hintergrund, das anzeigt, dass ihre Sporteinheit beendet ist.

»Schön, dass du angerufen hast. Ich muss jetzt los. Schick mir die Bilder. Und auch von Jackson. Ich muss unbedingt sehen, wie ein Mann aussieht, der dich in ein paar Tagen so verliebt macht.« Sie lacht auf.

»Alles klar. Dann einen schönen Tag und bis bald!«

Als ich aufgelegt habe, knurrt mein Magen. Aber da ich mich nicht in der Lage fühle, mein Zimmer zu verlassen, bestelle ich was zu essen aufs Zimmer.

~

Als ich am nächsten Morgen aufwache, habe ich fünf Nachrichten von Jackson auf dem Handy.

My love Jackson: *Hey, schläfst du schon?*

My love Jackson: *Wahrscheinlich schläfst du schon. Ist ja auch schon elf Uhr. Wow, du Baby.*

My love Jackson: *Na gut, dann will ich auch nicht versuchen, dich zu wecken. Hallo? HALLO? Nein, war nur Spaß. Ich bin grad auf dem Weg nach Mirissa und musste daran denken, dass wir noch vor Kurzem zusammen hier waren.*

My love Jackson: *Okay, vielleicht vermisse ich dich. Ein bisschen.*

My love Jackson: *Ich fahr jetzt nach Hause. Bitte glaub morgen früh nicht, dass ich verzweifelt wäre. Schlaf schön! :-)*

Wie immer zaubert er ein Lächeln auf mein Gesicht. Er ist einfach perfekt für mich. Ich schreibe ihm kurz zurück, dass ich jetzt zum Frühstück gehe. Und dann frage ich mich, ob ich heute schon auschecken muss. Also, Freitag fliege ich und Jackson hat mir zwei Nächte gebucht. Ach so, nein, morgen muss ich auschecken. Ob ich für die zwei Nächte Geld zurückbekomme? Ich frage einfach gleich mal am Empfang.

Heute bleibe ich nicht den ganzen Tag im Hotel, sondern befolge Tarinis Rat und fahre nach Sentosa. Dort mache ich den Nature Walk, bevor ich eine Kleinigkeit zu Mittag esse und dann den Nachmittag am Strand verbringe. Ich laufe durch den heißen Sand, schwimme im türkisen Wasser, gehe über die Brücke am Palawan Beach zu einer kleinen Insel. Na ja, und genieße einfach das Leben. Ich bin gerade so unendlich dankbar, dass ich das erleben darf.

Bisher habe ich die Schönheiten der Welt nicht so zu schätzen gewusst, aber ich werde mit Sicherheit in Zukunft abenteuerlustiger sein. Kleine Dinge können eine große Wirkung haben.

Abends gehe ich in das Nudelhaus, in dem ich mit Tarini am Sonntag schon war, genieße das perfekte Essen, bevor ich zurück ins Hotel gehe.

Tarini steht am Empfang und lächelt mich an.

»Hey, wie geht es dir?«, frage ich und komme näher.

»Sehr gut, danke, und dir?«

»Es ist gemein, das zu sagen, aber ich lag heute den ganzen Tag am Strand. Dementsprechend geht es mir sehr gut.«

Sie lacht. »Ach, ich beneide dich. Das hört sich perfekt an.«

»Ach so, hey, ich verbringe jetzt doch noch zwei Nächte in dem abgefahrenen Hotel und checke dann schon morgen aus. Ich bekomm wohl kein Geld zurück?«

Sie sieht mich bedauernd an. »Leider ist das nicht möglich, aber das Marina Bay Sands wird dir so gut gefallen, dass du vergisst, dass du doppelt gezahlt hast.«

»Das hoffe ich. Aber ich find's schade, dass ich dich dann nicht mehr sehe.«

»Aber wir können ja in Kontakt bleiben. Hast du Instagram?«

»Oh, das ist eine gute Idee.«

Wir tauschen unsere Accounts aus und ich freue mich wirklich, dass wir zumindest versuchen wollen, in Kontakt zu bleiben. Klar, die Wahrscheinlichkeit ist nicht groß, aber so fühlt es sich nicht allzu sehr wie ein Abschied an. Und das ist für meine Laune gerade viel besser.

Ich schreibe Jackson noch eine kurze Nachricht, dass ich jetzt wieder im Hotel bin, falls er telefonieren möchte, bekomme aber keine Antwort und schlafe dann ein.

AM NÄCHSTEN TAG ziehe ich um. Von einem Hotel in das andere. Ich mochte das erste Hotel, aber es ist gar kein Vergleich zu dem anderen. Ganz besonders freue ich mich auch, dass es in Downtown liegt und ich dann noch ein paar lange Spaziergänge durch die Stadt machen kann. Sind wir einfach ehrlich: und mich noch durch halb Singapur fressen kann. Denn darauf kann man Gift nehmen, dass ich keine Gelegenheit auslassen werde, alle kulinarischen Genüsse zu probieren, die diese Stadt zu bieten hat.

Da mein Zimmer noch nicht fertig ist, lasse ich meinen Koffer da und laufe los. An vielen Stellen sind Tarini und ich schon vorbeigegangen, aber jetzt sehe ich sie mir genauer an. Den Merlion-Brunnen, der eines der touristischen Wahrzeichen der Stadt ist. Diese Statuen sind überall in der Stadt verteilt und ein beliebtes Fotomotiv. Ich hatte gedacht, es ist ein Fischkörper, aber jetzt weiß ich, es ist der einer Meerjungfrau. Daher auch Merlion. Mer von mermaid und der Löwe. Hat auch nur Tage gedauert, bis ich dahintergekommen bin.

Ich laufe erneut über die Helix-Brücke, sehe mir die beeindruckende Skyline mit dem Riesenrad an, frage mich, was dieses blumenartige Gebilde ist. Jetzt käme Tarinis App wie gerufen. Aber man kann es ja herausfinden, daher tue ich es. Es ist das Art Science Museum. Irgendwas klingelt da. Als hätte ich schon mal was darüber gehört.

Ein bisschen Kultur kann nicht schaden, weswegen ich mir ein Ticket kaufe. Weil ich noch so viel sehen möchte, nehme ich nur ein Ticket zur Future World. Ich weiß natürlich nicht, wie die anderen sind, aber als ich in diese Zukunft eintrete, weiß ich, es war die richtige Entscheidung. Es ist einfach traumhaft. Richtig, richtig traumhaft. Hier trifft Kunst auf Wissenschaft und sie haben ein paar unglaubliche Exponate geschaffen. Am liebsten mag ich den Raum mit den glitzernden Schnüren, die von der Decke herunterhängen. Man möchte sie anfassen und sich vom Licht umarmen lassen.

Es ist wirklich eine der beeindruckendsten Ausstellungen, die ich je gesehen habe. Und das sage ich als jemand, der das Guggenheim, das Museum of Modern Art und viele weitere Museen um die Ecke hat.

Nachher streife ich noch durch die Straßen, bevor ich zurück ins Hotel gehe, mein Zimmer aufsuche, das zwar nicht das spektakulärste ist, in dem ich bisher war, aber großzügig und schön. Ich trete ans Fenster, schaue über diese schöne Stadt, bevor ich meinen Bikini anziehe, um den Infinity-Pool zu testen.

Bevor ich das Zimmer verlasse, logge ich mich noch ins WLAN ein.

My love Jackson: *Sorry, dass ich mich gestern nicht mehr gemeldet hab. In Amals Restaurant gab es einen Rohrbruch und ich hab die halbe Nacht geholfen, alles wieder präsentabel zu machen, damit er nur einen Tag verliert. Wie geht es dir?*

Ich schaue auf die Uhrzeit und sehe, dass die Nachricht schon vormittags war. Ups. Darauf hatte ich gar nicht geachtet.

Ich: *Ich bin jetzt im Marina Bay Sands! Auf dem Weg zum Infinity-Pool. Ich bin mir nicht sicher, ob ich da oben Internet hab, aber falls doch, schicke ich dir gleich Fotos, die dich neidisch machen werden.*

Als ich auf der Dachterrasse ankomme, bin ich von den schieren Ausmaßen erschlagen. Und vom Anblick. Der Pool ist riesig, Liegen stehen am Rand, Palmen spenden Schatten. Ich muss meine Keycard zeigen, da der Pool nur für Hotelgäste ist.

Ich lege meine Sachen auf eine Liege, die eher am Rand steht, mache Fotos, bevor ich in den Pool steige. Es ist ein bisschen surreal, zu denken, dass das überschwappende Wasser auf die Menschen unten herabregnet, aber als ich am Rand ankomme, sehe ich, dass es dahinter nicht sofort steil bergab geht, was wahrscheinlich auch gegen jedwede Sicherheitsvorschrift wäre. Aber irgendwie nimmt das ein bisschen die Magie.

Trotzdem genieße ich es, in den Wolken zu schwimmen. Irgendwann frage ich einen der Kellner, ob er ein Foto von mir im Pool machen kann, was er tut, bevor er mir meinen bestellten Cocktail holt. Hey, ein bisschen Dekadenz muss in diesem Luxusschuppen schon sein. Dafür gehe ich nachher wieder Streetfood essen, weil ich die Preise hier gar nicht erst sehen will.

Zurück auf meiner Liege, checke ich, ob ich Internet habe, und sende Jackson dann das Foto, bevor ich mich eincreme und die Sonne genieße. Bis mein Handy mit einem eingehenden Videoanruf von Jackson klingelt.

Lächelnd nehme ich den Anruf an.

»Hey, Love, geht's dir gut?«, fragt er grinsend in die Kamera.

»Sehr gut.« Ich greife nach meinem Cocktail, halte ihn ins Bild. »Ich trinke einen Cocktail am Pool über Singapur. Ganz ehrlich, ich hätte nie gedacht, dass ich diese Worte jemals aussprechen würde.«

»Danke für das Foto, obwohl es dafür gesorgt hat, dass ich noch lieber bei dir wäre.«

»Ich vermisse dich auch. Aber schau dir diesen Ausblick an!«

Ich drücke auf den Button, der die Kamera dreht, und zeige ihm den strahlend blauen Himmel über Singapur, den Pool und einfach die ganze Aussicht.

»So schön Singapur auch ist, sehe ich lieber dich an.«

Lachend drehe ich die Kamera wieder, sodass er mich sieht. »Alles klar, du Banause.«

»Halt die Kamera noch ein wenig tiefer.«

Ich tue es, bevor ich realisiere, weswegen.

»Ein toller Anblick«, kommentiert er und mir wird klar, dass ich ihm meine Brüste gezeigt habe.

»Du bist unmöglich«, antworte ich amüsiert, während ich die Kamera wieder auf mein Gesicht halte. »Und ich dachte, du hast mich vermisst, nicht nur die Dinger.«

»Ich hab alles vermisst, von Kopf bis Fuß, weswegen ich einfach alles sehen wollte.«

»Du bist so ein Charmeur.«

»Und ich dachte, ein Arschloch.«

»Das warst du schon lange nicht mehr.«

Sein Lächeln ist strahlend, als er antwortet: »Gibt auch keinen Grund mehr. Hab ja das Mädchen.«

»Das war eine schlechte Flirttaktik.«

»Findest du? Sie scheint zu funktionieren. Beweisstück A hält gerade ein Handy in der Hand und lächelt mich an.«

»Okay, es hat funktioniert. Aber eigentlich war es der Abend bei Amal, der mich überzeugt hat. Nach deinen beiden vorherigen Auftritten hätte ich nicht für eine Sekunde damit gerechnet, dass ich dich mal mögen könnte. Hey, ist bei Amal alles wieder in Ordnung?«

»Ja. Der Klempner ist gestern sofort rausgekommen, aber es musste alles sauber gemacht werden. Und das hat gestunken. Es war nämlich leider kein Frischwasser-Rohr.«

»Igitt. Aber jetzt kann er wieder öffnen?«

»So ist es. Er kalkuliert alles sehr knapp, weswegen ein geschlossenes Restaurant für ihn eine Katastrophe ist.«

»Kann ich verstehen. Nett von dir, zu helfen.«

»So bin ich eben.«

»Wie lief es mit Dave und den anderen?«

»Puh, das war komisch. Da sie davon ausgehen, dass du jetzt weg bist, waren sie sehr mitfühlend, weil sie denken, ich hätte ein gebrochenes Herz.«

»Hast du ihnen nicht die Wahrheit gesagt?«

»Doch, aber sie meinten, ich wäre noch in der Leugnungsphase, bald würde ich die Realität einsehen.«

»Ah, okay. Solange du mich nicht verleugnest, ist mir das egal.«

»Du Nuss. Würd ich nie.«

»Gut. Danke noch mal für das Geschenk, obwohl das echt nicht nötig war.«

»Hast du Spaß?«

»Ja, sehr.«

»Dann war es nötig. Und wenn du mir jetzt noch mal einen Blick auf deinen ganzen Körper gewährst, hab ich auch jede Menge Spaß.«

Ich schüttele zwar den Kopf, tue es aber trotzdem. Als ich wieder an meinem Gesicht angekommen bin, realisiere ich, dass ich total vergessen habe, den Bauch einzuziehen. So entspannt bin ich mit ihm. Das ist schon Wahnsinn.

»Was für ein heißes Schnittchen.«

»Jetzt du.«

»Ich zieh mein Shirt aus, damit du auch was zu sehen hast.«

»So großzügig von dir. Shorts auch.«

Lachend schüttelt er den Kopf. »Kleines Luder.«

Aber er tut es und ich sehe ihn in voller Pracht. Was ein Fehler ist, denn jetzt werden einige Stellen ganz heiß und andere vermissen ihn noch mehr.

»Du bist so schön.«

»Nennst du mich grad einen Schönling?«

Und mit einem Satz schafft er es, die melancholische Stimmung zu vertreiben. »Wenn der Schuh passt.«

»Ich würde dich jetzt in den Pool schmeißen.«

»Das sind doch leere Drohungen.«

»Nur, weil wir fast dreitausend Kilometer getrennt sind.«

»Hast du das gegoogelt?«

»Natürlich.«

»Mein kleiner Spinner.«

»Das wichtige Wort ist *mein*.«

»So ist es.«

»Wann fliegst du nach Sydney?«

»Freitagmorgen um halb zehn.«

»Ich kann dich leider nicht zum Flughafen bringen.«

»Wieso nicht? Du hattest jetzt ja ein paar Tage Zeit, mit deinem Tuk Tuk herzufahren.«

»Das haust du jetzt hier so einfach raus, aber ich wette, deine Augen würden rausfallen, wenn ich am Freitagmorgen vor deinem Hotel stehen würde.«

»Da hast du auf jeden Fall recht.«

»Nur um das zu sehen, würd ich es gerne machen.«

»Magst du meine Augen nicht, oder was?«

»Ich liebe deine Augen.«

»Dann sollen sie besser bleiben, wo sie sind.«

»Das stimmt. Sie sollen auf jeden Fall in deinem hübschen Gesicht bleiben.«

»Gut. Was machst du heute noch?«

»Nicht mehr so viel, nur arbeiten. Und du?«

»Wenn ich es schaffe, mich hier wegzubewegen, will ich noch mal zu einem Streetfood-Markt gehen.«

»Das Essen im Hotel ist auch gut.«

»Glaub ich, aber ich hab das Gefühl, solches Essen kann ich überall haben.«

»So oder ähnlich bestimmt. Aber so hochklassiges Streetfood wirst du vielleicht nicht mehr so schnell bekommen.«

»Das denke ich eben auch. Daher muss ich das ausnutzen. Weißt du, ob es hier in der Nähe einen Markt gibt?«

»Bestimmt, aber ich kann mich leider nicht mehr erinnern.«

»Dann googel ich das gleich.«

»Was macht die Recherche?«

»Ich hab das für Singapur erst mal auf Eis gelegt und würde dann in Sydney schauen.«

»Soll ich dir einen aussuchen?«

»Nein, du bist da echt schlecht drin.«

Jackson grinst ein wenig schief in die Kamera. »Schuldig. Wenn du magst, kann ich ein paar Freunde von früher antickern, die dir die Stadt zeigen können.«

»Ach, das wär ja großartig! Verflossene?«

»Erwischt. Nein, Spaß. Meine Ex würde ich definitiv nicht empfehlen. Aber mein Kumpel Dustin und seine Frau leben in Sydney und hätten bestimmt nichts dagegen, dich mal zu treffen. Nur wenn du magst.«

»Doch, total gerne.«

»Gut, dann arrangier ich das.«

»Du bist ein Schatz.«

»Manchmal.«

»Immer.«

Es fällt mir schwer, mich zu verabschieden, aber ich habe mir selbst das Versprechen gegeben, nicht die ganze Zeit vor Sehnsucht zu vergehen, sondern Spaß zu haben, daher kann ich nicht die ständig mit ihm quatschen, auch wenn ich das vielleicht will.

Nach dem Gespräch steige ich noch mal in den Pool. Hundertfünfzig Meter ist er breit und damit der größte und höchste Infinity-Pool der Welt. Und ich, Quinn Holland, schwimme in diesem Wunderwerk der Technik. Wer hätte das je gedacht?

Als ich aus dem Pool steige, sitzt ein Mann auf der Liege neben meiner und lächelt mich an. Zögerlich nehme ich mein Handtuch, lächele schnell zurück.

»Sind Sie alleine hier?«

17

»Ähm, ja«, sage ich, obwohl ich mich für einen Moment frage, ob es nicht besser ist, zu lügen.

»Was führt Sie nach Singapur?«

»Ich mach Urlaub.«

»Wie lange bleiben Sie?«

»Bis übermorgen.«

Er reicht mir die Hand. »Entschuldigung, ich hab mich noch gar nicht vorgestellt. Ich bin Nick.«

»Quinn.« Ich schüttele seine Hand, die warm und fest ist.

»Schön, Sie kennenzulernen.«

»Ebenfalls.« Aber ich bin mir noch nicht sicher.

»Ich bin auf einer Konferenz hier.«

»Woher kommen Sie?«

»Sie werden es merkwürdig finden, aber ich komme aus Singapur. Ich fand es nur leichter, für die Konferenz im Hotel zu sein.«

»Sie leben in der Stadt?«

Er zeigt in eine Richtung rechts von uns. »Dahinten. Vielleicht könnte man das Haus von hier aus sogar sehen.«

»Das ist echt merkwürdig.«

»Man darf sich ein paar exzentrische Dinge leisten, oder nicht?«

»Auf jeden Fall.«

»Das mag forsch sein, aber wenn Sie nichts dagegen haben, würde ich Sie gerne zum Abendessen einladen.«

Einen Moment überlege ich. Ich kenne ihn nicht, aber er macht einen sympathischen Eindruck. Und er kommt aus Singapur. Dann könnte ich doch noch ein Date abhaken.

Wie sich das schon wieder anhört! Furchtbar. Aber Jackson ...

»Da ich noch keine Pläne zum Abendessen hab, fänd ich es schön, allerdings muss ich Ihnen sofort sagen, dass ich in einer Beziehung bin.«

Vielleicht ist es ein wenig übertrieben, das ist mir schon bewusst, aber so ist es einfacher, als erklären zu müssen, was Jackson und ich füreinander wirklich sind.

Er hebt lächelnd beide Hände. »Nur ein Abendessen, keine Hintergedanken.«

»Dann sehr gerne.«

»Wo möchten Sie essen? Oder soll ich etwas aussuchen?«

»Sie kennen doch bestimmt die besten Restaurants und Märkte der Stadt?«

Grinsend sagt er: »Überlassen Sie das ruhig mir. Wollen wir uns in einer Stunde in der Lobby treffen?«

»Alles klar.«

Ich packe meine Sachen zusammen, eile in mein Zimmer, schreibe Jackson, was gerade passiert ist. Einen Augenblick bin ich mir nicht sicher, ob ich es tun soll, aber Ehrlichkeit ist die einzige Möglichkeit, finde ich. Er vertraut mir. Das will ich auf keinen Fall aufs Spiel setzen.

Ich dusche, ziehe einen schwarzen Jumpsuit an, drehe meine Haare in einen losen Chignon, bevor ich ein wenig

Mascara und einen matten Lippenstift auftrage. Mehr nicht. Auch abends tendiert Singapur dazu, sich von der heißen Seite zu zeigen.

Pünktlich komme ich in der Lobby an und bin überrascht, dass Nick schon da ist.

»Sie sehen umwerfend aus, wenn ich Ihnen das als Freund sagen darf.«

Sein Lächeln ist wirklich fabelhaft.

»Vielen Dank. Sie sehen auch sehr gut aus.«

Und das tut er. Er trägt ein helles Hemd zu einer dunklen Hose und ein Killerlächeln, das wahrscheinlich dafür sorgt, dass ihm Frauen ihre Höschen zuwerfen. Nur ich nicht. Ich habe nämlich gar keins an.

Scherz! Natürlich habe ich eins an. Zwei sogar.

»Bereit für ein kulinarisches Abenteuer?«

»Immer.«

Er weist mir den Weg mit der Hand und wir treten nach draußen in die Nacht. Nick führt uns weg von den touristischen Strömen durch kleine Gassen. Ich sollte Angst haben, weil ich ihn ja nicht kenne, aber ich fühle mich nur zufrieden.

»Was machen Sie beruflich?«, fragt er, während er nach rechts deutet, um mir den Weg anzuzeigen.

»Ich bin Redakteurin für ein Frauenmagazin. Und Sie?«

»Ich bin Arzt.«

»Ach, dann ist es ein Medizinkongress?«

»Genau. Bis Sonntag. Heute war der erste Tag.«

»Und wie war's? Haben Sie was Neues gelernt?«

»Heute stand ich selbst auf dem Podium, aber ab morgen bin ich Zuhörer und hoffe auf neue Erkenntnisse von meinen Kollegen.«

»Welches Spezialgebiet haben Sie?«

»Schönheitschirurgie.«

»Ach, ehrlich? Denken Sie, ich sollte mit Botox anfangen?«

Er lacht auf. »Nein, ganz sicher nicht. Sie sind perfekt.«

»Aber schauen Sie mal.« Ich runzele die Stirn. »Ich hab schon Falten.«

»Die können nur Sie selbst sehen. Sonst fallen sie niemandem auf.«

»Danke. Aber jetzt mal ehrlich, als Experte. Was sollte ich machen lassen?«

»Nichts.«

»Kommen Sie. So verdienen Sie aber kein Geld.«

Sein Gesicht ist warm, als ich zu ihm sehe. »Wenn Sie mir sagen würden, ich will XYZ machen lassen, würde ich es tun, aber wenn Sie mich fragen, was Sie ändern müssten, kann ich nur wiederholen: nichts.«

»Die Nase?«

Lachend weist er mir erneut den Weg. »Nein.«

»Die Lippen?«

»Perfekt.«

»Meine Schlupflider?«

»Frauen reden sich eine ganze Menge Schwachsinn ein.«

»Doch, schauen Sie doch hier.« Ich zeige auf mein Lid, das ein klein wenig verschlupft ist. Oder ist das kein Wort?

»Perfekt wie alles andere.« Er zeigt auf ein Gebäude. »Wir sind da.«

Ich schaue in die Richtung und sehe kein Schild, keine Tische vor dem Gebäude. Nichts. »Sind Sie sicher, dass das hier ein Restaurant ist?«

»Ganz sicher.«

Er bedeutet mir, hinzugehen, aber plötzlich wird mir doch ein wenig mulmig.

»Vielleicht sollten wir lieber woanders hingehen.«

»Haben Sie etwa Angst?«, zieht er mich auf.

»Mir ist nur gerade aufgefallen, dass ich Sie gar nicht kenne.«

»Hey, aber ich bin Arzt.«

»Schönheitschirurg, der offensichtlich keine Augen im Kopf hat«, gebe ich zu bedenken.

Lachend geht er über die Straße, öffnet die unscheinbare Holztür. »Was ist? Kommen Sie? Sie wollten doch ein Abenteuer.«

Wenn ich morgen früh tot in der Gosse liege, bin ich selbst schuld. Aber ich folge ihm.

Wir treten in einen Raum, der größer ist, als das Gebäude den Eindruck machte. Und er ist brechend voll. Überall sind kleine Tische mit niedrigen Hockern und jeder einzelne ist besetzt.

»Wow«, entfährt es mir.

»Jetzt beruhigt?«

»Jetzt beunruhigt, ob wir hier überhaupt jemals einen Platz bekommen.«

»Nick!«, ruft eine kleine Frau durch den ganzen Raum, bevor sie sich in atemberaubender Geschwindigkeit zu uns durchschiebt. Sie geht ihm höchstens bis zum Bauchnabel. Okay, ein bisschen größer ist sie schon, aber nicht viel.

Sie redet in schnellem Chinesisch auf ihn ein. Zumindest kommt es mir wie Chinesisch vor, aber sicher kann ich mir da nicht sein.

»Ich hab einen Gast mitgebracht, Tante.« Nick zeigt auf mich. »Das ist Quinn. Sie ist ganz alleine in Singapur und wäre beinahe verhungert, wenn ich sie nicht unter meine Fittiche genommen hätte.«

Sie sieht mich neugierig an, bevor sie mich am Ellenbogen fasst. »Nein, nein, niemand verhungert in Singapur, schon gar nicht bei Eleanor.«

Sie zieht mich mit und ich habe das Gefühl, das Widerstand zwecklos ist, daher folge ich ihr.

In einer Ecke findet sie noch einen Tisch für uns, platziert mich da. Sieht uns zufrieden an. »Erst mal Hainanese Curry Rice für euch beide. Dann sehen wir weiter.«

Sie verschwindet, bevor wir zustimmen oder protestieren können.

»Und sie ist Ihre Tante?«

»Sie ist die älteste Freundin meiner Mutter.«

»Ah, wow, damit hab ich nun wirklich nicht gerechnet«, sage ich, als ich mich in diesem irgendwie geordneten Chaos umsehe.

»Ich hab gesehen, dass Sie überlegt haben, wie viel Kung-Fu Sie können, um sich gegen mich zu wehren.«

»Und hab mich erinnert, dass ich gar keins kann.«

Lachend meint er: »Das hier ist eines der besten Restaurants der Stadt. Eleanor hat einen Michelin-Stern und stand schon in allen großen Magazinen und Zeitungen. Wenn es um Essen in Singapur geht, wird dieses Restaurant fast immer genannt. Es gibt keinen offiziellen Namen. Alle nennen es nur *Eleanor's*. Und da sie das hier wie ein Feldwebel, wenn auch ein netter, führt, ist das auch der absolut passende Name.«

Es dauert nicht lange und zwei dampfende Teller stehen vor uns. Hainanese Curry Rice ist Reis mit Curry und Bratensoße. Okay, das hört sich falsch an. Es ist Reis, der mit Curry und Bratensoße überschwemmt wird. Ich hatte bisher noch nicht das Vergnügen, aber als ich es jetzt probiere, bin ich mal wieder im Essenshimmel.

»Oh Gott, ist das gut«, stöhne ich.

»Das hab ich doch gesagt.«

»Und nicht zu viel versprochen.«

»Schwärmen Sie gleich auf jeden Fall, wenn Eleanor fragt, wie es war. Sie können gar nicht zu viel loben. Sie lebt dafür. Außerdem kann es sein, dass sie Ihnen dann ihr berühmtes Chendol bringt, das nur für besondere Gäste reserviert ist.«

»Was ist das?«

»Lassen Sie sich überraschen.«

»Ich probier alles.«

»Sehr gut.«

Wir unterhalten uns über meine Reise, ich erzähle von Sri Lanka und dass ich als Nächstes nach Sydney fliege. Er erzählt mir, wo er schon überall gewesen ist. Interessanterweise hat er an der Columbia studiert, genau wie ich.

»Und dann bist du zurück nach Singapur gegangen?«

Es fühlt sich natürlich an, dass ich anfange, ihn zu duzen.

»Es war immer der Plan, zurückzukommen. Ich liebe diese Stadt. Meine Familie ist hier.«

»Bist du verheiratet?«

»Nein. Allerdings ist meine Mutter unermüdlich.«

»Giltst du nicht als gute Partie?«

»Doch, aber ich möchte aus Liebe heiraten.«

»Gibt es noch viele arrangierte Ehen?«

»Ja, natürlich, aber da die jüngeren Leute auch zunehmend mehr Freiheit wünschen, ist es jetzt subtiler, als es früher mal war.«

»Man versucht also, die Kinder sanft in die Richtung zu bugsieren, die die Eltern gerne hätten?«

»So ungefähr. Meine Mutter hätte gerne eine gebildete Frau aus gutem Haus, die höflich und anständig ist, aber sie schreibt mir nicht vor, welche es sein soll.«

»Möchtest du denn so eine Frau?«

»Dazu hab ich mir noch keine richtigen Gedanken gemacht. Klug wäre schön, damit man was zu besprechen hat, alles andere ist mir nicht so wichtig.«

»Darf ich dich was Persönliches fragen?«

»Was waren das denn bisher für Fragen?«, scherzt er.

»Hast recht. Ich kann ganz schön neugierig sein.«

»Das ist vollkommen okay. Frag nur.«

»Online-datest du?«

»Manchmal, aber es wird immer sehr schnell langweilig und dann breche ich wieder ab.«

»Wie ist das so?«

»Wie meinst du das?«

»Wie ist Online-Dating hier in Singapur?«

»So wie in New York auch. Du musst bedenken, dass hier ziemlich viele Ausländer leben, daher ist es nicht anders. Aber auch die chinesische Bevölkerungsmehrheit nutzt das Internet zum Anbandeln. Es gibt sogar Hochzeitsseiten, auf denen man seine zukünftige Braut kennenlernen kann, wenn man eine sucht.«

»Also noch mal eine ganz besondere Form von fester Bindung.«

»Genau. Man kann die ganze Bandbreite von One-Night-Stands bis zur Heirat auskosten, je nachdem, was man selbst sucht.«

»Und was suchst du?«

»Ich wäre schon bereit, jetzt bald mal die große Liebe kennenzulernen, aber bis dahin lehne ich Spaß auch nicht ab.«

»Das ist so eine typisch männliche Antwort«, meine ich grinsend.

»Vielleicht, aber es ist wahr. Ich bin fest überzeugt, dass man Liebe nicht suchen kann, sie kommt einfach.«

Ich nicke, weil ich das selbst gerade erlebe. Sie kommt einfach.

Eleanor kommt an unseren Tisch. »Hat es Ihnen geschmeckt?«

»Sehr, sehr lecker. Ich hab wirklich noch nie was so Leckeres gegessen.«

Nick bedeutet mir, mehr zu geben, also setze ich noch einen drauf.

»Das hier ist das beste Restaurant Singapurs. Ach was, nicht mal zu Hause in New York hab ich je so gut gegessen. Es ist einfach ein absoluter Traum. Ich wünschte wirklich, ich wäre noch länger in der Stadt, damit ich noch öfter kommen kann. So perfekt ist Ihr Essen.«

»Ach, hören Sie doch auf.« Aber sie lacht zufrieden über das ganze Gesicht. »Ich hole euch noch ein bisschen Chendol.«

Sie räumt die Teller ab.

»Das war richtig gut«, lobt mich Nick.

»Ich wollte dir ja erst nicht glauben, dachte, du nimmst mich auf den Arm.«

»Nein, mit so was scherzt man hier nicht. Essen ist in Singapur eine wichtige Angelegenheit.«

»Das hab ich schon mitbekommen.«

»Als Kinder lernen wir, Dumplings zu machen. Das ist nicht so kompliziert, aber man braucht Ewigkeiten, bis man fertig ist, deswegen lernen wir es. Damit wir von Anfang an Essen zu schätzen wissen.«

Eleanor kommt mit zwei Schälchen wieder. »Lassen Sie es sich schmecken.« Sie kneift Nick in die Wange. »Du bist viel zu dünn geworden, Nick. Komm öfter her.«

»Mach ich, Tante.«

Ich starre in mein Schälchen. Also so etwas hab ich wirklich noch nie gesehen. Ich bin mir auch nicht so ganz sicher, ob es nun appetitlich aussieht oder nicht.

»Was ist das?«

»Geschabtes Eis mit Adzukibohnen.«

»Und das Grüne?«

»Gelee. Und dann noch Kokosmilch und Palmzucker.«

»Hm.«

»Soll ich Eleanor sagen, dass du ihr Essen verschmähst?«

»Gott bewahre.« Ich schnappe mir meinen Löffel und tauche ihn ein. »Wow, schmeckt ganz anders, als ich gedacht hab. Lecker.« Aber als ich das Gelee probiere, merke ich mal wieder, dass das von der Konsistenz her einfach nicht meins ist. »Okay, dies nicht so. Aber der Rest … Hätte ich nicht gedacht.«

Nach dem Essen schlendern wir zurück zum Hotel. »Wir sollten noch einmal auf die Dachterrasse fahren. Im Dunkeln ist Singapur ebenso prächtig wie tagsüber.«

Ich stimme zu und so fahren wir nach oben, genießen die Aussicht. Die Supertrees und alle Wahrzeichen der Stadt sind bunt beleuchtet. Es ist ein traumhafter Anblick.

»Wunderschön.«

»Find ich auch.«

Ich sehe zu ihm und bemerke, dass er gar nicht die Skyline betrachtet, sondern mich.

»Nicht.«

»Keine Sorge. Ich erkenne eine verliebte Frau, wenn ich eine sehe.«

Aber irgendwie ist die unbeschwerte Stimmung zwischen uns verschwunden, weswegen ich mich schnell verabschiede. Ich sehe das Bedauern in seinem Blick, daher weiß ich, dass das genau der richtige Moment war.

Zurück in meinem Zimmer, werfe ich einen Blick auf mein Handy.

My love Jackson: *Ruf mich an.*

Es sind nur drei Wörter, aber irgendwie habe ich das Gefühl, dass etwas nicht in Ordnung ist. So wie früher bei Mom. Je nachdem, in welchem Ton sie *Quinn* sagte, wusste ich, gleich gibt es Ärger. Und so hören sich diese drei Wörter auch an.

Soll ich überhaupt anrufen, frage ich mich einen Moment. Aber dann beschließe ich, dass ich kein Feigling bin. Nicht mehr.

Ich gebe es zu, meine Finger zittern ein wenig, als ich auf seinen Namen tippe und die Verbindung hergestellt wird.

»Hey, Love«, sagt er fröhlich ins Telefon. »Wie geht's?«

Perplex frage ich: »Wie geht's? Deine Nachricht war so kurz und abrupt. Ich hab mir Sorgen gemacht, dass etwas ist!«

»Wie? Was soll denn sein?«

»Ja, keine Ahnung. Als wärst du sauer auf mich.«

»Was hast du denn angestellt?«, fragt er eindeutig amüsiert.

»Weil ich ein Date hatte?«

Jackson besitzt die Frechheit, aufzulachen. »Aber das hatten wir doch geklärt.«

»Du bist also nicht eifersüchtig und sauer auf mich?«

»Oh, ich bin immer eifersüchtig, aber sauer auf dich bin ich nicht. Ganz ehrlich, das würdest du merken.« Er lacht erneut. »Frauen sind komisch. Wie lange hast du die drei Wörter jetzt analysiert?«

»Vielleicht fünf Minuten.«

»Du bist eine kleine Verrückte. Das weißt du, oder?«

»Vielleicht.«

»Ich kann damit umgehen, Quinn. Wirklich. Es ist dein Job. Du wirst ihn zu Ende bringen, und das gut.«

»Ich hab mir echt Sorgen gemacht.«

»Es ist alles okay. Ich wollte nur, dass du mich anrufst. Also fangen wir noch mal von vorne an. Hallo, Love. Wie geht's?«

Vor meinem inneren Auge sehe ich das strahlende Lächeln, das bei diesem Satz sein Gesicht ziert. »Mir geht's gut. Ich hatte gerade echt grandioses Essen.«

»Mit deinem Date?«

»Ja, mit Nick. Er hat mich in das Restaurant seiner Tante mitgenommen. Und ich sag dir: Das Essen ist ein Erlebnis. Es ist gut, dass ich nicht mehr allzu lange bleibe, denn sonst würde ich tatsächlich eine Tonne wiegen.«

»Und Italien steht auch noch auf der Liste.«

»Boah, ja. Erinner mich nicht daran. Ich werde kiloweise Nudeln in mich schaufeln.«

»Hört sich verführerisch an.«

Ich lache auf. »Nicht so sehr, was? Na ja, es wird mich ja niemand sehen.«

»Und wie war das Date sonst?«

»Er war nett, aber ich hatte von Anfang an gesagt, dass es nur freundschaftlich ist, weil ich jemanden hab. Das hat er akzeptiert, aber am Ende hatte ich das Gefühl, dass er bereut hat, dass er dem so einfach zugestimmt hat, daher hab ich mich verabschiedet.«

»Ich kann ihn verstehen.«

»Wieso?«

»Du bist spektakulär, Love.«

»Ach du.« Aber ich freue mich sehr über dieses Kompliment.

»Was machst du morgen noch?«

»Ich laufe ein bisschen durch die Straßen, denke ich. Und ich will noch mal zu den Supertrees. Wahrscheinlich werde ich so was Abgefahrenes nie wieder erleben.«

»Das kann sein. Nutz es aus.«

»Was hast du so gemacht?«

»Mein normales Leben ist nicht halb so spannend, wie es aussah, als du hier warst. Ich arbeite den größten Teil des Tages und häng abends oft mit Amal ab. Heute gibt es eine kleine Änderung, weil ein Kumpel aus Hikkaduwa kommt und wir ein paar Bier am Strand trinken werden.«

»Ich glaub, dir ist gar nicht bewusst, wie spannend dein Leben ist, wenn du so was sagen kannst wie ›Ich trink ein paar Bier am Strand‹.«

»Aber wenn man das jeden Abend macht, ist das eben auch nicht mehr so spannend.«

»Das mag sein, trotzdem hört es sich für mich traumhaft an.«

»Das würde es für mich auch, wenn du hier wärst, um ein paar Bier mit mir zu trinken.«

»Das wäre in der Tat traumhaft.«

Ich gähne.

»Bist du schon müde?«

»Ein bisschen, ja. Ich bin die ganze Woche so früh ins Bett gegangen und das hat mir sehr gutgetan. Ich wache morgens voller Tatendrang auf.«

»Dann geh schlafen, Love. Wir sprechen morgen, okay?«

»Okay. Jackson?«

»Hm?«

»Du würdest mir doch sagen, wenn du es nicht mehr aushältst?«

»Natürlich. Alles gut.«

»Ich mach nichts kaputt?«

»Nein.«

»Wirklich?«

»Nur wenn du weiterhin solche komischen Fragen stellst.«

»Da macht man sich einmal Sorgen …«

Lachend antwortet er: »Zwischen dir und mir ist alles

gut. Ich find es sogar gut, dass du mir das heute gesagt hast, obwohl ich denke, du hast einen Moment darüber nachgedacht, ob du es tun sollst. Du hast dich richtig entschieden. Ehrlichkeit und Vertrauen sind wichtig.«

»Gut, dass du das auch so siehst.«

»Tu ich. Dann schlaf schön, meine kleine Verrückte. Und bis morgen.«

»Viel Spaß mit deinem Bier.«

Wieder dieses Lachen, das ich gerne einfangen und in die Tasche stecken möchte.

»Werd ich haben. Gute Nacht, Love.«

Als wir aufgelegt haben, drücke ich glücklich das Handy ans Herz. Ich kann mich nicht daran erinnern, jemals so viel Spaß mit einem Jungen gehabt zu haben. Oder mit einem Mann, denn daran besteht kein Zweifel.

18

Zwei Tage später trete ich in Sydney aus dem Flughafen, nachdem gefühlt mein Körper und mein Koffer mit dem Mikroskop untersucht wurden. Diese Australier sind aber auch pingelig.

Wieder wartet ein Wagen auf mich. Ich werde meine Chefin überzeugen müssen, dass ich zukünftig immer abgeholt werde und nicht mehr mit der U-Bahn fahren muss. Denn das hat schon Stil.

Es ist bereits dunkel, als wir am Hafen ankommen. Nachdem ich eingecheckt und mein Zimmer gesehen habe, nehme ich den Aufzug zur Dachterrasse.

Und dann fallen mir beinahe die Augen raus, denn ich hatte nicht erwartet, dass die Oper so nah sein würde. Sie ist hell erleuchtet, strahlt mich weiß an. Ich bin in Australien. Ich bin wirklich und wahrhaftig in Australien!

So richtig fassen kann ich das nicht. Aber es scheint wahr zu sein. Ganz offensichtlich.

Links von mir ragt die Harbour Bridge auf und ich fühl mich wie in einem Märchen. In einem modernen Märchen. Wie kann das wirklich mein Leben sein? Das bestand doch vor zwei Wochen noch aus arbeiten und essen. Und jetzt ist es das hier. Man stelle sich dabei eine ausladende Handbewegung vor, die nicht nur Sydney, sondern die ganze Welt einschließt. Was habe ich es gut.

Wenn ich mir jetzt vorstelle, dass ich tatsächlich überlegt hatte, nicht zu fahren ... Wie dumm. Oder nein, nicht dumm. Dinge, die man nicht kennt, machen erst mal Angst. Es gibt Menschen, die sich in jedes Abenteuer stürzen, aber genauso gibt es welche, die vor Fremdem Angst haben. Ich gehörte offensichtlich zur letzteren Fraktion. Aber als ich die Luft Sydneys einatme, die Pracht vor mir aufsauge, merke ich, dass ich ganz und gar nicht mehr die Quinn bin, die mit klopfendem Herzen und zitternden Fingern in das erste Flugzeug gestiegen ist. Manche Veränderung kommt rasant.

Ich schieße ein paar Bilder von der Oper bei Nacht, die ich Jackson und Katrina schicke, bevor ich ins Hotelrestaurant gehe, weil ich mal wieder vor Hunger sterbe. Was eigentlich nicht sein kann, denn gestern habe ich mein Gewicht in Dumplings gegessen. Danach kuschele ich mich in die weichen Kissen. Im Flugzeug rumsitzen kann echt müde machen.

~

Am nächsten Morgen gehe ich ausgeschlafen und gut gelaunt zum Frühstück, das wirklich toll ist. Ich kann mir meinen eigenen Smoothie machen, mit allem Obst und Gemüse, das auf der Welt existiert. Fast zumindest. Durian, die Stinkfrucht, die in Singapur so beliebt ist und die ich gestern noch probiert habe, gibt es nicht. Gott sei Dank. Ich? Kein Fan.

Nach dem Frühstück gehe ich hinunter in die Lobby, weil ich Sydney erkunden will. Mein Blick fliegt durch die Lobby und bleibt dann an einem breiten Rücken hängen, bevor ich den Kopf schüttele und weitergehe. Aber dann schaue ich doch noch mal hin, bevor ich wie vom Donner gerührt stehen bleibe.

Als würde er meinen Blick spüren, dreht er sich um, bevor er strahlend zu lächeln anfängt. Mein Lächeln. Es ist das Lächeln, das er nur für mich reserviert zu haben scheint.

Mit wenigen Schritten ist er bei mir, schlingt seine Arme um mich, hebt mich hoch. Erst jetzt realisiere ich, dass er wirklich und wahrhaftig vor mir steht, und umarme ihn, als wollte ich ihn nie wieder loslassen. Und das stimmt auch.

»Was machst du hier?«, flüstere ich erstickt mit Tränen in den Augen.

»Ich hab dich vermisst, Love.« Er vergräbt sein Gesicht an meinem Hals, atmet mich ein.

»Ich dich auch. Ich kann gar nicht fassen, dass du hier bist.«

»Freust du dich?«

»Ob ich mich freue? Aber so was von! Es gibt nichts Besseres!«

»Dann ist ja gut.«

Er stellt mich wieder ab. »Ich check kurz zu Ende ein, dann können wir mein Gepäck wegbringen und Sightseeing machen.«

»Du checkst ein?«

»Das macht man so im Hotel.«

»Aber du hast ein eigenes Zimmer?«

Er grinst. »Nein, ich check in dein Zimmer ein. Jetzt, wo du da bist, sollte das auch nicht so kompliziert sein.«

Die Mitarbeiterin am Empfang lächelt mich an und ich nenne ihr meine Zimmernummer. Jackson unterschreibt einen Wisch, bevor er nach seiner Reisetasche greift, meine Hand nimmt und auf die Aufzüge zusteuert.

»Ich kann nicht fassen, dass du hier bist.«

»Bin ich aber.«

Wir steigen in den Aufzug, ich drücke die Nummer und Jackson zieht mich eng an sich, lehnt seinen Kopf gegen meinen. Eine Woche haben wir uns nicht gesehen, aber er fühlt sich so sicher an wie zuvor. Ich liebe es. Ich liebe ihn. Als sich dieser Gedanke in meinem Kopf verfestigt, lächele ich.

Er öffnet meine Zimmertür – unsere Zimmertür –, wirft seine Tasche irgendwo hin, bevor er nach mir greift, mich hochhebt und dann aufs Bett schmeißt.

Lachend federe ich ein bisschen nach, aber nur kurz, denn dann drückt mich ein großer Körper in die Matratze. Seine Finger streicheln meine Wangen.

»Du bist so wunderschön, Love. So verdammt wunderschön.«

»Danke.« Ich fahre in seine Haare, vergrabe meine Finger in ihnen, ziehe ihn zu mir, sodass ich ihn küssen kann.

Denn das habe ich so vermisst. Seine Küsse, die einfach so unglaublich perfekt sind. In meiner Erinnerung zumindest, aber ich erkenne schnell, dass die Realität mit dieser mithalten kann.

Und dann sind wir nur noch hektische Finger, die an Klamotten ziehen, Münder, die sich nicht sattküssen können, Augen, die sich nicht sattsehen können.

Als Jackson meinen Oberkörper vom Stoff befreit hat, drückt er hungrige Küsse auf meine Haut, saugt an meinen Nippeln, knetet meine Brüste, während ich meine Finger in seine Schultern presse. Er rutscht weiter an mir herunter, zieht meine Shorts aus, das Höschen gleich mit.

Mir fällt ein, dass ich nicht rasiert bin, will mich entschuldigen, aber es scheint ihn nicht zu stören, denn er streicht mit den Fingern über die Stoppeln, bevor er in mich eindringt. Ein Stöhnen kommt über meine Lippen. Als er dann noch seinen Mund gegen mich drückt und anfängt, an mir zu lecken und zu saugen und zu knabbern, kann ich keinen klaren Gedanken mehr fassen. Wahnsinn. Wirklich.

In Rekordzeit bringt er mich zum Höhepunkt, der mich ermattet zurücklässt. Ich höre das Knistern des Kondompäckchens, bevor er wieder auf mir liegt und in mich eindringt. Als er in mir ist, keuche ich auf, bewege mich ein wenig hin und her, bis ich die perfekte Position gefunden habe.

»Alles okay?«, fragt er lächelnd, streicht mir die Haare aus der Stirn.

»Mehr als das.« Ich schlinge meine Arme um ihn, halte ihn an mich gedrückt.

Ganz langsam beginnt er, sein Becken zu bewegen, sein Blick hält meinen gefangen und ich sehe, dass er ebenso für mich empfindet wie ich für ihn.

»Ich liebe dich«, flüstere ich gegen seine Lippen.

Sein Lächeln ist alles, was ich mir je gewünscht habe. »Das freut mich sehr. Ich liebe dich auch.«

Mein Herz schwillt vor lauter Glück so an, dass es sich anfühlt, als hätte ich nicht genug Platz in meiner Brust, als müssten ein paar Rippen gesprengt werden.

Jackson wischt mit den Daumen über meine Wangen. »Nicht weinen, Love. Nicht weinen, das bricht mir das Herz.«

»Es sind Freudentränen«, schluchze ich.

»Das hoffe ich doch. Aber wein trotzdem nicht. Ich liebe dich zu sehr, um deine Tränen zu sehen.«

»Das macht es echt nicht besser«, antworte ich mit einem erstickten Lachen.

»Nicht? Und das hier: Ich liebe dich so unendlich, dass es kein Leben ohne dich für mich mehr gibt?«

Ich lache auf. »Du bist so unmöglich. Und übrigens ist das reichlich kitschig.«

»Hä, wieso denn? Das sind doch meine Gefühle für dich.«

Aber er lacht ebenfalls, bevor er tausend Küsse auf mein Gesicht regnen lässt, was mich quietschen lässt, vor allem, als er dann noch an meiner Wange leckt.

»Unmöglich!«, kreische ich, was ihn zum Lachen bringt. Ehrlich. Es ist so perfekt.

Jackson beginnt, sich schneller in mir zu bewegen, zieht meinen Oberschenkel nach oben, drückt ihn gegen meine Brust.

»Ich liebe dich«, sagt er noch einmal, was mich zum Lächeln bringt, bevor ich nur noch stöhnen kann, weil er genau den richtigen Punkt trifft.

»Oh Gott, Jackson«, rufe ich aus, während er immer wieder diese Stelle tief in mir berührt.

»Bist du so weit?«, fragt er abgehackt.

»Gleich, gleich.«

Ich spüre, wie sich seine Muskeln unter meinen Fingern anspannen, wie er sich zurückhält, weil er mich noch mal kommen lassen will. Eine Hand löse ich von ihm, schiebe sie zwischen uns, reibe meine Klit. Als ich das zweite Mal komme, kommt er mit und es fühlt sich so richtig an.

Danach legt er seinen Kopf auf meine Brust, drückt einen zarten Kuss auf meine Haut, während sein Atem sich wieder beruhigt. Ich schlinge meine Arme um ihn, werde ihn definitiv niemals mehr loslassen.

Ich hatte gedacht, dass ich Heath lieben würde, und vielleicht habe ich das auch auf eine Weise getan, aber im Vergleich zu dem, was ich jetzt spüre, war das einfach gar nichts. Das hier ist dagegen absolut wahrhaftig. Und ich spüre tief in mir, dass es für immer ist.

Vielleicht ist das naiv, aber ich meine, er ist für mich nach Australien gekommen. Das ist nicht einfach nur ein Urlaubsflirt. Nicht im Geringsten. Und vielleicht verschieben sich gerade meine Prioritäten. Aber das ist so unglaublich groß und angsteinflößend, dass ich diese Gedanken auf einen späteren Zeitpunkt verschiebe und erst mal einfach nur glücklich bin, dass er auf mir liegt und ich seinen Rücken streichle.

ALS WIR BEIDE wieder in der Lage sind, duschen wir zusammen, bevor wir dann wirklich die Stadt erkunden.

»Was machen wir denn?«, frage ich ihn, während ich noch gar nicht richtig fassen kann, dass seine Hand in meiner liegt.

»Lass uns eine Hafenrundfahrt machen, so hast du erst mal einen guten Überblick über alles. Dann könnten wir in den Botanischen Garten gehen und Kakadus beobachten.«

»Kakadus?«

Er grinst. »Ja, die fliegen da einfach rum.«

»Nein!«

»Doch. Und wenn dich das schon beeindruckt, solltest du mal auf die bunten Loris achten, die hier durch die Gegend zischen.«

»Kleine Papageien?«

»Ja, ganz genau.«

»Oh mein Gott, ist Australien das Paradies?«

»Manche denken das.«

»Gibt es hier auch Kängurus? Ich will unbedingt welche sehen.«

»Wir können in die Blue Mountains fahren, aber da ist nicht garantiert, dass wir sie sehen, weil sie da wild leben. Oder hier in der Stadt gibt es auch einen Zoo, in dem man Kängurus und Koalas sehen kann.«

»Können wir beides machen?«

Er drückt meine Finger. »Natürlich. Also, Hafenrundfahrt?«

Ich nicke. »Ja, bitte.«

Jackson bringt uns zum Fährterminal, kauft Tickets. Es dauert nicht lange, bis das nächste Boot fährt, und schon bald sitzen wir in der Sonne und genießen die Aussicht auf den beeindruckenden Sydney Harbour, der bis zum Meer führt. Wir könnten dem offiziellen Guide lauschen, aber Jackson weiß erstaunlich viel über seinen Heimatort.

Da fällt es mir wie Schuppen von den Augen. Seine Familie lebt hier. Er hat gesagt, in der Nähe von Sydney. Das bedeutet, nicht genau hier. Oder?

»Wo kommst du eigentlich genau her?«

Er sieht mich an. »Von hier, wieso?«

»Mir ist gerade aufgefallen, dass du für mich in deine Heimat zurückgekommen bist, obwohl die letzten Erinnerungen nicht so cool waren.«

Er zuckt mit den Schultern. »Du bist es wert.«

»Willst du deine Familie besuchen?«

»Nein.«

»Aber ...«

Jackson zieht meine Hand an seine Lippen, küsst sie. »Love, wirklich. Das Kapitel ist für mich abgeschlossen. Und ich möchte auch nicht weiter darüber reden, sondern lieber die Schönheit der Stadt mit dir genießen. Ist das okay?«

»Natürlich.« Was soll ich auch anderes sagen?

Ich kuschele mich gegen seine Schulter, während ich mir einen Plan überlege. Denn wenn er nicht darüber reden will, hat er damit absolut noch nicht abgeschlossen. Und vor allem: Schließt man jemals wirklich mit seiner Familie ab?

Auf einmal quietschen alle und drängeln sich an der linken Bootsseite. Jackson steht auf, zieht mich mit.

»Was ist?«, frage ich.

»Wahrscheinlich Delfine.«

Und richtig, als wir an der Reling stehen, tauchen die schlanken grauen Körper aus dem Meer auf.

Ich schlage mir die Hand vor den Mund. »Oh Gott, das sind ja richtige Delfine!«

Jackson lacht hinter mir, drückt seine Brust gegen meinen Rücken, umfasst auf beiden Seiten die Reling neben meinem Körper, lehnt seinen Kopf gegen meinen. Eigentlich würde jetzt ein klugscheißender Spruch folgen, aber er lässt es. Vielleicht, weil dieser Moment so fabelhaft ist.

Die Delfine tauchen noch ein paar Mal auf, bevor sie verschwinden.

Delfine. Ich habe echt lebende, wilde Delfine gesehen. Unglaublich. Das ist einfach so unglaublich, das ist nicht zu fassen. Ehrlich nicht.

»Glücklich?«, murmelt er gegen mein Ohr.

»Unfassbar glücklich.«

»Das freut mich.«

Ich kuschele mich gegen ihn, lege meine Hände auf seine Arme.

»Es ist so unglaublich schön hier«, sage ich dann.

»Das ist es. Ich hab die Stadt immer geliebt.«

»Und so viel Grün!«

»Wir können alles angucken, was du magst. Ins Umland fahren. Nach Byron Bay. Was auch immer du sehen willst.«

»Großartig! Und ich liebe, dass du mein Guide bist.«

»Für immer.«

Es ist ein Versprechen. Eines, das er halten wird. Ich spüre das tief in mir. Das hier … das geht nicht mehr kaputt.

~

ZURÜCK AN LAND, gehen wir die paar Schritte zur Oper, die in der Sonne strahlt. Wenn man genauer hinsieht, erkennt man, dass sie gar nicht weiß, sondern beige ist, aber sie ist trotzdem ziemlich beeindruckend. Obwohl ich sie mir größer vorgestellt hätte, aber so ist das oft, denke ich. Keine Ahnung, warum ich das jetzt denke. Ich habe doch gar keinen Vergleich. Nur über das Taj Mahal habe ich das mal gehört.

»Warst du schon mal in Indien?«

»Vor ein paar Jahren. Ich dachte erst, dass ich mich in Indien niederlassen würde.«

»Was ist geschehen?«

»Sri Lanka. Ich fand es so schön, so relaxt, und ich mag den Hippievibe, der immer noch so ein bisschen durch das Land zieht.«

»Denkst du, du wirst jemals wieder woanders leben?«

Und das ist die entscheidende Frage, oder?

»Lass uns vielleicht heute Abend in Ruhe darüber sprechen, okay?«

Ich nicke. Oh, oh. Das heißt nichts Gutes.

Jackson drückt meine Hand, küsst meine Schläfe. »Guck nicht so ängstlich.«

»Ich mach mir jetzt eben Sorgen.«

»Hör auf, dir Sorgen zu machen. Vertrau mir.«

»Du kannst nicht einfach sagen ›Mach dir keine Sorgen‹, und schwups, sind sie weg.«

»Willst du jetzt sofort drüber sprechen?«

»Ja.« Ich schaue ihn flehend an.

»Okay. Dann lass uns in den Botanischen Garten gehen, uns ein ruhiges Plätzchen suchen und reden.«

»Ist das okay?«

»Alles ist okay, Love.« Er grinst mich an.

Ich wünschte, ich wäre so gelassen wie er. Vielleicht stimmt es doch, was man sagt. Dass Australier diese entspannte Mentalität haben. Müssen sie auch, wenn sie nicht verrückt werden wollen, wenn sie stundenlang auf die perfekte Welle warten. Ja, Klischee. Aber Jackson ist ein Surfer-Dude.

Wir gehen am Wasser entlang und dann schließlich in den Botanischen Garten. Er hatte Kakadus versprochen, aber mir war nicht bewusst, dass sie beinahe sofort auftauchen würden.

Leise quietschend zeige ich auf sie und grinse ihn an.

»Es ist echt toll, zu sehen, wie viel Spaß du an allem hast.« Er drückt mich kurz.

Ich ziehe mein Handy aus der Tasche, weil ich das unbedingt festhalten will. Kakadus. Ich glaube, ich spinne.

Wir setzen uns auf eine Bank im Schatten. Zwar bin ich schon vorgebräunt, aber ich will trotzdem kein Risiko eingehen, weil ich eine echt sonnenempfindliche Haut habe. Jackson holt unsere Wasserflaschen aus seinem Rucksack, reicht mir eine.

»Danke.« Ich trinke einen Schluck, bevor ich nach meinem Müsliriegel krame, den ich gekauft habe. Dann fällt mir ein … »Oh, ups. Sorry. Ich tu hier einfach so, als wäre das mein Rucksack.«

Grinsend schüttelt er den Kopf. »So ist das mit den Frauen. Kaum nicht aufgepasst, reißen sie sich alles unter den Nagel.«

»Ich hätte fragen sollen.«

»Alles gut. Du darfst einfach an meine Sachen gehen.«

Ich lächele schwach, beiße in meinen Riegel. »Du auch an meine. Glaub ich. Lass mich lieber noch mal drüber nachdenken.«

»Okay.« Er blickt mich amüsiert an. »Du kleine Verrückte. Okay, also reden.«

»Ja.« Ich knete meine Finger in meinem Schoß.

»Wieso bist du jetzt schon wieder so nervös?« Er greift nach meinen Händen, verschränkt unsere Finger. »Miteinander reden ist doch nichts Schlimmes.«

»Okay.«

»Na gut. Also, Zukunft. Ich hatte die letzten paar Tage Zeit, mir Gedanken zu machen. Ehrlich gesagt war ich überrascht, wie sehr ich dich vermisst hab. So unglaublich lange kennen wir uns ja noch nicht, aber ich kann mich nicht daran erinnern, jemals jemanden so sehr vermisst zu haben wie dich. Weswegen ich auch hier bin.« Er sieht sich um. »Aber dann ist was Merkwürdiges passiert. Als ich am Flughafen ankam und das erste Mal wieder australischen Boden unter den Füßen hatte, ist mir klar geworden, wie sehr ich Sydney vermisst hab. Meine Freunde auch. Klar, ich hab auch Freunde dort, aber das ist mehr eine Zweckgemeinschaft. Fuck, das hört sich negativ an und das meine ich so nicht, aber es fühlt sich an, als hätten wir uns alle angefreundet, weil wir in derselben Situation waren, aber nicht unbedingt aus Sympathie. Verstehst du?«

Ich nicke, obwohl ich überhaupt nicht verstehe, worauf er hinauswill.

»Na ja, ich vermisse das alles hier.«

»Kann ich gut verstehen. Es ist ja auch wunderschön.«

Er sieht mich ein wenig unsicher an. »Könntest du dir vorstellen, hier zu leben?«

Ich starre ihn an. »Was?«

»Ich will mein Leben mit dir verbringen.«

Mein Herz flattert aufgeregt.

»Und ich weiß, dass du nicht in Sri Lanka leben könntest.«

Ich nicke, weil ja, es stimmt. So schön es war, kann ich es mir nicht vorstellen.

»Und ich kann nicht in New York leben. Ich würde es für dich tun, aber ich würde da nicht glücklich werden.«

»Ich weiß.«

»Also wäre mein Vorschlag, wir geben beide unsere

aktuellen Wohnorte auf und suchen uns einen neuen, gemeinsamen aus.«

»Und das muss Sydney sein?«

»Nein. Muss es nicht. Es kann auch ein anderer Ort sein. Aber falls dir Sydney gefallen würde, fände ich das nicht schlimm.« Er grinst mich an.

Ich versuche, zu verdauen, was er mir erzählt hat. »Noch mal zum Mitschreiben. Du willst mit mir zusammen sein?«

»Ganz genau.«

»Für immer?«

»Wenn möglich.«

»Und du willst mit mir leben?«

»Ja.«

»Aber nicht in New York und nicht in Sri Lanka?«

»So ist es.« Humor steht ihm ins Gesicht geschrieben.

»Was ist, wenn wir meine Reise beenden und uns dann entscheiden, wo wir leben wollen?«

»Damit du deinen Artikel noch einreichen kannst?«

Ich zucke mit den Schultern. »Ich würde ihr natürlich einen anderen Artikel anbieten.«

»Und was für einen?«

»Wie ich in die Welt auszog, um die besten Liebhaber zu finden, und stattdessen die große Liebe gefunden hab.«

»Also keine weiteren Dates?«

»Nur mit dir.«

Er schließt kurz die Augen, sieht unendlich erleichtert aus.

»Es hat dir doch was ausgemacht!«, beschuldige ich ihn.

»Natürlich hat es mir was ausgemacht! Schließlich bin ich in dich verliebt.«

»Aber du hast mich nicht gestoppt.«

»Nein. Du bist diese Verpflichtung eingegangen, bevor du mich kanntest. Da musste ich durch.«

Ich stehe auf, lege meine Hände auf seine Schultern,

setze mich rittlings auf seinen Schoß, mit den Knien auf der Bank. »Du bist schon ziemlich perfekt.«

Er zieht mich eng an sich. »Also Deal? Wir sind offiziell zusammen und suchen offiziell nach einem Ort zum gemeinsamen Leben?«

»Deal.«

Wer hätte das jemals gedacht? Ich ziehe aus, um mich selbst zu finden, und finde ihn.

19

»Heißt das, du bist mein fester Freund?«, frage ich ihn grinsend.

»Ja, ganz genau. Mit Betonung auf fest.« Seine Lippen finden meine.

Als ich mich löse, sehe ich ihn ernst an. »Aber es gibt noch eine Sache.«

»Klar, es gibt immer noch eine Sache.«

»Ich weiß, du hast gesagt, du hast damit abgeschlossen, aber ...«

Er schließt die Augen, schon wissend, was ich will.

»Aber ich denke wirklich, dass du deine Familie besuchen solltest, während wir hier sind.«

»Love ...«

»Nein, hör mir zu. Nur kurz. Ich weiß, dass sie sich furchtbar verhalten haben, aber ich weiß auch, dass du vorher ein gutes Verhältnis hattest. Du vermisst sie. Ich weiß es.«

Er streitet es nicht ab.

»Es ist jetzt auch ein bisschen Zeit vergangen, vielleicht sind sie zur Einsicht gekommen, dass es falsch war. Menschen können sich ändern.«

Er sieht mich an. »Erzähl mir von deiner Familie.«

Ich schlucke. »Dad ist schon vor zehn Jahren gestorben. Herzinfarkt. Und Mom? Ich hatte dir doch erzählt, dass meine Schwester mit meinem Ex geschlafen hat. Der Verrat war nicht so schlimm wie der meiner besten Freundin, aber ... Mom war auf ihrer Seite. Seitdem ist unser Verhältnis noch angestrengter.«

»Das tut mir leid.«

»Ist eben so. Wir haben Kontakt. Ich schreib ihr Mails, wir telefonieren alle ein, zwei Monate, aber darüber hinaus haben wir keinen Kontakt. Aber dazu muss man sagen, dass wir noch nie so richtig eng waren. Dad war derjenige, der uns drei zusammengehalten hat. Und nachdem er gestorben ist, sind wir immer mehr auseinandergedriftet. Was aber auch okay ist. Nicht jeder hat ein inniges Verhältnis zu seiner Familie.«

»Und trotz allem willst du, dass ich ihnen noch mal eine Chance gebe?«

»Ja, weil ich weiß, dass du sie vermisst. Und das ist bei mir nicht der Fall.«

Er schnaubt leise, bevor er geräuschvoll ausatmet. »Kommst du mit?«

»Jeden einzelnen Schritt.«

Er zieht mich enger zu sich. »Okay.«

Nach einer Weile sage ich: »Ich hab Hunger.«

Ich spüre seine Brust vor Lachen vibrieren. »Du bist schlimmer als ich.«

»Also solche Portionen verdrücke ich nicht.«

»Dafür könntest du aber achtmal am Tag essen.«

»Gut, das kann ich nicht abstreiten.«

»Siehst du?«

»Ja, seh ich.« Ich knuffe seine Brust, aber das fühlt sich so schön an, dass ich sie danach streichele.

»Hier ist ein Café, wo man Snacks essen kann. Reicht dir das?«

»Ja.«

Wir küssen uns noch einmal, bevor ich aufstehe, er unsere Sachen in den Rucksack packt und wir dann Hand in Hand zum Café schlendern und dabei all die bunten Vögel beobachten, die hier leben. Kakadus – okay, die sind nicht bunt –, Allfarbloris, Ibisse, andere kleine Papageien, von denen Jackson auch nicht den Namen kennt.

Könnte ich hier leben?

Bestimmt. Aber was würde ich machen? Und was würde Jackson machen?

~

Wir essen Pommes, trinken Bier und es ist so komplett gegensätzlich zu Singapur, dass es sich einen Augenblick lang für mich sehr surreal anfühlt. Und als dann noch zwei Loris auf unserem Tisch landen und sich um die Krümel streiten, kenne ich mich gar nicht mehr aus.

»Quinn?«, fragt Jackson besorgt.

»Ich glaub, meine Seele kommt bei all dem nicht mit.«

»Bei all dem?«

»Na ja, gestern Morgen noch Singapur und Dumplings, Hightech-Moderne, und jetzt streiten sich zwei Papageien um Krümel.«

Er grinst. »So ist es im Leben eines Reisenden.«

»Es ist so surreal.«

»Aber das macht auch den Reiz aus.«

»Ist auch schön, so viel von der Welt zu sehen.«

»Das wird nicht alles sein, Love. Wir schauen uns gemeinsam die Welt an.«

Ich nicke lächelnd, werfe den beiden Vögeln noch eine Pommes hin und freue mich an ihrem Streit. Auch wenn es wahrscheinlich ein bisschen gemein ist, weswegen ich ihnen noch eine Pommes gebe, damit jeder eine hat. Aber dann verschwinden sie mit ihrer Beute, was ich auch nicht wollte. Mist.

»Möchtest du jetzt noch ein bisschen spazieren gehen? Oder sollen wir eine Stadtrundfahrt machen? An den Strand gehen? Kängurus angucken?«

Ich grinse. »Kängurus sind eine fantastische Idee.«

»Na dann komm.«

Wir laufen die rund zwei Kilometer zum Wild Life Zoo und ich kann es kaum erwarten, die Tierwelt Australiens zu betrachten. Lieber natürlich in freier Wildbahn, aber für einen ersten Eindruck tut es auch ein Zoo.

Und dann sehe ich mein erstes Känguru. Ich raste quietschend aus, weil es so unendlich niedlich ist! Staunend stehe ich am Gehege, sehe zu, wie sie fressen, wie sie hüpfen, wie sie miteinander sozialisieren. Es ist unwirklich. Ich habe schon mal Kängurus im Zoo gesehen, das stimmt, aber hier ist es noch mal was anderes. Es wirkt echter.

Aber es gibt nicht nur Roos – wie Jackson sie nennt –, sondern auch Koalas, Papageien, Wombats, Alligatoren und Schnabeltiere. Es ist einfach unglaublich und ich bin so froh, hier zu sein. Es ist wirklich ein Erlebnis. Man kann sich mit Koalas fotografieren lassen, aber ich verzichte darauf. Obwohl man sie hier nicht auf den Arm nehmen darf, was ich schon mal gut finde.

Auf dem Rückweg schlendern wir durch Darling Harbour und nehmen dann die Fähre zurück zur Oper. Direkt gegenüber von unserem Hotel ist ein Restaurant, in dem Spareribs serviert werden, und irgendwie habe ich total Lust darauf.

»Hast du Lust auf Rippchen?«

»Immer.«

Wie immer entschuldigt er sich vor dem Essen kurz, um

sich Insulin zu spritzen. Das erinnert mich daran, dass er mir noch zeigen muss, wie das alles geht, damit ich es im Notfall machen könnte. Aber das muss nicht sofort sein.

»Du kannst das auch vor mir machen«, sage ich, als er zurückkommt.

»Ich mach es nicht gerne in der Öffentlichkeit, hat aber nichts mit dir zu tun.«

»Okay. Das versteh ich.«

Auf dem Rückweg hat er uns neue Getränke mitgebracht.

»Es ist einfach traumhaft hier.«

»Find ich auch. Viele sagen, dass Melbourne die schönere Stadt ist, aber für mich war es immer diese hier. Sie hat eine ganz besondere Atmosphäre. Ich kann es nicht richtig erklären, aber für mich hieß das immer Zuhause.«

»Ich kann den Reiz auf jeden Fall erkennen. Ich mag es hier auch. Vielleicht ist es auch perfekt. Großstadt und Strand dabei.«

»Hast das Meer zu schätzen gelernt, was?«

»Auf jeden Fall. Es wäre perfekt.«

»Ich will dich nicht beeinflussen, aber ich hab ein Haus am Strand.«

»Du hast was?«, frage ich ihn überrascht.

»Das hab ich auch von Dad geerbt und es nicht über mich gebracht, es zu verkaufen. Daher hab ich es vermietet, aber ja, es ist ein Haus am Strand. Vielleicht zu abseits für dich, weil man schon ein Streckchen in die Stadt braucht, aber es wäre eine Option. Es liegt in einem nördlichen Vorort.«

»Ist es eine Villa?«

Er lacht. »Nein, keine Villa, aber auch keine Gartenlaube.«

»Das ist schon verdammt verführerisch.«

»Ich weiß.«

»Können wir es uns mal ansehen?«

»Von außen. So unangemeldet darf man seine Mieter nicht in Angst und Schrecken versetzen.«

»Aber es wäre gemein, wenn wir sie aus ihrem Zuhause werfen würden, oder?«

»Sie wissen, dass es nicht für immer ist. Also, dass die Mietsituation nicht für immer ist.«

»Hm. Na ja, sehen würde ich es schon ganz gerne.«

»Dann machen wir das.« Er kaut einen Moment vor sich hin. »Wollen wir morgen dann zu meiner Mum?«

»Willst du es hinter dich bringen?«

»Na ja, irgendwie schon. Wenn es furchtbar wird, ist zumindest nicht der ganze Aufenthalt versaut.«

»Dann machen wir das. Wohnt sie in Sydney?«

Er schüttelt den Kopf. »Sie sind vor ein paar Jahren rausgezogen. Man fährt etwa anderthalb Stunden mit dem Zug.«

»Musst du sie vorwarnen?«

»Meinst du?«

»Weiß ich nicht. Du kennst sie doch.«

»Ich bin mir nicht sicher, ob ich das tue.«

»Was fühlt sich denn für dich besser an?«

»Einfach vorbeizuschauen.«

»Dann machen wir das.«

Jackson greift nach meiner Hand. »Danke, dass du mitkommst.«

»Immer.«

»Wir zwei gegen den Rest der Welt?«

»So sieht es aus.«

»Bist du fertig?«, fragt er mich.

»Ja.«

»Dann lass uns gehen.«

»Wohin denn?«

»In unser Zimmer. Ich will Dessert.«

»Aber wir haben doch kein …« Dann sehe ich seinen

Gesichtsausdruck. »Oh. Verstehe. So einen Nachtisch will ich auch.«

Wir kommen in dieser Nacht nicht so wirklich zum Schlafen, weil wir beide ziemlich unersättlich sind. Das heute Morgen zählt ja nicht wirklich, das war nur für den hohlen Zahn.

Aber jetzt nehmen wir uns Zeit, erforschen den Körper des anderen, sind immer wieder total erledigt, nur um dann eine Stunde später wieder nach dem anderen zu greifen. Und zwischendurch liege ich in seinen Armen, oder er in meinen, wir kuscheln und wir quatschen und wir lachen. Nie hat es sich für mich so gut angefühlt wie mit ihm.

»Noch mal?«, frage ich müde, als er beginnt, mich wieder zu streicheln.

»Noch mal«, bestätigt er grinsend, dreht mich auf die Seite, winkelt mein Bein an und reibt meine Klit.

Sofort ist all meine Müdigkeit verschwunden und ich stöhne leise, weil er schon herausgefunden hat, welches die besten Punkte sind.

»Willst du?«, fragt er aber dennoch nach.

»Jetzt ja.«

Ich lache auf, aber daraus wird ein Keuchen, als er in mich eindringt. Eine Hand findet den Weg in meine Haare, die andere umfasst meine Hüfte. Sein Tempo ist langsam zuerst, genießerisch. Der Hunger des Anfangs ist gestillt, jetzt ist es nur noch der Wunsch nach inniger Verbindung.

»Du fühlst dich so perfekt an«, murmelt er.

Ich kralle mich ins Laken, kippe das Becken ein wenig, um ihm besseren Zugang zu geben. »*Du* fühlst dich perfekt an.«

»Nein du.«

»Nein du!«

Ich lache, aber dann erhöht er das Tempo und ich bin in einem Wirbel aus Lust und Liebe gefangen, aus dem ich nicht mehr rauskomme, bis ich schließlich stöhnend komme. Jackson bricht auf mir zusammen, was ich liebe. Sein Gewicht auf mir. Anfangs hat er sich immer abgestützt, aber ich mag es, seine Schwere zu fühlen.

»Du bringst mich um, Mädchen.«

»Nicht mit Absicht.«

»Glaub ich nicht.«

Er rollt sich von mir, wird den Gummi los, bevor er zu mir kommt. »Jetzt lass mich endlich mal schlafen. Du bist so unersättlich.« Er lacht, während er mich in die Arme zieht.

»Ja klar, jetzt bin ich wieder schuld.«

»Sicher bist du es, wer sonst sieht so scheißheiß aus?«

»Du.«

»Oh, da vertust du dich. Du bist die Heiße hier.«

Und dann schlafen wir ein. Ich in seinen Armen. Nie wieder will ich es anders haben. Nie wieder.

Nach einem sehr späten Frühstück nehmen wir den Zug in das Städtchen, in dem seine Mutter wohnt. Es heißt Bulli. Also, die Australier haben auf jeden Fall die besten Namen.

Er ist aufgeregt. Immer wieder streicht er sich die Haare aus dem Gesicht, fingert an den Knöpfen seines Shirts herum, drückt meine Finger.

»Als ich sieben war, wollte ich unbedingt reiten lernen. Ich komm eigentlich aus Upstate, also aus dem Staat New York, nicht aus New York City. Da bin ich erst zum Studium hingezogen. Jedenfalls haben wir in Ithaca gelebt, Mom lebt da immer noch. In der Nähe gibt es viel Natur, auch viele Reitställe und alles. Also kein Thema. Aber ich hatte keine Lust auf das normale Reiten im Kreis, weswegen meine Eltern einen privaten Reitlehrer engagiert haben, der mich ein paar Mal an der Longe gehen ließ, aber dann mit mir ausgeritten ist. Anfangs hat er mich am Führzügel gehalten, aber dann dachte er wohl, dass ich es schon alleine könnte. Falsch gedacht.« Ich grinse bei der Erinnerung. »Auf einmal ist dieses Pony, das sich sonst nicht vom Fleck bewegt hat, losgestürmt. Ich wusste nicht, was ich machen sollte. Kein bisschen. Ich hab mich an die Zügel gekrallt, versucht, irgendwie oben zu bleiben. Ich hatte nicht einmal mehr genug Luft, um zu schreien.«

Jackson sieht mich interessiert an. Ablenkung scheint also nicht nur bei mir zu funktionieren, sondern auch bei ihm.

»Und irgendwann ging diesem Pony die Puste aus, es blieb abrupt stehen, aber leider kurz vor einem Tümpel. Die schnelle Vorwärtsbewegung hat mich über den Hals des Tieres nach vorne geschleudert und in einem perfekten Bogen landete ich im Matsch.« Ich lache auf. »Als der Reitlehrer uns fand, hatte ich mehrmals versucht, aus diesem Tümpel zu klettern, aber immer und immer wieder rutschte ich aus, während das Pony seelenruhig Gras fraß.« Ich lache erneut, weil es in der Retrospektive so unglaublich lustig ist. Damals konnte ich nicht darüber lachen. Nicht einmal schmunzeln.

»Das hätte ich gerne gesehen. Hat der Lehrer dich rausgezogen?«

»Nein, das hätte seine teuren Reitstiefel beschmutzt. Daher hat er am Rand gestanden und gewartet, bis ich meinen Arsch bewegt hab.«

»Armes Herzchen.«

»Ja, ich weiß. Es hat echt mehrere Anläufe gebraucht, bis ich da raus war. Und dann hat er mich nicht wieder aufsitzen lassen, damit ich den Sattel nicht verdrecke, und ich musste den ganzen Weg nach Hause laufen.«

»Wie lange warst du unterwegs?«

»Anderthalb Stunden. Die ganze Zeit saß er natürlich auf dem Pferd.«

»So ein Arsch.«

»Find ich auch.«

Jackson bleibt plötzlich stehen. Ich schaue ihn an. Er nickt zu einem hübschen hellblauen Haus mit einem bunt blühenden Vorgarten. »Da ist es.«

»Alles okay?«, frage ich.

Er drückt meine Finger, kaut auf seiner Unterlippe. Er sieht ganz und gar nicht okay aus, aber ich will ihn nicht bedrängen. Er muss selbst da durch.

Während er noch nachdenkt, kommt plötzlich eine Frau aus dem Haus. Sie hat Handschuhe an, trägt einen Korb und eine Gartenschere. Sie beginnt, ein paar Zweige abzuschneiden. Und dann schaut sie plötzlich zu uns.

Ihre Arme sacken herab, ihr Gesicht zeigt eine Vielzahl an Emotionen, aber die vorherrschende ist Verzweiflung. Sie schlägt die Hand vor den Mund, ihr Körper zittert.

Jackson klammert sich an meine Hand, aber auch sonst hätte ich erkannt, dass es seine Mutter ist, weil er ihr sehr ähnlich sieht.

Und dann kommt plötzlich Bewegung in sie. Schneller, als ich es für möglich gehalten habe, läuft sie los.

»Jackson! Jackson!«, schreit sie, während sie auf ihn zurennt.

Sie wirft sich um seinen Hals, schluchzt auf. Jackson schlingt seinen Arm um sie. Ich lasse seine andere Hand los, damit er sie festhalten kann.

Mir treten Tränen in die Augen, ich umarme mich selbst. Er hatte so viel Angst vor der Begegnung, aber das hätte er nicht gemusst.

Aus den Augenwinkeln sehe ich eine Bewegung und schon schießt eine zweite Frau an mir vorbei, die gegen Jackson und seine Mutter kracht. Das gleiche dunkle Haar. Bestimmt seine Schwester.

Jackson löst eine Hand von seiner Mom, umschlingt seine Schwester. Ich sehe Tränen sein Gesicht herunterlaufen, aber gleichzeitig lacht sein Mund.

Ich bemühe mich gar nicht mehr, die Tränen zurückzuhalten, weil das der schönste Anblick ist, den ich je gesehen habe. Es war so richtig, ihn dazu zu überreden. Und es ist auch richtig, nach Australien zu ziehen. Aber das werde ich ihm jetzt noch nicht sagen, damit er nicht glaubt, dass er gewonnen hätte.

Wahrscheinlich sage ich es ihm doch, damit er mich ebenso glücklich anlächelt wie jetzt seine Familie.

Sie haben alle drei übrigens das gleiche wunderbare Lächeln, bei dem ich mich immer fühle, als würde die Sonne aufgehen.

Es dauert eine gefühlte Ewigkeit, bis sie einander loslassen, aber als sie es tun, finden Jacksons Augen sofort mich. Seine Lippen formen das Wort *Danke* und ich nicke einfach nur lächelnd.

Seine Mutter schaut zu mir, überrascht erst, aber dann lächelt sie. »Ist das deine Freundin?«, fragt sie.

»Ja, das ist Quinn.«

Er sagt das mit so viel Liebe in der Stimme, dass ich schlucken muss.

Sie kommt die paar Schritte zu mir, umarmt mich. »Danke, dass du mir meinen Sohn zurückgebracht hast.«

»Er wäre auch alleine gekommen.«

»Nein, wäre er nicht.«

Das kann ich nicht beurteilen, aber ich bin mir sicher, dass ihn die Sehnsucht hergetrieben hätte. Früher oder später.

»Lasst uns reingehen«, sagt sie dann.

Sie nimmt seine Hand und seine Schwester die andere. Ich gehe langsam hinter ihnen her. Jackson dreht sich zu mir um, als wollte er sich vergewissern, dass ich folge. Sein Gesicht, so wie es jetzt gerade ist, wird für immer in meinem Gedächtnis bleiben. Liebe, Dankbarkeit und so große Freude, wie ich sie mir kaum vorstellen kann. Ich hätte nicht gedacht, dass ich ihn noch mehr lieben könnte, aber ich tue es.

20

Ich trete in dieses hübsche Haus, das innen auch sehr gemütlich eingerichtet ist. Es ist hell und freundlich, wirkt wie ein Haus am Strand, obwohl es gar nicht am Meer liegt, zumindest nicht direkt. Aber man merkt, dass hier jemand mit einem Händchen für Dekoration seine Finger im Spiel hatte.

»Kommt in die Küche«, sagt Mrs. Campbell. »Ich koche uns Kaffee. Und als hätte ich es geahnt, habe ich heute Morgen Kirschkuchen gebacken. Das erste Mal seit zwei Jahren.«

Ich kann mit dieser Info nichts anfangen, aber Jackson meint: »Mein Lieblingskuchen.«

Sie tritt auf ihn zu, als er sich gesetzt hat, zögert erst, bevor sie seine Wange streichelt. »Ich weiß.«

»Hey, ich bin Lydia.« Seine Schwester hält mir lächelnd die Hand hin, die ich schüttele.

Seine Mom zittert, als sie die Tassen aus dem Schrank nimmt.

»Lassen Sie mich helfen, Mrs. Campbell«, sage ich und eile zu ihr.

»Sag bitte Janet.«

»Gerne.« Ich nehme die Tassen aus dem Schrank, ebenso wie kleine Teller, die ich auf den Tisch stelle.

»Wo zum Teufel bist du gewesen?«, sagt da gerade seine Schwester und sie klingt gar nicht erfreut.

Jackson starrt sie an.

»Nicht jetzt, Kinder«, versucht Janet, einzuschreiten.

»Wo ich gewesen bin? Ihr habt mich rausgeworfen, weil ihr meine Entscheidung nicht gut fandet.«

»Ja, und das war falsch und scheiße, aber seit zwei Jahren versuchen wir, dich zu erreichen, aber du hast keinen einzigen Anruf angenommen, hast keine E-Mail beantwortet, nichts. Wir wussten nicht einmal, wo auf diesem Planeten du bist!«

»Konnte ich ahnen, dass ihr mir was anderes zu sagen habt, als dass ich das Erbe unseres Vaters entehre?«

Janet setzt sich an den Tisch. Ich bin mir ziemlich sicher, dass diese Unterhaltung nicht für meine Ohren bestimmt ist. Als ich die Küche verlasse, höre ich Janet noch sagen: »Es war falsch von uns. Jeder trauert auf seine Weise, aber das ist keine Entschuldigung für das, was wir dir angetan haben.«

Ich lächele. Alles wird gut. Das weiß ich.

Auf der Kommode an der Tür liegt ein Block mit einem Stift. Ich schreibe drauf: *Find mich am Meer.*

Dann gehe ich aus dem Haus, spaziere die Straße hinunter, die bestimmt ans Meer führt, schließlich geht es bergab. Ich habe auch den Eindruck, dass die Luft immer salziger wird, je weiter ich laufe. Und richtig, irgendwann stehe ich an einer hübschen Promenade. Menschen liegen im Sand, manche sind im Wasser, aber es sind nicht so viele, wie ich es bei diesem Wetter annehmen würde. Vielleicht weiß man das nicht so zu schätzen, wenn man immer Sonne hat.

Ich ziehe meine Sandalen aus, laufe über den weichen Sand bis an die Stelle, an der die Wellen am Strand lecken.

Ich genieße das Wasser, das meine Knöchel umspielt, laufe dann am Strand entlang, lasse den Wind meine Haare zerzausen.

Das wird mal meine Heimat sein. Ich spüre, dass ich hier glücklich sein könnte.

Die Frage ist nur, was soll ich hier machen? Bestimmt gibt es Magazine in Sydney, für die ich arbeiten könnte, aber irgendwie fühlt sich das nicht mehr richtig an. Es war eine tolle Zeit, aber ich habe in den letzten Wochen gemerkt, dass sich etwas in mir verschoben hat. Ich will mein Leben nicht mehr so vor mich hinleben, sondern was bewirken. Etwas, mit dem ich der Gesellschaft etwas zurückgeben kann. Etwas Nützliches.

Aber was genau das sein könnte, weiß ich nicht. Es beunruhigt mich aber auch nicht. Es wird zu mir kommen. So wie die Liebe auch den Weg zu mir gefunden hat. Wer hätte gedacht, dass ein Tuk-Tuk-Fahrer auf Sri Lanka und eine Journalistin aus New York zueinanderfinden würden? Die Liebe ist schon erstaunlich.

Am Ende des Sandstrandes drehe ich um, laufe in die andere Richtung. Ich würde sagen, die Strecke ist etwa fünfhundert Meter lang, die ich immer wieder und wieder entlangspaziere. Keine Ahnung, wie lange ich es schon tue, bis ich plötzlich starke Arme um mich spüre und lächele.

Ich bleibe stehen, kuschele mich gegen ihn, genieße es, von ihm umfangen zu werden.

»Danke«, sagt er gegen meine Haare, bevor er seine Wange gegen mich schmiegt.

»Alles in Ordnung?«

»Alles in Ordnung.«

»Wenn du darüber reden möchtest, kannst du es jederzeit tun.«

»Ich weiß. Und ich werd dir alles erzählen, aber nicht jetzt. Okay?«

»Was immer gut für dich ist.«

»Mum lädt uns zum Barbie ein.«

»Barbecue?«

»Genau. Daran musst du dich gewöhnen.«

»Wieso?«

»Falls wir hierherziehen.«

»Wenn.«

Er versteift sich ein bisschen. »Wie bitte?«

»Wenn, nicht falls.«

»Ist das dein Ernst?«

»Mein voller Ernst.«

Auf einmal verlassen meine Füße den festen Boden, weil er mich durch die Luft wirbelt.

»Ich liebe dich, Quinn Holland, weißt du das?«

»Ich hab da so eine Ahnung.«

Klar, wir müssen schauen, wie das mit der Einwanderung und allem ist, aber wir werden schon einen Weg finden. Irgendwie.

Er setzt mich ab, dreht mich um, umfasst mein Gesicht. »Du bist die spektakulärste Frau, die ich kenne.«

Und dann küsst er mich, um genau das zu beweisen.

Hand in Hand schlendern wir zurück zum Haus seiner Mom. Jackson grüßt zwischendurch Leute, die er offensichtlich kennt.

Und dann stehen wir im Garten des schönen Hauses.

Ich sitze mit einem kühlen Bier im Schatten, während Jackson grillt und Janet und Lydia den Tisch decken und die leckersten Salate und Dips auffahren. Als ich helfen will, wird mir gesagt, dass ich heute nichts mehr tun muss, außer zu essen, weil ich sie wieder vereint habe. Ich weiß, dass sie es auch alleine geschafft hätten, aber ich bin so froh, dass ich etwas tun konnte. Dass ich ihnen helfen konnte.

Und Jackson? Nun ja, er hat noch nie so glücklich ausgesehen. Immer wieder schaut er zu mir und zu den beiden anderen Frauen.

Das ist Familie. Nicht diese steife Angelegenheit, die ich kenne, sondern das hier. Liebe. Freude.

»Jackson hat erzählt, dass du eigentlich aus New York kommst«, sagt Lydia, als sie mir ein neues Bier reicht.

»Ja, das ist wahr.«

»Wann geht es zurück?«

Ich sehe zu Jackson, der nickt. »Nun ja, wir wollen ein paar Wochen zusammen reisen, bevor wir uns ein gemeinsames Leben aufbauen wollen.«

Janet umklammert die Tischkante. »In New York?«, fragt sie gepresst.

Ich grinse. »Eigentlich in Sydney.«

Seine Mom starrt mich an. »Hier? In diesem Sydney?«

»Ja, genau in diesem Sydney«, antworte ich lächelnd.

Ihr Blick schnellt zu Jackson. »Du kommst nach Hause?«, fragt sie erstickt.

»Ich komm nach Hause. Wir kommen nach Hause.«

Janet presst die Hand vor den Mund. »Ist das dein Ernst? Du lügst nicht?«

Jackson lacht. »Soll ich es mit Blut schwören?«

»Das wär mal eine Maßnahme.«

Er legt seinen Arm um ihre Schultern. »Quinn und ich wollen nach Sydney ziehen. Wir müssen natürlich schauen, wie das ist, weil sie ja Amerikanerin ist, aber das klappt schon.«

»Notfalls durch Heirat«, meint Lydia amüsiert.

»Wenn ich diese Frau heirate, ist es ganz sicher kein Notfall.«

Okay, Moment mal!

»Wenn, nicht falls?«, frage ich ein wenig überrascht.

»Ganz genau, Love. Ganz genau.«

Also habe nur ich das als Antrag verstanden?

»Ja.«

Ups.

Jackson grinst mich an. »Gut zu wissen.«

Ich bin mir nicht sicher, ob Janet und Lydia das so verstanden haben wie wir, aber sie lächeln und sehen glücklich aus, ebenso wie dieser unmögliche Mann und ich.

~

Wir bleiben lange im Garten sitzen. Jackson hat seinen Arm über meine Stuhllehne gelegt und spielt mit meinen Haaren, während wir den Sonnenuntergang betrachten, der heute ganz besonders schön aussieht.

»Planst du, in das Haus am Strand zu ziehen?«, fragt Janet irgendwann.

»Das ist eine Option«, meint Jackson. »Quinn hat es noch nicht gesehen, vielleicht mag sie es nicht.«

Lydia lacht auf. »Oh bitte! Sie hat Augen, sie wird es mögen.«

»Es wäre schön, wenn wieder Liebe in dem Haus wäre«, sagt Janet. »Wir hatten so eine schöne Zeit dort.«

»Habt ihr mal da drin gewohnt?«, frage ich neugierig.

»Früher mal, aber dann wurde es zu klein, vor allem, als die Großeltern noch zu uns zogen. Danach haben wir es nur als Sommerhaus genutzt«, erklärt Janet.

»Ich will nur niemanden aus seinem Zuhause werfen«, gebe ich zu bedenken.

Lydia winkt ab. »Die Mieter sind vor drei Monaten ausgezogen.«

»Wie bitte?«, fragt Jackson.

»Sie hatten auch keine Möglichkeit, dich irgendwie zu erreichen. Und wir wussten nicht, was du mit dem Haus machen willst«, erklärt sie.

Jackson zuckt mit den Schultern. »Ich würd sagen,

glücklicher Zufall.« Er grinst mich an. »Dann können wir es uns morgen ansehen, wenn du magst.«

»Wie lange bleibt ihr denn hier? Ihr wollt reisen?«

»Geplant hatte ich zwei Wochen hier«, sage ich, »aber das war, bevor er mir einfach nachgereist ist.«

»Ich will das alles auf keinen Fall kritisieren, aber ihr kennt euch noch nicht lange«, wirft seine Schwester ein.

»Das stimmt«, sage ich schnell, weil ich sehe, wie Jacksons Augen zu funkeln beginnen. »Wenn es nicht klappt, dann ist das eben so, aber ich muss es probieren. Und vergiss nicht, dass ihr ihn dann auf jeden Fall hier habt. Etwas, was ihr euch offensichtlich wünscht.«

»Ich kannte euren Vater auch erst zwei Monate, bevor wir geheiratet haben«, erklärt Janet. Sie ist offensichtlich schon ein Fan von mir.

»Das waren andere Zeiten, Mum. Du warst bestimmt schwanger.«

»War ich nicht.«

Ich grinse, weil ich diese Dynamik echt schön finde. Dass sie sich aufziehen, ärgern, aber man immer merkt, wie sie zueinander stehen. Es ist definitiv schade, dass ich das nicht hatte, aber vielleicht kann ich es zukünftig haben. Sie scheinen willig, mich in ihre Familie aufzunehmen.

»Ich mein ja auch nur, dass ihr noch nicht viel Alltag miteinander hattet. Am Anfang zeigt man immer sein bestes Verhalten.«

Ich verdrehe die Augen, was Jackson zum Lachen bringt.

»Okay, was verpasse ich?«, fragt Lydia.

»Er war ein Arsch. Sorry, wenn ich das so sage.«

Jackson zuckt mit den Schultern. »Schuldig.«

Janet sieht ihn strafend an. »Wieso denn das?«

»Na ja, da stand auf einmal diese hübsche Frau neben meinem Tuk Tuk und ich wusste, wenn ich sie einfach zu ihrem Date – ja, sie hat sich mit einem anderen Mann getroffen! – fahre, würde sie sich nicht an mich erinnern. Daher hab ich sie abgezockt.«

»Hast du. Ich war echt sauer auf dich.«

Er grinst. »Hat nicht so lange angehalten.«

»Aber ich schätze, dir fällt es ziemlich leicht, mich wieder sauer zu machen.« Ich werfe ihm einen strengen Blick zu.

Er hebt spielerisch die Hände. »Jeder hat seine Superkräfte.«

Janet schüttelt den Kopf, bevor sie sagt: »Das Problem ist sein Charme. Selbst wenn man sauer sein will, kann er einen um den Finger wickeln. Ganz ohne Probleme. Sein Vater war auch so.«

Jackson grinst mich an. »Du hast schon meine schlechten Seiten erlebt und es hat dich nicht abgeschreckt. Dann wird es der Rest auch nicht.«

»Welcher Rest?«, frage ich alarmiert, was sie alle zum Lachen bringt.

»Wirst du erleben. Aber zum Beispiel bin ich chaotisch.«

»Das weiß ich schon. Deine Wohnung in Sri Lanka sieht aus, als wäre eine Bombe eingeschlagen.«

»Aber dafür bring ich den Müll raus.«

»Wow, ich verleih dir einen Orden.«

Janet sieht uns zufrieden an und auch Lydia scheint glücklich.

»Was denn?«, frage ich.

Janet drückt meine Hand. »Du bist die Richtige für ihn. Du lässt ihm nichts durchgehen und kannst dich durchsetzen. So jemanden braucht er.«

»Toll, Mum, stachel sie auch noch an!«, beschwert er sich.

»Hey, Frauen müssen zusammenhalten«, meint Lydia.

»Fuck, einer gegen drei. Das hab ich eindeutig nicht durchdacht.« Aber er sieht unglaublich zufrieden aus.

»Nicht solche Worte!«, meint Janet.

»Sorry, Mum.«

~

Wir brechen erst auf, als kein Zug mehr fährt, weswegen uns Lydia, die ebenfalls in Sydney wohnt, zum Hotel fährt. Janet will ihren Sohn gar nicht mehr loslassen, daher machen sie aus, dass wir uns alle zusammen das Haus am Strand ansehen. Es ist herzerwärmend, zu sehen, wie glücklich sie sind.

Als wir später im Bett liegen, sagt er: »Sie haben sich entschuldigt.«

»Hab ich noch mitbekommen.«

»Vielleicht war es ein wenig vorschnell, den Kontakt komplett abzubrechen.«

»Denkst du?«

»Hm. Ich war nur so verletzt. Die Menschen, die mich am meisten lieben sollten, haben mich weggestoßen. Dann war ich stur, hab mir eine neue Nummer zugelegt, bin dann ziemlich zügig abgehauen. Hab ihnen keine Chance mehr gegeben, ihren Fehler wiedergutzumachen.«

»Jetzt habt ihr eine neue Chance.«

»Dank dir.« Er umarmt mich fest. »Danke, dass du mich dazu gebracht hast.«

»Gerne.«

»Und danke, dass du mit mir nach Hause ziehst.«

»Auch gerne, wobei ich keine Ahnung hab, was ich hier machen will.«

»Du musst dich nicht sofort entscheiden, weißt du. Natürlich willst du dein eigenes Geld verdienen, aber wenn wir in das Haus am Strand ziehen, müssen wir keine Miete zahlen, daher können wir unsere Lebenshaltungskosten minimieren.«

»Ich hab auch was gespart, damit komm ich über die Runden.«

»Okay, aber wenn es länger dauert, ist das auch okay. Ich hab dir ja gesagt, dass ich Geld hab.«

»Ich will mich nicht aushalten lassen.«

»Und wenn es umgekehrt wäre? Würdest du mich finanzieren, damit ich meine Berufung finden kann?«

»Natürlich!«

»Siehst du? Und ich würd das für dich auch tun.«

»Hm.«

»Ist das ein Oh-Jackson-du-hast-so-recht-Hm?«

»Eher ein Treib-es-nicht-zu-weit-Hm.«

»Das hört sich anders an. Das war ein Jackson-du-bist-die-Sonne-meines-Lebens-Hm.«

»Ganz bestimmt nicht. Es war ein Leck-mich-Hm.«

»Wie du willst.«

Er zieht die Decke hoch, küsst sich meinen Bauch nach unten.

Ich lache. »So war das nicht gemeint.«

Aber dann ist er zwischen meinen Beinen und ich vergesse mal wieder alles um mich herum. Gott, dieser Mann ist unmöglich!

AM NÄCHSTEN TAG nehmen wir die Fähre nach Manly, bevor wir mit dem Bus weiter zum Curl Curl Beach fahren. Als Jackson mir erzählt hat, wie der Strand heißt, bin ich vor Lachen fast vom Stuhl gekippt. Und jetzt bete ich, dass mir das Haus gefällt, denn ich will unbedingt am Curl Curl Beach leben.

»Sag mir nicht, welches es ist! Mal sehen, ob ich es errate.«

»Okay, allerdings glaube ich nicht an deine übersinnlichen Fähigkeiten.«

»Entschuldige mal, wieso nicht?«

»Ich glaub generell nicht dran.«

»Banause.« Und dann sehe ich ... sie. Janet und Lydia. »Verdammt. Deine Familie hat alles zunichtegemacht.«

Jackson lacht. »Sorry.«

Nachdem wir uns umarmt haben, schließt Janet das Haus auf. Ich gehe als Erste hinein, aber niemand folgt mir, weswegen ich mich umdrehe.

»Sieh es dir vollkommen unbeeinflusst an«, rät Janet.

Jackson nickt, also tue ich es.

Das Haus ist leer. Und es muss renoviert werden. Die Wände zeigen Abdrücke von all den Bildern, die hier in den letzten Jahren gehangen haben.

Von der Haustür geht es in einen großzügigen Eingangsbereich. Drei Türen gehen ab. Die rechte führt in eine Art Haushaltsraum, was ich gut finde. Nicht nur für die Waschmaschine, auch, damit man schmutzige Schuhe hier abstellen kann und so. Ich höre mich schon an wie eine Hausfrau, furchtbar. Ist mir doch egal, wer mit schmutzigen Schuhen durchs Haus läuft. Jackson muss das sauber machen.

Die zweite Tür ist eine Gästetoilette. Klein, aber fein.

Die andere Tür ist keine richtige Tür, sondern ein Durchgang. Als ich hindurchtrete, stehe ich in einem lichtdurchfluteten Raum. Die Wände sind hell gestrichen, der Boden ist ... ja, was genau? Kein Holz, aber auch keine Fliesen. Ein Steinboden, würde ich sagen. Er hat einen warmen Braunton, der gut zu den hellen Wänden passt. Und der Raum an sich ist riesig. Wirklich. Wieso sie hier wegen Platzmangel weggezogen sind, erschließt sich mir nicht.

Das hier ist wahrscheinlich Wohn- und Esszimmer. Oh, und die Küche. Ich sehe die Anschlüsse. Ach, das mag ich.

Wenn das alles so zusammenhängt, alles schön offen ist. Wirklich wunderschön.

Von hier geht noch ein Zimmer ab. Aber erst mal trete ich an die Fensterfront, die die ganze Breite einnimmt. Das Panorama ist einfach atemberaubend. Ich weiß, Jackson hat gesagt, das Haus liegt am Meer, aber so richtig konnte ich das nicht begreifen. Jetzt sehe ich es. Direkt vor dem Haus sind Felsen, aber ich sehe, dass nur wenige Meter weiter, vielleicht zwanzig, der Sandstrand beginnt. Ich hoffe, es wird nicht zu voll.

Es gibt einen verwilderten Garten und direkt kommt mir das Bild in den Kopf, wie ich mit meinem Buch im Schatten sitze, einen Cocktail trinke und auf das Meer starre. Die salzige Luft küsst meine Lippen, der Wind spielt mit meinen Haaren.

Oh ja, ich kann mir das sehr gut vorstellen.

Es fällt mir schwer, mich loszureißen, aber ich tue es, gehe durch die Tür in das andere Zimmer. Es ist viel kleiner, hat aber auch ein Fenster zu Meer und Garten und davor eine Fensterbank, die zum Sitzen einlädt. Mit ein paar Kissen könnte das ein schöner Platz für kältere Tage sein.

Was das wohl hier war? Ein Arbeitszimmer vielleicht?

Ich gehe zurück in den Wohnraum, nehme dann die Treppe in die obere Etage. Hier gibt es mehrere Türen. Ich öffne sie alle, schaue mir die Zimmer an, die dahinter liegen. Es sind drei Schlafzimmer und ein Bad, wobei das größte Schlafzimmer auch noch ein eigenes Bad hat. Und einen begehbaren Kleiderschrank. Entschuldigung, bin ich vielleicht im Immobilienhimmel aufgewacht?

Und es hat auch Fenster zum Meer hinaus. Ich trete heran, genieße diese wunderbare Aussicht, frage mich, ob das wirklich mein Zuhause sein könnte.

Ich höre leise Schritte, bevor ich umarmt werde.

»Wie findest du es?«

»Es ist traumhaft.«

»Könntest du dir vorstellen, hier zu wohnen?«

»Es wäre mir die größte Ehre, wenn ich hier wohnen dürfte.«

»Also machen wir es?«

»Wir machen es.«

»Also hat Sydney eine neue Einwohnerin.«

»Aber so was von.«

Er küsst mich auf die Wange. »Du wirst es aber nicht bereuen, oder?«

»Ich denke nicht.«

»Du machst es auch nicht nur wegen mir, oder?«

»Nicht nur, aber du bist natürlich ein Hauptgrund. Und auch die Tatsache, dass ich dich nicht wieder von deiner Familie wegreißen will.«

»Wenn du lieber nicht in Australien bleiben willst ...«

»Doch, will ich.«

Er dreht mich zu sich um, legt seine Finger unter mein Kinn. »Schau mir in die Augen und sag mir, dass du das hier willst.«

»Ich will das hier.«

»Okay.« Er lächelt. »Du machst mich verdammt glücklich.«

»Trifft sich gut. Du mich auch.«

Und dann grinsen wir uns an, wie sich nur Verliebte angrinsen können, ohne es lächerlich zu finden.

21

»Du nimmst die Haut zwischen Zeigefinger und Daumen, sodass ein kleiner Hügel entsteht, und stichst die Nadel dann hinein. Nicht zögerlich, sondern zügig und fest.«

»Oh Gott.«

Ich quetsche seine Haut am Bauch leicht zwischen den beiden Fingern, habe den Insulin-Pen in der anderen Hand, aber traue mich nicht, ihn anzusetzen. Was, wenn ich ihm wehtue?

»Tu es einfach. Nicht so viel drüber nachdenken.«

»Aber ich will dir nicht wehtun.«

»Tust du nicht. Ich bin es gewohnt.«

»Das macht es auch nicht besser.«

Ich umfasse den Pen fester, nehme mir vor, jetzt zuzustechen, aber zögere wieder.

Jackson lacht. »Jetzt tu es doch einfach.«

»Ich trau mich nicht.«

»Quinn, mach. Los! Das Warten drauf ist viel schlimmer als der kleine Stich.«

»Ich kann nicht.«

»Soll ich es machen?«

»Nein.«

Ich mache eine Bewegung mit der Hand, als wollte ich sie endlich reinpiksen, aber stoppe im entscheidenden Moment.

»Du machst mich wahnsinnig! Tu es!«

»Oh Gott.«

»Der hat nichts damit zu tun.«

Ich funkele Jackson an, der amüsiert aussieht, während ich Blut und Wasser schwitze. Aber dann beschließe ich, es hinter mich zu bringen. Was ist schon dabei?

»Okay, ich mach's.«

Und dann steche ich den Pen durch die Haut. Sie ist irgendwie fest. Ich hätte gedacht, da wäre weniger Widerstand, darauf war ich nicht vorbereitet.

»Nicht aufhören, weiter rein! Quinn! Weiter rein.«

Seine Stimme klingt ein bisschen gequält, was mich vollends aus der Fassung bringt. Ich lasse los, schlage die Hände vors Gesicht.

»Fuck«, murmelt er.

Nach einem kurzen Augenblick greift er nach meinen Händen, zieht sie von meinem Gesicht. »Es ist vorbei.«

»Es tut mir so leid!«

»Alles gut.«

Ich schaue auf seinen Bauch, sehe den Einstich, den ich verursacht habe, und breche in Tränen aus.

Jackson lacht, während er mich hochzieht, mich auf seinen Schoß setzt. »Ich müsste weinen, du Nuss. Das war echt keine Glanzleistung.«

Ich vergrabe meinen Kopf an seiner Schulter, umklammere ihn. »Es tut mir so leid!«

»Ich werd's überleben.«

»Es tut mir leid!«

»Hör auf, zu weinen, Love. Es ist doch alles gut.«

»Aber ...«

»Wirklich, alles gut. Man muss es eben üben.«

»Du hast mir nicht gesagt, dass die Haut so fest ist. Damit hab ich nicht gerechnet.«

»Okay, Entschuldigung. Das war meine Schuld.«

Sein Lachen klingt an mein Ohr und ich hebe den Kopf. »Verstehst du nicht, dass ich Schuldgefühle habe?«

»Nein. Es gibt keinen Grund. Ich lebe noch.«

»Aber ich hab dir wehgetan!«

»Ja und? Meinst du, das ist das erste Mal, dass es ein bisschen schmerzhaft war? Als meine Eltern mich gespritzt haben, als ich ein Kind war, hat es ständig wehgetan. Als ich angefangen hab, es selbst zu tun, war da auch eine Lernkurve. Man ist eben nicht von Anfang an perfekt. Wichtig ist nur, dass du es lernst, für den Notfall. Nicht, dass ich glaube, dass es einen gibt, keine Sorge. Ich bin gut eingestellt. Aber trotzdem solltest du wissen, wie es geht. Du versuchst es einfach immer wieder, bis du es kannst.«

»Ich will das nicht noch mal machen«, jammere ich.

»Wirst du aber.«

»Wieso?«

»Weil du mich liebst.«

Er sieht mich fest an und ich nicke.

Natürlich werde ich es lernen, schließlich muss ich es für einen eventuellen Notfall, der aber nie eintreten wird, können.

Ich umarme ihn fest. »Ich liebe dich wirklich.«

Jackson drückt seine Lippen auf meine Schläfe. »Ich weiß.«

Er schiebt mich von seinem Schoß, packt sein Insulinzeug in das kleine Täschchen.

»Gibt es auch lila Pens?«

»Es gibt die in allen Farben, aber ich werde ganz sicher keinen in Lila nehmen.«

»Kann man den wieder benutzen?«

»Es gibt Einweg und Mehrweg, sozusagen. Bei Einweg

wird der Pen weggeworfen, wenn die Insulinpatrone leer ist, bei Mehrweg kannst du die Patrone wechseln.«

»Was hast du?«

»Beides, aber ich nutze verstärkt Mehrweg, einfach weil dann nicht so viel Müll anfällt.«

»Okay.«

Er steht auf. »Sollen wir?«

Ich nicke, stehe ebenfalls auf, streiche mein Sommerkleid glatt. Ich schaue mich um. Obwohl hier im Grunde nichts weiter steht als ein Tisch mit Stühlen, eine Couch und ein Bett, bin ich in dieses Haus schon verliebt.

Nachdem wir beschlossen haben, in Sydney unser Lager aufzuschlagen, sind wir aus dem Hotel ausgezogen und ins Haus eingezogen. Allerdings hat das hier eher was von Camping, aber das hat dem Charme keinen Abbruch getan.

Morgen fliegen wir nach Südafrika. Der Plan hat sich nicht geändert, nur habe ich mir in den letzten Tagen nicht Australien angesehen, sondern Jacksons Freunde und den Rest seiner Familie kennengelernt, mit Handwerkern gesprochen, die das Haus in den nächsten Wochen auf Vordermann bringen sollen. Am liebsten wäre es mir, wenn sie dafür maximal fünf Wochen brauchen würden – denn so lange sind wir weg –, aber wenn es länger dauert, können wir bei seiner Mutter wohnen. Worauf ich allerdings nicht hoffe. Oh, nicht falsch verstehen. Ich liebe sie jetzt schon, aber ich kann mir nicht vorstellen, als erwachsenes Paar bei den Eltern zu wohnen. Privatsphäre und so.

Ich nicke, greife nach meinem Koffer. Ja, wir werden hier sehr glücklich werden.

Vor der Tür steht unser Auto. Wir haben es gebraucht gekauft, es ist klein, Jackson sieht lächerlich aus, wenn er drin sitzt, aber wir brauchen auch nicht mehr. Ich fahre sowieso nicht gerne – man erinnere sich bitte an meine kläglichen Versuche mit dem Tuk Tuk –, daher ist es mir egal. Aber Jackson meinte, wir brauchen ein Auto. Das war unser Kompromiss. Es sieht beinahe aus wie ein Tuk Tuk. Größer ist es jedenfalls nicht.

Wir fahren zu seiner Mom, die heute ein Abschieds-Barbie für uns gibt. Werde ich mich jemals an den australischen Slang gewöhnen? Es können noch Wetten abgegeben werden. Das Auto lassen wir dann bei ihr stehen, weil wir es in den nächsten Wochen nicht brauchen. Nicht, dass sie und Lydia nicht auch Autos haben.

Ich steige auf der Beifahrerseite ein, was am Anfang gar nicht so einfach war, weil ich immer vergessen habe, dass Australier auf der falschen Seite fahren. Ob ich mich daran gewöhnen werde, weiß ich auch nicht. Jedenfalls bin ich am Anfang immer auf der Fahrerseite eingestiegen und war dann reichlich verwirrt. Jackson hat sich natürlich schlapp gelacht.

Aber dieses Mal mache ich es richtig, während er die Koffer einlädt. Da unser Flug in der Früh geht, lohnt es sich nicht, noch einmal hierherzukommen, daher schlafen wir bei seiner Mom, die uns dann auch zum Flughafen fährt. Wenn sie in der Lage ist, wie Jackson nicht müde wird, zu betonen. Offensichtlich arten Barbecues manchmal aus. Aber es gibt auch einen Zug von Bulli zum Flughafen.

»Bereit für ein neues Abenteuer?«

»Aber so was von.«

Und es wird ein Abenteuer, denn es gibt keine direkten Flüge von Sydney nach Südafrika. Man könnte über Doha oder Dubai fliegen, aber mal ehrlich: Erst nach Norden und dann wieder nach Süden? Kommt mir nicht besonders smart vor.

Es gibt aber einen Direktflug von Perth nach Johannesburg. Allerdings die Preise … Nun, sagen wir, ich erwarte goldene Wasserhähne an Bord.

Nicht drüber nachdenken. Ich hab schließlich viel Geld

in Australien gespart, weil wir kein Hotel brauchten, daher kann ich mir das leisten. Ich bezahle jetzt selbst, nicht mehr von dem Budget, das mir das Magazin zur Verfügung gestellt hat. Es fühlte sich einfach nicht mehr richtig an, denn zum einen werde ich kündigen, zum anderen steht mein Artikel schon fest. Dafür brauche ich die nächsten fünf Wochen nicht.

Ich hoffe, dass meine Chefin den Text gut findet, sonst werde ich auch das Geld für die ersten Wochen zurückzahlen. Wäre zwar ein Einschnitt, aber besser so, als böses Blut zu produzieren.

Es dauert eine kleine Ewigkeit, bis wir bei seiner Mom ankommen. Zum einen, weil Bulli echt weit im Süden liegt. Als Amerikanerin findet man so was wie fünfundfünfzig Meilen nicht weit. Das kann man in einer Stunde fahren. Aber wir brauchen für die siebenundachtzig Kilometer mehr als anderthalb Stunden. Auch so was Verwirrendes. Wieso muss ich mich an Kilometer gewöhnen? Und an Grad Celsius? Und was ist ein Schooner? Es ist beinahe überlebenswichtig, das zu wissen, denn das ist ein großes Bierglas. Überall wird es Pint genannt, nur in New South Wales natürlich nicht.

Aber der Weg führt durch den Royal National Park und ist daher zumindest idyllisch.

»Wir könnten hier mal wandern gehen«, schlägt Jackson vor.

»Bitte was?«

Lachend meint er: »Oh, bist nicht so fürs Wandern?«

»Ich bin ein Stadtmädchen. Erinnere dich an die Pferdegeschichte.«

»Okay, aber vielleicht mach ich ja noch ein Outdoor-Girl aus dir.«

»Wir können uns auf Glamping einigen.«

»Glamping?«

»Na ja, Glamour-Camping.«

»Ihr Amis.«

»Entschuldige mal, wer kommt denn hier ständig mit irgendwelchen neuen Wörtern um die Ecke? Gestern erst. Arvo. Bis ich herausgefunden hab, dass du nachmittags meintest.«

»Oh, das kann ich zurückgeben. Was zum Teufel sind Wedges? Ich nehme nicht an, dass du damit Kartoffelstücke meintest.«

Ich hebe meinen Fuß, soweit das in dieser Sardinenbüchse möglich ist. »Das hier sind Wedges. Die Keilabsätze.«

»Hübsche Beine.«

»Danke.« Ich grinse ihn an.

»Du brauchst nicht so zu tun, als wärst du die Einzige, die nicht weiß, was gesagt wird.«

»Okay, fein. Dann bist du eben auch manchmal verwirrt, meinetwegen.«

Eine Weile sind wir still. Ich betrachte die Natur um uns und er betrachtet hoffentlich die Straße.

»Ich freu mich, mit dir zu reisen.«

»Ich mich auch. Es wird bestimmt cool.«

»Das wird es. Hast du eigentlich deiner Chefin schon gesagt, dass du kündigst?«

»Nein, ich bin ein Feigling.«

»Du solltest es bald machen.«

»Ich weiß.«

»Hast du Katrina«, Jackson hat sie über Videotelefonie kennengelernt, »gesagt, dass sie das Ausräumen deiner Wohnung überwachen muss?«

»Auch noch nicht.«

»Hast du die Möbelpacker angerufen?«

»Nein.« Ich schlage die Hände vors Gesicht.

»Was hast du denn die ganze Zeit gemacht?«

»Mich vor allen Erwachsenen-Aufgaben gedrückt.«

»Offensichtlich. Oder willst du lieber selbst nach New York und einpacken?«

»Nein, aber es ist nicht so einfach, sein Leben einzupacken und neu anzufangen.«

Er greift nach meiner Hand. »Ich weiß, Love. Glaub mir, wenn das einer weiß, dann ich.«

»Ich werd es tun. Wenn wir in Kapstadt sind. Alles.«

»Okay.«

»Du glaubst nicht, dass es daran liegt, dass ich das hier nicht will, oder?«, frage ich ein wenig bang.

»Nein, wie solltest du mir auch widerstehen können?«

Ich knuffe ihn, was ihn zum Lachen bringt.

»Nein, ehrlich. Ich weiß, dass es ein großer Umbruch für dich ist. Es wäre komisch, wenn es dir leichtfallen würde. Aber mir ist auch bewusst, dass das gar nichts mit deinen Gefühlen für mich zu tun hat.«

»Gut, denn das ist es nicht. Ich will das hier. Ich will dich und ein gemeinsames Leben.«

»Ich weiß, Love. Das will ich auch.«

»Es ist nur so … so groß!«

»Es ist eine große Veränderung, das stimmt.«

»Weiß Amal schon von seinem Glück, deine Rumpelkammer auszuräumen?«

»Er ist schon fertig, hat er gestern geschrieben. Die Kartons sind verpackt und er lässt sie in dieser Woche abholen.«

»Du bist so ein Angeber.«

Jackson lacht. »Nach Hause kommen ist eben leichter, als in die Fremde zu gehen.«

»Offensichtlich. Was ist mit den Möbeln?«

»Die hat er verschenkt.«

»Wir hatten so viel Spaß in dem Bett.«

»Wir haben in jedem Bett viel Spaß. Das hat nichts mit dem Bett zu tun.«

Ich erinnere mich an die letzte Nacht und an den Spaß, den wir da hatten, und grinse.

»Ich seh dir an der Nasenspitze an, dass du an was Versautes denkst.«

»Daran bist du schuld.«

»Wieso denn ich?«

»Weil du so sexy bist und so versaute Sachen mit mir machst.«

»Ach, *ich* mache versaute Sachen mit *dir*?«

»Ja, ich war voll brav.«

»Nie im Leben, du kleines Luder.« Er lacht auf.

Bevor wir dieses interessante Gespräch weiterführen können, parken wir vor dem Haus seiner Mom. Es stehen schon ein paar Autos hier, aber Jackson fährt in die Einfahrt, bevor er unsere Koffer mitnimmt.

Er öffnet die Tür. »Mum?«

»Im Garten!«, kommt es zurück.

Jackson sieht mich an. »Geh schon mal nach hinten. Ich bring die Koffer ins Gästezimmer.«

Ich werde begrüßt, als würde ich zur Familie gehören. Janet und Lydia umarmen mich fest, aber auch Jacksons Freunde, die schon da sind, begrüßen mich freundlich. Sie alle sind offensichtlich froh, dass er wieder zu Hause ist. Mit einer Amerikanerin vorliebnehmen zu müssen, ist da offensichtlich nur ein kleiner Preis.

»Quinn«, ruft Lydia mich zu sich, »das ist übrigens Derek, mein Mann.«

»Oh, hi. Und ich hatte schon gedacht, er wäre nur deiner Fantasie entsprungen«, scherze ich.

Derek lächelt mich an, reicht mir seine Hand. »Nein, mich gibt es wirklich. Ich war auf Geschäftsreise in

Amerika. In deiner Stadt, wenn mich nicht alles täuscht. New York.«

»Ja, genau, da komme ich her.« Normalerweise würde ich sagen, da lebe ich, aber das ist ja nicht mehr wahr. Also nicht wirklich. Bald nicht mehr.

»Groß und laut«, sagt er lächelnd.

»Ach, ich hab mich bisher immer für ein Stadtkind gehalten, daher hat mich das nicht gestört.«

»Und dann kommst du jetzt hierher?«

»Sydney ist auch nicht gerade ein Dorf, oder?« Ich lache auf. »Aber es ist tatsächlich so, dass das Meer mich fasziniert. Je länger ich hier bin, desto lieber mag ich es.«

Er legt den Arm um Lydias Schultern. »Wir sind alle froh, dass Jackson nach Hause kommt.«

»Bald zumindest. Erst mal gucken wir uns die Welt an.«

Derek und Lydia nicken beide. »Das ist auch genau richtig so. Wer weiß, wie lange es noch möglich ist, zu reisen.«

»Oder wie lange es vertretbar ist«, wirft Jackson ein, der zu uns kommt.

Und dann umarmen sich Derek und er in einer dieser komplizierten Männerumarmungen. Oh, nein, sie benutzen tatsächlich beide Arme. Eine ganz normale Umarmung also.

Jackson hat bisher nicht erwähnt, dass er seinen Schwager so mag.

Lydia muss mein Erstaunen gemerkt haben, denn sie sagt: »Die beiden waren als Kinder beste Freunde. Es hat sich ein bisschen geändert, als Derek und ich uns verliebt haben, aber die alte Liebe ist wohl immer noch da.« Sie sieht mich ein wenig unsicher an. »Ich schätze, Jackson hat erzählt, dass wir uns nicht gerade mit Ruhm bekleckert haben.«

Ich nicke.

»Nun ja, Derek war derjenige, der mich überzeugt hat, dass ich falschliege.«

»Wir trauern alle auf unsere eigene Weise«, antworte ich und drücke ihren Arm.

»Danke.«

Als sich die beiden Männer lösen, sehe ich Tränen in Jacksons Augen. Er hat seinen besten Freund vermisst. Was immer auch zwischen den beiden geschehen ist, jetzt wird sich wahrscheinlich auch diese Beziehung verändern.

Eine Gabel schlägt gegen ein Glas und es wird leiser. Janet steht in der Mitte.

»Ihr Lieben, ich freu mich, dass ihr alle zu diesem kleinen Barbie für unseren Jackson und seine Freundin Quinn gekommen seid. Morgen brechen sie zu einer kleinen Reise auf, die ihnen hoffentlich viele tolle Eindrücke verschaffen wird, sie Abenteuer erleben lässt und ihnen einfach nur guttun wird. Wie ihr wisst, war Jackson eine Weile nicht da, aber wir danken Quinn, dass sie ihn uns zurückgebracht hat. Sie streitet es ab, aber ohne sie hätten wir wahrscheinlich nicht mehr zusammengefunden, weil dieses Missverständnis niemals aufgeklärt worden wäre. Daher habe ich von jetzt an nicht nur eine Tochter, sondern eine zweite, ebenso wie ich schon immer zwei Söhne hatte, seit Jackson und Derek sich mit fünf Jahren am Strand getroffen haben. Ich wusste immer, dass ich niemals meine Kinder verlieren würde, wenn sie Partner finden, sondern neue Kinder dazubekommen würde. Und jetzt ist es perfekt. Obwohl man mir ruhig mal ein paar Enkel schenken könnte.«

Sie schaut zu Lydia und Derek.

»Boah, Mum«, regt diese sich auf. »Misch dich nicht in alles ein!«

Ich hatte gerade Tränen in den Augen, aber jetzt lache ich mit den anderen.

»Ich sag ja nur. Also, hebt die Gläser mit mir, auf diese wunderbaren jungen Menschen, die mir gehören.« Sie grinst. »Und ich lass sie mir nicht mehr wegnehmen.«

Wir stoßen mit den anderen an, bevor Derek und Jackson den Grill übernehmen und es endlich losgeht.

Ich habe auch schon Hunger.

22

Am nächsten Morgen stehen wir am Gate. Der Flug wird zum Boarding aufgerufen. Dieses Mal stelle ich mich nicht als Erste hin, sondern bleibe mit all den erfahrenen Reisenden sitzen. Hey, ich habe dazugelernt.

Irgendwann steht Jackson auf, hält mir die Hand hin. »Bereit für ein Abenteuer?«

»Mit dir? Immer.«

Und es ist ein Abenteuer. Die nächsten fünf Wochen vergehen wie im Flug. Wir sind auf Safari in Südafrika, lernen Salsa in Kolumbien und stopfen uns in Italien mit so viel Pasta und Pizza voll, wie wir nur können. Im Anschluss fahren wir eine Woche nach New York, weil sich bei mir die Erkenntnis eingenistet hat, dass ich unbedingt selbst die losen Enden verknüpfen muss.

Daher packen Jackson und ich meine Sachen ein, lassen sie abholen und verschicken. Was ich nicht mitnehmen will, lassen wir von einer Charity-Organisation abholen.

Dann stehe ich eines Abends in meiner leeren

Wohnung. Eine Ära geht zu Ende. Dies hier war mein Leben. Und es war ein gutes Leben. Es hatte Freude und Leid, aber die guten Zeiten haben die schlechten überwogen, zumindest empfinde ich das jetzt so.

Jackson klebt noch einen kleinen Karton zu, während ich durch meine wenigen Quadratmeter laufe und mich verabschiede.

Es klingelt. Jackson öffnet die Tür.

»Hallo!«, höre ich eine bekannte Stimme.

Ich wische die Tränen weg und eile zur Tür. »Katrina!«

Sie steht mit Pizza und einem Sixpack vor mir, grinst mich an. »Ich werde dich doch nicht einfach so ziehen lassen, ohne dich anständig zu verabschieden!«

Sie drängelt sich an Jackson vorbei, dem sie das Bier in die Hand drückt. »Halt das mal, Hübscher.«

»Wir haben keine Stühle mehr«, gebe ich zu bedenken.

»Wir sitzen auf dem Boden.« Sie legt die Kartons ab, bevor sie mich umarmt. »Ich kann gar nicht fassen, dass du aus New York wegziehst!«

»Ich auch nicht.«

»Aber ich verzeihe dir, weil er so gut aussieht.«

Sie zwinkert Jackson zu, der amüsiert die Augen verdreht. Die beiden lieben sich jetzt schon. Rein platonisch. Aber da mache ich mir bei beiden keine Sorgen.

Jackson verdrückt sich kurz ins Bad, während Katrina und ich uns auf den Boden setzen, die Kartons und die Flaschen öffnen.

»Auf dich, den heißen Kerl und ein tolles neues Leben!«, sagt sie.

»Auf dich. Meine beste Freundin«, sage ich und mir kommen Tränen. Ich weiß nicht, wieso mir so lange nicht bewusst war, dass sie das tatsächlich ist. Sie ist die Einzige, die immer für mich da war, der ich voll und ganz vertrauen konnte. Gut, sie ist nicht mit nach Sri Lanka gekommen, aber alles geschieht aus einem Grund, oder? Vielleicht wären Jackson und ich nicht zusammengekommen, wenn wir zu zweit gewesen wären. Wer weiß?

Jackson setzt sich zu uns. »Worauf trinken wir?«

»Auf das Leben und die Liebe«, sagt Katrina, stößt mit uns erneut an, bevor wir uns über die Pizza hermachen.

»Übrigens, heißer Jackson, wenn du meinem Mädchen das Herz brichst, schabe ich deins mit einem Löffel raus.«

»Autsch.«

»Verstanden?« Sie richtet drohend ihren Flaschenhals auf ihn.

»Verstanden. Frauenfreundschaften sind nicht zum Scherzen.«

»Ganz genau.« Sie grinst. »Ich werde euch natürlich besuchen kommen. Ihr habt doch ein Zimmer für mich?«

»Ein Gästezimmer haben wir«, meint Jackson.

»Oh, du Ungläubiger. Ich will kein Gästezimmer, sondern ein eigenes.« Sie sieht mich an. »Australier verstehen nicht so viel, was?«

»Ist mir auch schon aufgefallen. Ich denke, das liegt daran, dass sie immer alles verniedlichen müssen. Barbie. Truckie. Mozzie. Brickie. Wer soll da irgendwas verstehen?«

»Was ist denn ein Mozzie?«

»Ein Moskito«, erklärt Jackson ungerührt.

»Ehrlich? Aber Mozzie klingt süß, während doch alle wissen, dass Moskitos blutdürstige Viecher sind, die kein Mitleid verdienen.« Sie sieht ihn fassungslos an.

»Mein Reden. Die spinnen, die Aussies.«

Katrina starrt mich an. »Jetzt fängst du auch schon an. Das ist wohl ansteckend.«

Jackson bekommt sich vor Lachen gar nicht mehr ein, während ich ihr erkläre, dass ich niemals so werden würde wie er. Hoch und heilig versprochen.

Dann machen wir noch Pläne, wann sie uns besuchen kommt, bevor wir uns tränenreich verabschieden.

Als sie weg ist, blicke ich mich noch einmal um.

Ein Kapitel ist zu Ende. Ich schaue zu Jackson. Und ein neues beginnt.

Bevor wir am nächsten Abend fliegen, muss ich noch eine Sache erledigen, die mir nicht leichtfällt. Nein, nicht meiner Mom Bescheid sagen, dass ich auswandere – das habe ich schon per E-Mail erledigt –, sondern in die Redaktion gehen. Ich habe vor zwei Wochen meine Kündigung per E-Mail eingereicht, aber ich muss noch meinen Artikel abgeben. Er ist auf einem Stick gespeichert, aber ich habe auch einen Ausdruck. Er ist nicht ganz so geworden, wie es geplant war, aber ich denke, dass er besser ist. Nicht so frivol, aber dafür mit Herz.

Jackson bringt mich bis zum Gebäude.

»Du schaffst das, Love. Keine Sorge. Es wird alles gut.«

Er küsst mich, bevor er mir einen kleinen Schubs gibt. Er wird in dem Café an der Ecke auf mich warten. Denn das muss ich alleine erledigen.

Ich straffe die Schultern, gehe ins Gebäude, trete an den Empfang. Meine Karte habe ich zwar noch, aber ich denke, dass sie schon deaktiviert wurde. Die Empfangsdame ruft in der Redaktion an, nennt meinen Namen und ich darf durchgehen. Das ist doch schon mal vielversprechend.

Der Aufzug nach oben ist gleichzeitig zu schnell und zu langsam, aber schließlich stehe ich in der Redaktion. In meiner Redaktion.

Unsere Sekretärin – nein, nicht mehr meine – lächelt mich an und sagt mir, dass ich direkt durchgehen kann. In die Höhle des Löwen. Nein, in die Höhle der Löwin, und die ist, wie jeder weiß, viel gefährlicher.

Ich atme durch, klopfe an, bevor ich die Klinke nach dem *Herein* runterdrücke.

»Ah, Quinn, dass du uns mit deiner Anwesenheit beehrst.« Aber sie lächelt mich freundlich an. »Setz dich doch.«

»Hi«, quietsche ich.

»Bist du hier, um deine Kündigung zurückzuziehen?«

»Nein.« Ich räuspere mich, weil meine Stimme immer noch zu hoch klingt. »Ich bin hier, um es zu erklären und dir meinen letzten Artikel zu geben.«

»Da bin ich ja gespannt. Einen Kaffee?«

Ich nicke und sie reicht mir einen der beiden To-go-Becher.

»Latte Macchiato ohne Zucker, richtig?«

Ich nicke wieder, greife nach dem Becher, halte mich an ihm fest.

»Wie du weißt, bin ich gereist.«

»Das stimmt.«

»Und ich wollte einen Artikel schreiben.«

»Das wolltest du.«

Ich stelle den Becher ab, weil er zu heiß ist. »Und dann war ich in Sri Lanka, hatte mein erstes Date ...«

»Jetzt kommen wir der Sache schon näher.«

»... und hab mich in einen Mann verliebt.«

»In dein Date?«

»Nein, in einen anderen. Er heißt Jackson und kommt aus Australien.«

Sie grinst mich an. »Ist das dein Ernst? Ich schicke dich los, um sexuelle Erfahrungen zu sammeln, und du kommst mit der großen Liebe wieder?«

»Irgendwie schon.«

»Aber ich verstehe nicht, wieso du dafür deinen Job aufgeben musst.«

»Weil ich nach Sydney ziehe.«

»Ah, verstehe. Du änderst dein Leben für ihn.«

»So ist es nicht. Wir beide ändern unsere Leben. Er hat auf Sri Lanka gelebt, das gibt er auch auf. Aber ja, er gewinnt auch etwas, seine Heimat und alles, was damit verbunden ist. Familie, Freunde. Und ich verliere das. Meine Heimat. Aber ich hab ihn in seiner Welt gesehen. Hab die Liebe und das Glück auf den Gesichtern derjenigen gesehen, die ihn lieben. Und ich? Ich hab das nicht.« Ich ziehe die Schultern ein wenig hilflos hoch. »Meine Mutter hat gesagt, es interessiert sie nicht, wo ich wohne. Und Freundinnen ... Nun ja, du weißt, dass Heath sie alle ...« Ich breche ab.

Sie nickt mitfühlend.

»Ich muss mir alles neu aufbauen. Und dann kann ich das auch in Sydney.«

»Aber hier hast du einen Job.«

»Aber da hab ich Liebe. Ich mein nicht nur Jackson, der mit Sicherheit für mich auch nach New York ziehen würde, aber ich hab auch seine Familie dort. Sie mögen nicht meine eigene sein, aber da wir kein gutes Verhältnis haben, ist sie vielleicht sogar besser als meine eigene.«

»Ich möchte nur nicht, dass du Dinge überstürzt, die du bereuen wirst.«

Langsam nicke ich, greife nach dem Becher, trinke einen Schluck. »Ich hab auf der Reise eine ganze Menge über mich selbst gelernt. Erst mal, dass ich mehr kann, als ich gedacht hab. Aber dann auch, dass ich etwas tun will, was Bedeutung hat, was mich innerlich erfüllt. Dieser Job war toll, gut bezahlt, mit einer tollen Chefin«, sie lächelt bei den Worten, »und er ist genau richtig für die alte Quinn gewesen. Aber ich bin jetzt eine andere. Mir sind Jimmy Choos nicht mehr so wichtig, wie barfuß am Strand zu gehen. Top-Restaurants nicht mehr so wichtig wie ein Barbie«, ich grinse bei dem Ausdruck, »Fünf-Sterne-Hotels nicht mehr so wichtig wie das Schlafen unter dem Sternenhimmel. Und weil ich mich geändert hab, muss ich auch einen Job haben, der zu meinem neuen Ich passt. Was das genau ist, weiß ich noch nicht, aber ich werd es herausfinden.«

»Das wirst du. Davon bin ich überzeugt.« Sie lächelt mich an.

»Und daher hab ich auch keinen Artikel für dich. Zumindest nicht so einen, wie du erwartet hast.«

»Sondern?«

Ich ziehe den Text aus meiner Tasche, lege den Stick auf den Schreibtisch, reiche ihr den Ausdruck. Sie fängt sofort an, zu lesen, erst ein wenig unwillig, aber dann ist sie gebannt.

Down Under Love

Von einer die auszog, die besten Liebhaber zu finden, und die große Liebe fand.

Ich war nie die Schönste, nie die Klügste, nie die Witzigste, die Erfolgreichste oder die Begabteste. Ich war auch nie die Glücklichste. Und von allen Dingen, die ich hätte sein können, hätte ich das Letzte sein müssen. Glücklich.

Aber ich hatte mich in einem Leben eingerichtet, das einfach war. Es war leicht, jeden Morgen aufzustehen, mir Frühstück zu machen und Kaffee zu trinken. Es war leicht, mich anzuziehen und zu schminken. Es war leicht, zur Arbeit zu gehen, und noch viel leichter, Feierabend zu machen. Es war so unglaublich einfach, das Leben Tag für Tag an mir vorbeiziehen zu lassen, ohne wirklich daran teilzunehmen.

Wann genau der Moment gekommen war, dass ich mich

aufgab, weiß ich nicht. Ich würde gerne behaupten, dass es der Augenblick war, in dem ich erfuhr, dass mein Freund, mit dem ich seit dem College zusammen war, mich mit Halb-Manhattan betrogen hatte, aber ich muss ehrlich sein. Schon Jahre zuvor habe ich mich zurückgezogen, habe mich eingerichtet in einem Leben mit dem geringsten Widerstand. Ja, so ein Leben hat keine Tiefen, aber wo kein Schatten ist, ist auch kein Licht.

Vor ein paar Monaten habe ich dann den Auftrag bekommen, einen Artikel zu schreiben. In welchem Land gibt es die besten Liebhaber? *Alleine schon dieser Satz ist so herrlich frivol und hätte bestimmt für Schlagzeilen auch außerhalb dieses Magazins gesorgt.*

Ich hatte Angst. Ich dachte, es wäre Angst vor dem Reisen, weil ich bisher nur einmal in Kanada war, und das zählt nicht wirklich. Aber es war Angst vor dem Leben. Ich wusste, dass diese Reise mich aus meiner Routine, aus meinem einfachen Leben holen würde. Sie würde mich aufrütteln, sie würde dafür sorgen, dass ich mich mit mir auseinandersetzen muss, dass ich mich auf die Suche nach mir selbst begeben muss.

Das war von Anfang an die Prämisse. Die Suche nach mir selbst.

Aber wer war ich?

Auf diese doch eigentlich einfache Frage wusste ich keine Antwort. Und so hatte ich Angst. Angst vor dem Flug. Angst vor dem fremden Land. Angst vor fremden Menschen. Aber kaum hatte ich diese Ängste überwunden, merkte ich, dass es gar keinen Grund gab, etwas zu fürchten. Im Gegenteil, ich konnte nur gewinnen. Eindrücke, Freunde, Freude und Glück. Das waren die Dinge, die ich gewinnen konnte. Zu verlieren gab es nichts.

Nur mein Herz.

Ich wollte also meinen Auftrag erfüllen. Wollte so viele Männer wie möglich kennenlernen, sie treffen, sie vielleicht küssen, eventuell mit ihnen schlafen. Aber schon am dritten Tag kam mir ein unverschämter Tuk-Tuk-Fahrer in die Quere.

Verwuschelte braune Haare, feurige braune Augen, ein Körper zum Niederknien. Und er hat mich eiskalt abgezockt.

Danach haben wir uns zufällig wiedergetroffen – wobei ich mir sicher bin, dass er irgendwie die Strippen gezogen hat – und schließlich auch absichtlich. Er war ein Aussteiger aus Australien, der ein Tuk Tuk fuhr und in einer chaotischen Bude hauste. Und ich war eine New Yorker Journalistin, die ihren Louboutins Namen gab und auf der Upper East Side wohnte. In einem winzigen Apartment, das andere als Besenkammer bezeichnen würden.

Es war unwahrscheinlich.

Es war fast unmöglich.

Es war Schicksal.

Nachdem ich Jackson kennen und lieben gelernt hatte, gab es für mich keine Chance mehr, meinen Auftrag zu beenden. Ich habe mich in Singapur noch mit einem Mann verabredet und stattdessen eine neue Freundin gefunden, aber mein Herz war vergeben.

Ging es schnell? Aber hallo.

War es zu schnell? Sehr wahrscheinlich.

Aber manchmal weiß man es sofort, wenn man die andere Hälfte seines Herzens gefunden hat.

Trotzdem wollte ich es durchziehen. Männer treffen, sie zwar nicht küssen und schon gar nicht mit ihnen schlafen, aber treffen könnte ich sie doch. Dadurch könnte ich zumindest die Dates vergleichen. Ich hatte mir auch eine Checkliste überlegt, um sie vergleichbar zu machen, aber das Leben tut, was es will.

Meine nächste Station war Sydney. Jacksons Heimatort.

Und als ich in die Lobby des Hotels trat, stand er da. Er war für mich nach Australien gereist, weil er genau das gespürt hatte, was ich auch fühlte. Weil er sich auch in mich verliebt hatte.

In diesem Moment wusste ich, dass ich den ursprünglichen Text nicht würde schreiben können. Ich hatte nicht einmal mehr Interesse an anderen Männern. Nur noch an ihm.

Und ich hatte Interesse an mir.

Ich war vielleicht immer noch nicht die Schönste, Klügste, Witzigste. Obwohl ich all diese Dinge für ihn war, und es gibt nichts Wichtigeres.

Nur eine Sache.

Von jetzt an war ich die Glücklichste.

Nicht, weil ich diesen tollen Mann gefunden habe, der mir das Gefühl gibt, perfekt zu sein – auch wenn ich es so was von gar nicht bin. Sondern weil er mir gezeigt hat, dass es okay ist, ich zu sein.

Es ist okay, sich manchmal hinter Luxus-Labeln zu verstecken, weil man Angst hat, dass andere die Leere dahinter entdecken könnten. Es ist okay, impulsive Entscheidungen zu treffen, wie die, nach Australien zu ziehen. Und es ist okay, aus ganzem Herzen zu lachen, laut zu sein, man selbst zu sein.

Der Richtige für dich ist der Mann, der all deine Fehler kennt, all deine Makel und Macken und Schwächen, und dich nicht trotzdem liebt, sondern gerade wegen ihnen. Der deine ganzen Unperfektheiten nicht sieht, sondern jeden Morgen in dem Wissen aufwacht, dass er der glücklichste Mann der Welt ist, weil er dich hat.

Ja, Jackson hat mir geholfen, glücklich zu werden, aber er ist nicht der Grund. Der Grund ist, dass ich gelernt habe, ich zu sein.

Und daher kann es für mich nur eine Antwort auf die Fragen geben, in welchem Land es die besten Liebhaber gibt. Es ist Australien. Und dahin bin ich jetzt unterwegs. Wünscht mir Glück!

MEINE CHEFIN WISCHT sich eine Träne weg. »Nicht das, was ich erwartet hatte.«

»Ich weiß.«

»Aber viel besser.«

»Wirklich?«

»Wirklich.« Sie legt die Papiere weg. »Es ist klug, es ist einfühlsam, es ist ehrlich. Genau das, was wir brauchen.« Sie trinkt einen Schluck Kaffee und ich mache es ihr nach. »Quinn, ich weiß, du ziehst nach Australien, und du hast deine Entscheidung getroffen. Aber wie wäre eine Kolumne? Die Neu-Australierin. Oder etwas Ähnliches. Lieben Down Under. Keine Ahnung. Vielleicht finden wir noch etwas Besseres. Aber ich glaube, dieser Artikel wird vielen Frauen aus der Seele sprechen, sie werden sich für dich freuen und Updates wollen. Du könntest einmal im Monat über dein Leben berichten. Über die Umstellung, über die Liebe. Ob alles so ist, wie du es dir erträumt hast. Natürlich wäre es nicht mit deinem jetzigen Gehalt vergleichbar, aber es wäre vielleicht etwas, worüber du nachdenken möchtest.«

Ich verschlucke mich an dem nächsten Schluck Kaffee. »Ist das dein Ernst?«, frage ich, nachdem ich aufgehört habe, zu husten.

»Ja, ich denke, du hast einen Nerv getroffen.«

Ich grinse. »Natürlich nehm ich dein Wahnsinnsangebot an!«

»Das freut mich sehr. Wenn du noch kurz Zeit hast, lass ich einen Vertrag als Freelancer für dich aufsetzen.«

»Ja, klar, danke.«

Sie telefoniert kurz, bevor sie sich wieder mir zuwendet. »Und ich hab da auch noch eine Idee, was du sonst in Sydney machen könntest.«

»Und das wäre?«

»Eine ehemalige Studienkollegin ist vor fünfzehn Jahren nach Australien gezogen, ebenfalls für die Liebe, und sie hat eine Kinderhilfsorganisation gegründet, die sich hauptsächlich um Aborigine-Kinder kümmert. Sie hat mir letzte Woche von einem neuen Projekt berichtet, das sie gerne umsetzen würde, aber nicht weiß, wie. Da würdest du ins Spiel kommen.«

Ich schaue sie gespannt an.

»Sie möchte gerne eine Zeitung – oder vielleicht ist das zu hoch gegriffen –, mehr eine Broschüre auf regelmäßiger Basis veröffentlichen, um Familien mit Informationen zu versorgen, die sich im Bedarfsfall eher nicht an Behörden wenden, weil sie Angst haben, dass ihnen ihre Kinder weggenommen werden könnten.«

»Das hört sich spannend an und ist vielleicht die perfekte Balance zwischen Journalismus und Charity, die mir gefallen würde.«

»Das dachte ich mir. Ich schick dir ihre Kontaktdaten per Mail, dann kannst du dich ja mit ihr in Verbindung setzen, wenn du magst.«

»Danke dir. Für alles.«

Es klopft an der Tür und jemand aus der Rechtsabteilung bringt die Verträge, die ich gerne unterschreibe.

»Ich bin stolz auf die Frau, die du geworden bist, Quinn«, sagt sie zum Abschied und ich muss mich zusammenreißen, um nicht loszuheulen.

»Danke. Für alles«, kann ich nur wiederholen.

Sie nickt, als ich mich verabschiede.

~

ICH FALLE Jackson um den Hals, als ich ihn in dem Café sitzen sehe.

»Alles gut, Love?«

»Sie mag den Artikel und hat mir eine monatliche Kolumne angeboten, die ich in Australien schreiben kann!«

»Das ist großartig! Das freut mich sehr. Das ist doch was, über das wir uns freuen, oder?«

»Auf jeden Fall. Wir freuen uns sehr.«

»Möchtest du einen Kaffee?«

Ich nicke und setze mich auf Jacksons Platz, während er Kaffee holt. Und Kuchen hoffentlich auch.

Tut er. Der Karottenkuchen ist einfach fabelhaft.

»Dann steht unserem neuen Leben nichts mehr im Weg«, meint er.

»Du hast mir immer noch nicht verraten, was du machen wirst. Wir reden die ganze Zeit nur davon, was ich machen will, aber du musst dir auch einen neuen Job suchen. Also, was ist dein Plan?«

»Surflehrer.«

»Ehrlich?«, frage ich überrascht.

Er grinst. »Nein, das wäre mir zu klischeehaft. Ich denke, ich werde zu dem Job zurückgehen, den ich vorher hatte.«

»Ich bin mir nicht sicher, ob Tuk Tuks in Australien erlaubt sind.«

»Nein, davor«, meint er lachend. »Ich hatte dir nie erzählt, was die Firma meines Dads war, oder?«

»Nein.«

»Nun ja. Vielleicht war es doch ein wenig überstürzt, dass ich die Firma verkauft hab«, er reibt seinen Nacken, »wenn ich jetzt überlege, wieder in das Geschäft einzusteigen.«

»Reue?«

»Nein, denn ich werde mir was Eigenes aufbauen, was ich viel mehr zu schätzen wissen werde.«

»Gut. Also sag. Was wirst du machen?«

»Ich werde Segelboote bauen. Also, nicht das Äußere, aber das Interior ausbauen.«

»Wirklich?«, frage ich.

»Findest du das gut?«

»Megagut. Und ich hoffe, du musst viel oben ohne arbeiten.«

»Nein, so ein Job ist das nicht.«

»Schade.«

»Iss deinen Kuchen, du Frechdachs.«

Grinsend stopfe ich den letzten Bissen in mich hinein. Dabei schaue ich ihn an. My love Jackson. Wer hätte das gedacht?

EPILOG

Ein Jahr später

»Willst du, Quinn Holland, den hier anwesenden Jackson Gary Campbell zum Mann nehmen, ihn lieben und ehren, bis dass der Tod euch scheidet?«

»Ich will.« Ich lächele meinen Noch-nicht-ganz-Ehemann an, der grinst.

»Und willst du, Jackson Gary Campbell, die hier anwesende Quinn Holland zur Frau nehmen, sie lieben und ehren, bis dass der Tod euch scheidet?«

»Ich will.«

»Dann erkläre ich euch hiermit zu Mann und Frau. Du darfst die Braut jetzt küssen.«

Und das lässt sich mein Mann nicht zweimal sagen. Eigentlich hat er nicht mal wirklich auf die erste Erlaubnis gewartet, sondern ist schon näher gekommen, bevor das Okay gegeben wurde.

Dann umarmt er mich. Ich kann es nicht fassen. Ich heirate wirklich diesen Mann, der mich so glücklich macht. Noch dazu auf Fidschi!

Okay, ich weiß, jetzt glaubt jeder, ich heirate ihn für ein Visum, aber ich habe bereits ein Arbeitsvisum für Australien. Ha. Nein, das hier ist Liebe. Und die ist es auch, die aus Jacksons Gesicht strahlt.

Wir unterschreiben das Dokument, bedanken uns bei dem Chief, der unsere Trauung vorgenommen hat, vollkommen legal natürlich. Und dann? Dann rennen wir ins Meer. Mit den Klamotten. Er mit einem schwarzen Anzug und ich in einem weißen Kleid. Gut, es ist nicht lang, sondern kurz, aber es ist trotzdem ein Hochzeitskleid.

Schließlich umfasst er mich, wirbelt mich erst herum, bevor er mich ins Wasser schmeißt. Ich lache, während ich untertauche, weswegen ich mal wieder den ganzen Ozean schlucke, bevor ich prustend und nach Luft schnappend wieder auftauche. Ich schlinge die Arme um seinen Hals, lasse mich von ihm ins tiefere Wasser ziehen, umschlinge ihn mit den Beinen.

»Hast du schon genug von mir?«

»Niemals.« Seine Hände umfassen mein Gesicht so zärtlich, dass ich schlucke, bevor er seine Lippen auf meine drückt. »Du bist mein größtes Glück.«

»Das bist du doch schon.«

»Dann sind wir es eben beide.«

»Okay, damit kann ich leben.«

»Gut, Mrs. Campbell.«

»Von wegen. Ich bleib Quinn Holland!«

»Dann nehm ich eben deinen Namen.«

»Echt?«

»Jackson Holland.«

»Hört sich nicht schlecht an.«

»Also ja?«

»Du willst echt meinen Namen annehmen?«

Er zuckt mit den Schultern. »Ich möchte den gleichen Nachnamen wie du haben. Wenn du meinen nicht willst, nehm ich deinen, wenn das okay für dich ist. Oder willst du den nicht teilen?«

»Mit dir teile ich alles.«

»Dann ist das entschieden.«

Ich hätte es nicht für möglich gehalten, aber ich liebe ihn in diesem Moment noch mehr als zuvor. »Abgemacht. Aber nur, wenn das okay für dich ist.«

»Ist es. Mal sehen, was Mum dazu sagt …«

»Oh.«

»Ach, keine Sorge. Sie wird sich freuen, dass ich dich geheiratet hab.«

»Wir hätten es ihnen vielleicht doch vorher sagen sollen.«

»Quatsch. Sie einfach mit der Nachricht zu überfallen, ist doch viel lustiger.«

»Du bist so unmöglich.«

»Ich weiß.« Er grinst mich an, während seine Hände über meinen Rücken streichen, bevor er sie um meinen Hintern schließt. »Ich freu mich schon auf die Hochzeitsnacht.«

»Du bist unersättlich.«

»Tu nicht so, als würde es dich stören.«

»Das kann ich tatsächlich nicht behaupten.«

»Siehst du? Jede bekommt den Mann, den sie verdient.«

Bevor ich protestieren kann, findet sein Mund erneut meinen, und wenn ich ehrlich bin, weiß ich auch gar nichts mehr dazu zu sagen, denn ich bin tatsächlich froh, dass ich ihn offensichtlich verdiene. Denn ich liebe ihn so unglaublich. Mehr, als ich je dachte, an Liebe zu besitzen.

Oh Gott. Heiraten macht kitschig. Ganz eindeutig. Furchtbar. Wenn mir das jemand anderes erzählt hätte, würde ich Würgegeräusche machen. Aber wenn es um einen selbst geht, gelten offensichtlich andere Maßstäbe. Da macht es plötzlich nichts mehr, dass man eine rosarote Brille aufhat. Nein, nehmen wir doch am besten zwei.

Aber es stimmt trotzdem. Innerlich quietsche ich bei dem Gedanken. Keine Sorge, nur innerlich.

Mir ist bewusst, warum es sich durchgesetzt hat, mit immer weniger Stoff ins Wasser zu gehen, denn ein nasses Kleid ist ganz schön schwer. Puh. Wie muss es ihm da erst mit seinem Anzug gehen.

»Hast du einen Bikini drunter?«, fragt er, als hätte er meine Gedanken gelesen.

»Ja.«

»Dann zieh dich aus.«

Er sagt das so anzüglich, dass ich lachen muss.

»Bring uns ins seichtere Wasser, damit wir die Klamotten an den Strand werfen können.«

Ich schlinge meine Arme um seinen Hals, lasse mich von ihm ziehen. Es hat durchaus Vorteile, wenn der Mann groß und stark ist.

Im seichten Wasser entledigen wir uns unserer Kleidung. Übrigens ist das nicht so einfach, weil dieser Stoff sich in jede Hautfalte gelegt hat. Oder meine Haut hat ihn angesogen, oder was auch immer. Jedenfalls klebt er an mir und Jackson muss ihn runterzerren. Weil er ein Kerl ist, ist er nicht besonders zimperlich. Ich höre die Nähte krachen.

»Du zerreißt mein Hochzeitskleid!«, kreische ich.

»Da kann kein emotionaler Wert dran hängen, du hast es heute Morgen in der Hotelboutique gekauft.«

»Ja, gut, stimmt.«

Lachend reißt er den Stoff das letzte Stückchen hinunter. Gott sei Dank ist der Bikini nicht flöten gegangen.

Er wirft sich mich über die Schulter und rennt zurück in die Wellen.

Aber er wirft mich nicht wieder hinein, sondern trägt mich auf Händen.

»Bist du glücklich?«

»Blendend. Und du so?«

Er grinst. »Ich wäre nur noch glücklicher, wenn mein Schwanz in deinem Mund stecken würde.«

»Du bist echt kein Romantiker!« Ich schlage auf seine Brust, bevor ich sie betatsche, weil sie sich so gut anfühlt.

»Hey, ein Blowjob kann superromantisch sein.«

»Nicht so, wie du es magst und auf meinem Gesicht kommst.«

Das bringt ihn zum Lachen. »Also, von meiner Perspektive sieht das superromantisch aus.«

»Unmöglich.«

»Und dein.«

»Gott sei Dank.«

~

Leider können wir nicht ewig auf Fidschi bleiben und uns vor dem Zorn seiner Familie verstecken. Der lässt auch nicht lange auf sich warten, als wir am nächsten Sonntag durch die Tür von Janets Haus treten.

»Was ist das da an deinem Finger?«, kreischt sie, nachdem sie mich umarmt hat.

Haben alle Frauen einen Heiratsradar? Sie hat meine Hand nicht mal wirklich gesehen.

Ich hebe die Hand und zeige ihr den Ring. Ein schlichter Platinreif. Oh Gott. In welcher Welt ist Platin bitte schön schlicht? Na ja, aber keine Diamanten oder Ähnliches. Wollte ich nicht, und ich konnte Jackson gerade noch so abhalten, sie einfach drauf zu schmuggeln. Offensichtlich mögen Frauen Diamanten.

»Sag mir, das ist ein Freundschaftsring.« Sie schließt die Augen.

»Nicht ganz«, antworte ich amüsiert.

»Ein Verlobungsring?«

»Fast.«

Sie reißt Jacksons Hand nach oben, sieht den gleichen Ring. »Ihr habt heimlich geheiratet?« Sie sagt es ein bisschen fassungslos. »Wie konntet ihr mir das nur antun?«

»Ich dachte, du magst Quinn«, meint Jackson amüsiert.

»Ich liebe Quinn! Das weißt du genau, aber ich habe das Recht, dabei zu sein.« Sie funkelt uns an, bevor sie mich in die Arme zieht. »Ich bin so froh.« Dann haut sie ihrem Sohn auf den Arm. »Du hättest es besser wissen müssen.«

Jackson zeigt auf mich. »Es war ihre Idee.« Er verschränkt grinsend die Arme vor der Brust.

»Oh, das ist ja wieder typisch! Wenn es hart auf hart kommt, lässt du mich im Regen stehen«, empöre ich mich.

»So hab ich dich nicht erzogen, Jackson Campbell.«

»Jackson Holland.«

»Wie bitte?«

»Mein Name ist jetzt Jackson Holland?«

Sie starrt ihn an. »Du hast ihren Namen angenommen?«

»Yep.«

»Na, wenigstens deswegen muss ich nicht schimpfen.«

»Du findest das okay?«

Sie lächelt mich an, tätschelt meine Wange. »Natürlich! Wieso sollen die Frauen immer den Namen der Männer annehmen? Ich hab meine Kinder nicht nach Geschlecht erzogen. Sie hatten immer die gleichen Aufgaben, egal ob Junge oder Mädchen. Gleichberechtigung ist mir sehr wichtig.«

Ich erinnere mich an all die Dinge, die Jackson ganz selbstverständlich tut. Gut, nicht so viel im Haushalt, aber es ist ihm immer wichtig, nicht übergriffig zu sein, keine Entscheidungen über meinen Kopf hinweg zu treffen, sondern immer mit mir gemeinsam, nie der Boss in unserer Beziehung zu sein, sondern mein Partner. Janet hat schon einen guten Mann erzogen. Einen frechen und unmöglichen, aber einen guten.

»Du solltest dich mehr freuen, dass wir geheiratet haben. Was war das noch für ein Spruch? *Ich verliere keinen Sohn, ich gewinne eine Tochter.* Jetzt serviere ich dir eine Tochter auf dem Silbertablett und du tust, als wäre sie etwas, das die Katze hereingeschleppt hat.«

Jackson liebt es, seine Mutter zu piesacken.

»Ich freu mich ja auch.«

»Wirkt echt nicht so. Und dabei hatte ich Quinn versprochen, dass sie mit offenen Armen empfangen wird, weil sie doch ihre eigene Familie in Amerika zurücklassen musste.«

Janet hebt drohend den Zeigefinger. »Treib es nicht zu weit, Jackson Camp… Holland. Sonst gibt es Hausarrest.«

Hatte ich schon erwähnt, dass ich die Dynamik in dieser Familie über alles liebe? Ich wünschte, ich hätte das auch gehabt, aber dann erinnere ich mich, dass ich es ja jetzt habe.

»Nee, kein Hausarrest. Er hängt sowieso schon die ganze Zeit zu Hause wie eine Klette an mir. Das ertrag ich nicht.«

Jackson formt mit den Lippen das Wort *Verräterin*, bevor er einwirft: »Mum, sie ist immer so gemein zu mir. Dabei bin ich so ein lieber Junge.«

Janet lacht auf. »Du bist alles, aber kein lieber Junge. Das warst du auch noch nie. Wegen dir hab ich die ganzen grauen Haare. Du hast mich in den Wahnsinn getrieben.«

Aber die Liebe steht ihr ins Gesicht geschrieben. Sie hat jeden Moment geliebt. Ich denke, manchmal ist das Schwerste am Elternsein, nicht anzufangen, zu lachen.

»Wieso habt ihr euch gegen mich verbündet? Das ist nicht nett!«, beschwert er sich.

Wir folgen Janet nach draußen in den Garten und Jackson schlingt dabei seinen Arm um meine Schultern, küsst mich auf die Wange.

»Ich liebe dich, du kleine Verrückte.«

»Ich dich auch. Manchmal.«

»Was?«, fragt er empört, bevor er mich so eng an sich zieht, dass ich kaum noch Luft bekomme. »Das versuchen wir aber noch mal.«

Er prustet mir gegen die Wange, was mich so zum Lachen bringt, dass mir die Knie schwach werden. Wie gut, dass er mich festhält.

»Ich ergebe mich!«

»Das ist auch besser so. Also, du liebst mich nur manchmal?«

»Immer, ich liebe dich immer.«

»Schon besser.«

Als wir nach draußen treten, sagt seine Mom gerade zu ihrem Bruder: »Sie haben heimlich geheiratet! Ich weiß echt nicht, womit ich das verdient hab.«

Ich setze mich an den Tisch, nehme mir einen Keks, während ich ihrer Tirade ein zweites Mal zuhöre. Jackson legt seinen Arm über meine Stuhllehne, spielt mit meinen Haaren. Ich sehe zu ihm und er sieht genauso zufrieden und glücklich aus, wie ich mich fühle.

Manchmal ist es eben Schicksal.

Ein Tuk-Tuk-Fahrer aus Sri Lanka und eine Journalistin aus New York. Die beste Mischung, seit es Schokolade gibt. Die mit gebrannten Mandeln.

ENDE

ENGELSPOST

Wenn du nichts verpassen möchtest, trag dich für meinen Newsletter ein.

Hier klicken

DANKSAGUNG

»Not all who wander are lost.« - J.R.R. Tolkien

Vor fast fünfzehn Jahren wurde ich mit dem Reisevirus infiziert und bereue keine einzige Sekunde. Daher ist es kaum überraschend, dass ich meine Figuren gerne mal in die Ferne schicke, mehr (The words unwritten) oder weniger (Emma - Writing her own story) ausführlich.

Dieses Buch war für mich eine Reise im Kopf, um noch einmal an all die Orte zurückkehren zu können, die ich in den letzten Jahren besucht habe. Ich hoffe, dass es euch ebenfalls mitgenommen hat auf eine schöne Reise.

Ich danke meiner Mama, weil sie mir Flügel gegeben hat, und meine Reiselust immer unterstützt hat, selbst dann, wenn es ihr nicht ganz geheuer war (Hallo, Kolumbien!).

Ich danke Juliane, Daniela, Luna, Antje, Jenny und Jessica für ihr Feedback, aber eins noch, Mädels: Ich habe Jackson angeleckt. ;-)

Ich danke meiner Freundin Agnes, dass wir auch nach fast dreißig Jahren immer noch über alles quatschen können, einschließlich heißer Wassersexszenen.

Ich danke meiner Korrektorin Martina König, die wie

immer einen hervorragenden Job gemacht hat, und mich mit ihren Kommentaren erfreut.

Ich danke Lenia von der Weide für die Hilfe beim Klappentext und das Anfeuern, wenn ich sage: Ich muss heute noch eine Million Wörter schreiben.

Und ich danke Berenike, der ich diese Geschichte gewidmet habe. Wie denn auch nicht? Wenn wir doch zwei von drei Orten gemeinsam besucht haben. Danke, dass wir die »coolen« Sachen gemeinsam machen. <3

Wenn ihr es bis hierhin geschafft habt, dann danke ich auch noch euch, den allerbesten Leserinnen der Welt. Danke, dass es euch gibt.

Love, Annie

(Juni 2020)

Printed in Great Britain
by Amazon

45237820R00187